Roman

Bergischer Verlag

Karin Nagelschmidt, geboren 1957 in Köln, lebt in Gummersbach. Neben ihrer Tätigkeit als Lehrerin für Sprachen und Kommunikation veröffentlichte sie überwiegend Kurzprosa. »Die Erbschaft« ist ihr erster Roman.

Karin Nagelschmidt

Die Erbschaft

Roman

Bergischer Verlag

Karin Nagelschmidt - Die Erbschaft

ISBN 978-3-945763-76-6

1. Auflage 9/2019

Bergischer Verlag
RS Gesellschaft für Informationstechnik mbH & Co. KG
Verleger Arndt Halbach, Martin Czialla
Auf dem Knapp 35 / 42855 Remscheid
E-Mail: info@BergischerVerlag.de / www.BergischerVerlag.de

Lektorat: Katrin Adam
Covergestaltung: Julia Wewer, Kreativagentur Rockoli Remscheid
Gesamtherstellung: Bergischer Verlag, Ernst-Wilhelm Bruchhaus
Druck: in Deutschland

Bei der Entstehung des Romans haben mich
liebe Menschen beraten und unterstützt.
Dafür danke ich ihnen sehr.

Eins

I

Zu Lebzeiten war es Frank gelungen, seinen Namen aus vielem herauszuhalten, wie zum Beispiel dem Internet, aber bekanntlich schwindet der eigene Einfluss im Diesseits, wenn man es erst mal verlassen hat. Alles, was Orazio gefunden hatte, war eine Todesanzeige.

Hier musste es sein. Notariat Dr. Wilbert Veith, sechste Etage. Das doppelflügelige Eichenportal führte in ein helles Treppenhaus, in dessen Mitte sich gerade die Türen des Aufzugs öffneten. Der Lift hob ihn ins oberste Stockwerk und entließ ihn mitten in die Kanzlei, einen einzigen Raum, wie es schien, der das ganze Stockwerk einnahm. Er war zur Hälfte von Fenstern umgeben, die bis zum Boden reichten. Die Dachkonstruktion besaß eine gewaltige Glaskuppel, durch die trotz des diesigen Himmels über Köln Tageslicht im Überfluss eindrang.

Was dem Auge an Licht geboten wurde, war indes dem Ohr an Geräuschen entzogen. Nicht der kleinste Laut drang durch die geschlossenen Fenster. Die Stille kam ihm seltsam fremd vor, und unwillkürlich atmete er tief ein, so als ob im nächsten Moment auch der Sauerstoff knapp würde. Ein paarmal sog er seine Lungen voll, achtete darauf, langsam wieder auszuatmen, während er hinausschaute auf die Ziegeldächer und Dachterrassen der umliegenden Häuser und ruhiger wurde. Kwartier Latäng, dachte er. Aus dieser Perspektive hatte er es nie gesehen.

Er wandte sich dem Innenraum zu, der so groß war, dass ein Seminarsaal mit hundert Pulten bequem in ihm Platz gefunden hätte. Sein Blick glitt über einige antike Regale und Schränke, verweilte einen Moment bei der roten Récamiere und wanderte weiter zum entferntesten Bereich. Hinter einem Schreibtisch saß dort ein Mann, der ihn über seine Brille hinweg anschaute, jedoch weder Anstalten machte ihm entgegenzugehen noch etwas zu sagen. Orazio schätzte ihn auf Mitte sechzig.

»Herr Dr. Veith?«

»Richtig. Kommen Sie doch näher.«

»Ich weiß, der Termin ist erst um fünf, aber ich dachte, Sie hätten so etwas wie ein Wartezimmer.« Inzwischen war er beim Schreibtisch angelangt.

»In der Angelegenheit Althoff?«

»Ach ja, Entschuldigung, Orazio Fabbro mein Name. Ihre Kanzlei hat mir die Einladung hier geschickt.« Er zog einen Brief aus der Innentasche seines Jacketts.

Dr. Veith winkte ab. »Ich weiß.«

Erst jetzt fiel ihm auf, dass der Mann im Rollstuhl saß.

Der Notar strich sich eine Haarsträhne aus der Stirn, ließ die Hand dann auf sein rechtes Bein sinken und begann es zu reiben. »Ein Motorradunfall vor einigen Jahren. Vielleicht sollten ältere Männer solche Maschinen nicht mehr besteigen. Aber macht die Gefahr nicht gerade den Reiz aus?«

»Ja, ja bestimmt. Gut möglich.« Er hatte nie begriffen, was reizvoll daran sein sollte, auf zwei Rädern über kurvige Landstraßen zu donnern. »Eine beeindruckende Kanzlei.«

»Nicht wahr? Ein umgebauter Dachstuhl, von einem Portugiesen in Auftrag gegeben. Für seinen Sohn, der die hiesigen Geschäfte des Vaters führen und dabei im grauen Norden etwas mehr Licht haben sollte, und der dann doch nicht kam. Der ideale Ort für mich.« Dr. Veith lenkte seinen Rollstuhl behände um den Schreibtisch herum bis zu einem der Fenster, das auch die Tür zum Balkon war. Als er sie öffnete, quoll ihnen der Stadtlärm entgegen. »Laut und vulgär. Kommen Sie!« Der Notar fuhr voraus auf den Vorsprung, der einen Teil der Fenster umrundete. Orazio störten weniger die dünnen Stäbe des Geländers als die Tatsache, dass der Boden aus Glas bestand, unter dem sich ein fünf Stockwerke tiefer Abgrund auftat. Er zögerte, dann betrat er die transparente Fläche, wollte nicht nach dem Geländer greifen, tat es aber doch und gab Dr. Veith Gelegenheit zu lächeln.

Mittlerweile war es kurz vor fünf. Die Türglocke ertönte und wenig später stand Gregor im Raum. Unverkennbar, trotz grauer Schläfen und Bauchansatz. Sprachlos blickte Orazio ihm entgegen.

»Herr Jäger, nehme ich an?«, sagte Dr. Veith.

Der Angesprochene antwortete nicht, sondern ging sofort auf Orazio zu: »Ach du Scheiße, du hier? Also auch eingeladen?«

»Ja«, brachte Orazio heraus.

»Hast du eine Ahnung, was das hier soll?«

»Nein.«

»Ich auch nicht. Erwarten wir noch jemanden?«

Beide Männer, die nun dicht nebeneinander standen, schauten auf den Notar hinab. Der hob und senkte die Brauen, schürzte die Lippen, kramte in der Tasche seines Jacketts, zog ein Stofftaschentuch hervor und schnäuzte sich, steckte das Taschentuch an seinen Platz zurück und antwortete: »Eine Person fehlt in der Tat noch, der Herr scheint sich zu verspäten.«

Orazios Uhr zeigte an, dass der Termin vor einer Minute begonnen hatte.

»Und wie heißt dieser Herr, bitteschön?«, fragte Gregor.

Dr. Veith blieb souverän. »Aber bitte, nehmen Sie doch Platz.« Er wies in Richtung eines ovalen Tischs, auf dem einige Flaschen und Gläser bereitstanden. Während der Rollstuhl durch eine Öffnung glitt, die sich plötzlich in der Wand aufgetan hatte, ließ sich Orazio von Gregor ausfragen. Arbeit? An der Uni Bonn. Habilitiert? Seit drei Jahren. Fach? Geschichte mit Schwerpunkt Kunst. Verheiratet? Ja, mit Miriam. Kinder? Zwei.

Bevor er dazu kam, den Spieß umzudrehen, hörten sie wieder die Glocke. Ihr Gespräch brach ab und machte der Spannung in Richtung Aufzug Platz.

Heraus trat Valentin. Mit weit offenen Augen unter hochgezogenen Brauen und haargenau dem gleichen naiven Zug um die Lippen wie früher. Auch seine Kleidung hatte sich kein Stück verändert, man konnte denken, er trage immer noch die Jeans und den Parka von damals.

»Greg und Ratio«, schallte sein Tenor durch den Saal, »als hätt ich's nicht geahnt. Wie geil ist das denn!« Und an Dr. Veith gewandt, der inzwischen in den Raum zurückgekehrt war, rief er, während er auf ihn zueilte: »Ich bin Valentin Fiedler.« Er streckte ihm seine Hand entgegen, die jener nahm, wobei die Kaffeetassen auf dem Tablett, das er auf seinen Knien balancierte, den zarten Ton dünnen Porzellans anschlugen.

»Sehr erfreut.«

Als wären der Gastgeber und er alte Bekannte, hob Valentin das Tablett von dessen Schoß und schenkte ein, ohne zu fragen, ob alle Kaffee wollten.

»Kommen wir zum Geschäftlichen.« Der Notar saß wieder hinter seinem Schreibtisch, die Männer hatten auf der Dreiergruppe der Polsterstühle davor Platz genommen.

»Wie Sie meinem Schreiben entnehmen konnten, verstarb Herr Althoff am vierzehnten Januar in Köln. Er wurde in der Familiengruft auf Melaten beigesetzt.«

Valentin wollte wissen, woran Frank gestorben sei.

»Leukämie, kaum Hoffnung und wenig Zeit.« Der Kopf des Notars sackte ein wenig hinab, er schien sich in das Schriftstück zu vertiefen, das vor ihm auf der Mahagoniplatte lag. Nach ein paar Sekunden blickte er auf und räusperte sich. »Nicht einmal drei Jahre zuvor waren seine Eltern bei einem Unfall in den Bergen ums Leben gekommen.« Wieder machte er eine Pause, inspizierte einen nach dem anderen, bevor er sagte: »Herr Althoff erbte als einziger Nachkomme das gesamte Vermögen und die Firma. Da nunmehr keine gesetzlichen Erbberechtigten existieren, entschied sich Herr Althoff, das Firmenvermögen sowie die betriebseigenen Immobilien in eine Stiftung zu überführen, um so die Zukunft der Firma zu sichern. Ihm lag sehr daran, dass durch seinen Tod kein Mitarbeiter seine Stelle verlieren würde.« Dr. Veith drückte die Taste einer Sprechanlage. »Herr Klein, wir wären nun so weit.« Kurz wandte er sich um und gleich danach wieder den Männern zu. »Aus rechtlichen Gründen wird der Stiftungsvorsitzende bei der Testamentseröffnung anwesend sein.« Durch den nun wieder offenen Durchgang in der Wand betrat ein gut gelaunter rundlicher Mann den Raum.

»Lassen Sie sich durch mich nicht stören«, tönte sein rheinischer Singsang, der ohne Mikrofon jeden Hörsaal füllen würde. »Ich setz mich an den Rand un bin janz still.«

»Schönen Dank, dass Sie hier sind, Herr Klein.« Auch in Dr. Veiths Stimme klang nun ein Hauch rheinischer Beschwingtheit. An die anderen gerichtet, sagte er: »Da ich die Herren heute zum ersten Mal sehe, bitte ich Sie um Ihre

Personalausweise.«

Orazio empfand eine besorgte Erregung. Während er seinen Ausweis über den Schreibtisch schob, hing sein Blick starr am Notar, obwohl er gern in den Gesichtern der anderen gelesen hätte. Soviel er wusste, wurde man lediglich durch ein gerichtliches Schreiben informiert, wenn man etwas geerbt hatte. Warum in Gottes Namen waren sie hierhin einbestellt worden?

Dr. Veith fuhr fort: »Als vom Erblasser eingesetzter Testamentsvollstrecker verlese ich nun den Wortlaut des Testaments, das vom Amtsgericht Köln beurkundet wurde.« Er räusperte sich respektvoll vor der Wichtigkeit des Schriftstücks und deklamierte in reinstem Hochdeutsch und klangvoller, als seine Sprechstimme vermuten ließ: »Ich, Frank Althoff, geboren am einunddreißigsten Januar 1980 in Köln, vermache meinen Studienfreunden Valentin Fiedler, Gregor Jäger und Orazio Fabbro meine Villa nebst Grundstück in Nizza, Frankreich. Der Besitz ist mit keiner Hypothek belastet.« Orazio hatte unvermittelt den Duft von Rosmarin, Salbei und Zitronen am Pool in der Nase. Wie lange war das her? Vierzehn, fünfzehn Jahre? »Das Erbe ist an eine Bedingung geknüpft, die in einem gesonderten Brief hinterlegt und beglaubigt ist. Sollte diese Aufgabe nicht bis zum festgelegten Stichtag erfüllt sein, wird das Anwesen verkauft. Der Erlös fließt in dem Fall in das Stiftungsvermögen der Althoff GmbH ein.«

Orazio spürte eine seltsame Veränderung seiner Sehkraft. Alles schien deutlicher hervorzutreten, als hätten plötzlich alle Gegenstände im Raum ein Leuchtmittel injiziert bekommen.

»Ich verlese nun den Brief.« Der Notar öffnete den versiegelten Umschlag feierlich mit einem antiken Briefmesser mit Elfenbeingriff. Er entfaltete das Schriftstück und begann zu lesen.

Liebe Freunde – wenn ich euch noch so nennen kann.

An die Villa meiner Eltern erinnert ihr euch gewiss, ich hoffe, sie sagt euch als Erbe zu. Ihr bekommt sie aber nur, wenn ihr mir einen Wunsch erfüllt.

Schade übrigens, dass wir uns aus den Augen verloren haben, aber so musste es wohl kommen. Für mich war es okay, nicht zu wissen, was aus euch geworden war, und nun bin ich selbst überrascht, dass Entscheidungen, die ich treffen muss, euch wieder auf den Plan gerufen haben. Ob ihr untereinander Kontakt gehalten habt? Ich glaube es nicht.

Aber ein paar gute Jahre hatten wir zusammen, findet ihr nicht auch? Die Frauen, so schön, und wir vier waren jung, egoistisch und wahnsinnig in unserem Optimismus. Glaubten an die Einfachheit der Dinge, im Kleinen und im Großen.

Ich weiß nicht, ob einer von euch irgendwas von dem weitergeführt hat, was uns damals durch den Kopf ging. Ich jedenfalls habe nichts davon verwirklicht.

Und nun sollt ihr es richten und mein Bares in gute Kanäle leiten. Etwa vier Millionen dürften es sein. Dr. Veith wird euch die genaue Summe nennen. Er ist es auch, der die Erfüllung des Auftrags überwacht, den ich euch hiermit übertrage.

Das Geld ist auf einem gesonderten Konto gelagert, das von Dr. Veith verwaltet wird. Setzt es auf die wertvollste Weise ein, die ihr euch für meine Heimatstadt Köln vorstellen könnt. Knüpft das herabhängende Band der alten Freundschaft an die Träume von damals.

Erinnerungen zerstückeln sich erstaunlich schnell, und

ich wünschte, ich könnte dabei sein, wenn ihr die Fetzen unserer gemeinsamen Jahre zusammenklaubt. Eines glaube ich allerdings noch genau zu wissen, ich meine, es war die Schnur, die uns verband: unsere Zuversicht, dass Grenzen überwindbar sind.

Euer Frank.

Dr. Veith, offenbar nicht gewillt, Zeit für Sentimentalitäten einzuräumen, begann sofort mit seiner Erläuterung der Details. Vom heutigen Stichtag der Erbschaftseröffnung hatten sie viereinhalb Monate bis zur Realisierung des Projekts, als Ort war die Stadt Köln festgelegt. Die Erbberechtigten hatten sich zum ersten Mal nach spätestens sechs Wochen und danach einmal im Monat persönlich in der Kanzlei einzufinden, um ihm als dem bevollmächtigten Notar von ihren Fortschritten zu berichten. Mit dem vierten Termin musste die Bedingung von allen drei Erben einmütig erfüllt sein.

Gregor unterbrach den Notar. »Reichlich knapp, der Zeitrahmen. Und wieso genau viereinhalb Monate?«

Mit einer Miene des Bedauerns drehte Dr. Veith seine Handflächen nach oben. Das Schreiben habe er verschlossen in Empfang genommen, der Inhalt sei ihm nicht bekannt gewesen.

Etwas übereilt, wie Orazio fand, verabschiedete er die Männer mit dem Hinweis, sie könnten das Erbe selbstverständlich auch ablehnen, was bedeute, dass Herrn Althoffs privates Barvermögen ebenfalls in die Stiftung einfließen werde. Den Herren blieben sechs Wochen Zeit für die Entscheidung, die sie persönlich zu überbringen hätten. Sicher sei ihnen nun klar, warum er als Testamentsvollstrecker sie hierher eingeladen habe. Dieser Erbfall sei eine Besonderheit, auch für ihn selbst.

Beim Hinausgehen hörte Orazio Herrn Klein mit leiser aber immer noch tragender Stimme sagen: »Da bin ich ens jespannt, wat die draus machen.«

»Unglaublich, der Frank«, sagte Gregor im Aufzug, »bestellt uns hierher und hat 'ne Mission für uns.«

Auf der Straße bemerkte Orazio sofort, dass seine Sehkraft sich wieder aufs normale Maß reduziert hatte. Stattdessen trat seine Verlegenheit hervor, die er nun noch schlechter verbergen konnte als oben bei ihrer Begegnung. Er trat von einem Bein aufs andere und wartete darauf, dass jemand etwas sagte. Endlich schlug Valentin das Café Feynsinn vor. Und damit den größtmöglichen Kontrast zu Dr. Veiths Kanzlei.

Hier saßen sie in einer fensterlosen Nische. Spiegel sollten Raum und Licht suggerieren. Passend zu den hellgrünen Streifen, die sich von der Decke über die Wände zogen, prangte ein mit grünen Scherben geschmückter Kronleuchter. Aus den luftigen Nebenräumen war ein vielstimmiger Summton mit vereinzelten Soli zu hören.

Er sei schon oft hier gewesen, wenn er was zu bereden hatte, sagte Valentin. Hier könnten sie bis Mitternacht ungestört sitzen.

»Wenn wir nicht vorher ersticken«, krächzte Gregor und griff sich theatralisch an den Hals.

Über das Tischchen hinweg kreuzten sich nun unvermeidbar ihre Blicke, bis ein Kellner mit den Speisekarten kam.

»Ich weiß nicht, was ich sagen soll«, redete Valentin weiter, nachdem sie bestellt hatten. »Was hat er sich nur dabei gedacht, uns aus heiterem Himmel ...«

»Dahinter steckt mehr, ist doch klar.« Gregor hatte sein Handy neben sich gelegt und warf einen Blick auf die gerade eingegangene Kurznachricht.

»Was soll denn dahinter stecken?«

»Lasst uns erst mal überlegen, ob wir's überhaupt rausfinden *wollen*. Am einfachsten wär's, das Erbe auszuschlagen. Keine Ahnung, wie viel *ihr* arbeitet, aber ich habe definitiv keine Zeit zu vergeuden.«

»Langsam«, sagte Orazio. »Ist dir nicht klar geworden, was Frank für uns getan hat?«

Eine Pause entstand. Valentin nickte gedankenverloren.

»Du nickst ja immer noch wie damals, Tintin. Ich finde, Frank hat es verdient, dass wir uns die Sache in Ruhe überlegen.«

Gregor fragte gereizt, was bitte Frank für sie getan habe. Bisher habe er ihnen nur eine Art Freundschaftsdienst abverlangt, von dem sie keinen blassen Schimmer hätten, wie viel Aufwand er bedeute und ob sie ihn überhaupt erledigt bekämen.

»Und die Villa? Nicht, dass es mich unbedingt nach Nizza zieht, aber immerhin ...«, sagte Valentin.

»Erinnerst du dich noch an das Haus? Erste Hälfte achtzehntes Jahrhundert, das heißt Denkmalschutz! Da weißt du nie, was du dir einhandelst.«

Orazio fand, Spekulationen über horrende Renovierungskosten könne man auf später verschieben. »Wie lange haben wir vier uns eigentlich nicht gesehen? Ernsthaft, bekommen wir das Datum oder wenigstens den Monat noch zusammen? Ich hab's vergessen.«

»Ach, und das ist jetzt wichtiger?«

Gregor, genau wie damals, wenn man ihm widersprach.

»Im August werden es vierzehn Jahre«, sagte Valentin.

»Ich hab nachgerechnet.«

»Jedenfalls scheint es für Frank wichtig gewesen zu sein, dass wir jetzt zusammensitzen«, sagte Orazio, »sonst hätte er uns nicht kurz vor seinem Tod über den Notar suchen lassen. Zwei Wochen Bedenkzeit sollten reichen, um zu entscheiden, ob wir annehmen oder ausschlagen.«

»Komischer Typ, der Veith.« Gregor klang wieder friedlich. »Schwer einzuschätzen. Sieht für mich nicht so aus, als hätte er sein ganzes Leben im Rollstuhl verbracht.«

»Stimmt, er hat einen Motorradunfall erwähnt, bevor ihr kamt.«

»Zwei Wochen sind zu wenig. Gebt mir fünf, dann kann ich vorher ein paar Recherchen anstellen.« Gregor steckte sein Handy ein und stand auf.

Auf dem Heimweg versuchte Orazio, seine Gedanken zu ordnen. Gregor hatte sich verändert, er war härter geworden, ganz Geschäftsmann. Mit Anzug, Bart und dem beginnenden Grau im Haar sah er älter aus als er selbst und Tintin. Der war derselbe geblieben, immer noch wie ein großes Kind. Und noch genauso dünn wie damals, jetzt allerdings mit Bizeps – er müsste noch ein paar alte Fotos haben … Frank hatte sie alle um ein Stück überragt, Gregor nur um eine Handbreit, aber ihn und Valentin gleich um einen halben Kopf, obwohl sie auch an die Eins achtzig waren, aber neben Frank fühlte man sich als Zwerg.

Nicht mal bis zum Vierzigsten hatte er es geschafft. Frank im Bett, sterbend, das konnte er sich nicht vorstellen. Viel eher als Vater einer Kinderschar – komisch, dass er nicht geheiratet hatte. Dieser Gedanke beschäftigte ihn, während er durch die Südstadt Richtung Autobahn fuhr. Als Frau wäre ihm wahrscheinlich einiges zu Franks Verhalten präsent, das sich mit einer Zweierbeziehung nicht vertrug, aber ihm fiel dazu nichts ein. Er wusste nur, dass Frank der außergewöhnlichste Typ war, den er kannte. Gekannt hatte.

Der Feierabendverkehr war vorbei, Orazio fuhr zügig. Zum Glück würden die Mädchen schon im Bett sein, sein Kopf war voll genug von diesem Tag.

Miriam hörte seinem Bericht schweigend zu. Während er sprach, wanderte sein Blick immer wieder zur goldbraunen Farbe der Flüssigkeit in seinem Glas. Als er schließlich aufschaute, bemerkte er ihren entsetzten Blick.

»Aber das ist doch alles schon so lange vorbei«, sagte er in besänftigendem Tonfall.

»Eben nicht – wirklich vorbei ist nie was. Sonst hätte er die Villa nicht ins Spiel gebracht.« Sie drehte ihm den Rücken zu. Ihre Stimme drang in sein Inneres wie ein Pfeil: »Ihr dürft das nicht machen! Ihr müsst es ausschlagen, hörst du?«

In den nächsten Wochen fiel es Orazio oft schwer, sich auf seine Aufgaben am Institut zu konzentrieren, der Stapel von Hauptseminararbeiten auf seinem Schreibtisch wurde kaum kleiner, außerdem musste er die jährliche Exkursion mit einer Studentengruppe nach Italien vorbereiten.

Miriam – ihre Reaktion war bezeichnend gewesen für das, was in letzter Zeit immer wieder passierte, wenn sie allein waren. Nur selten noch waren sie sich einig, egal worum es ging. Und nie lief es auf ein sachliches Gespräch hinaus. Es kam ihm vor, als trüge sie irgendetwas in sich, das kurz davor stand, durchzubrechen. An dem Abend war es ihm gelungen, sie zu beschwichtigen. Vermutlich. Vielleicht auch nicht. Obwohl sie das Thema seitdem nicht angeschnitten hatten, klangen die Worte in ihm nach: »Ihr dürft das nicht machen!« Was dazu führte, dass Trotz in ihm aufkeimte. Sollte sie doch denken, was sie wollte. Außerdem war sie im Testament nicht genannt worden.

Andererseits konnte er nicht übersehen, dass sie litt. Wenn er am späten Nachmittag nach Hause kam, sah sie noch blasser aus als sonst und ihr Geduldsfaden mit Elena und Carla war gespannt. Dann kümmerte er sich um die Kinder. Bei trockenem Wetter gingen sie auf den kleinen Spielplatz am Ende der Straße, wo seine Gedanken um den Auftrag kreisten. Oder um Frank.

II

Dr. Veith war informiert. Er erwartete die Männer am Nachmittag in seinem Büro. In letzter Zeit hatte Orazio nicht mehr mit Valentin und Gregor gesprochen, nachdem die anfänglichen Telefonate sich mühsam hingeschleppt hatten. Schon nach wenigen Minuten schien alles gesagt und es folgte nur noch belangloser Smalltalk. Heute war es endlich so weit, die Entscheidung für oder gegen die Erbschaft würde fallen. Vor dem Notartermin waren sie im Café Feynsinn verabredet.

Auf dem ganzen Weg von Bonn nach Köln prasselte der Regen, der alle scharfen Konturen verwischte und die Scheibenwischer auf Höchsttouren hielt. Er hatte keinen Schirm und die einzige Parklücke am Rathenauplatz zwang ihn zu Fuß durch den kleinen Park. Im Regen, der die Würmer aus dem Boden trieb. Er achtete darauf, keinen zu zertreten. Als Kind hatte er sich mit seinen Freunden manchmal den Spaß gemacht, Regenwürmer in der Mitte durchzuschneiden und zuzusehen, wie beide Hälften in entgegengesetzte Richtungen wegkrochen.

Die anderen waren schon da, und als er seine klitschnasse Jacke an den Mantelhaken gehängt und sich gesetzt hatte, griff Gregor gleich nach dem Zepter: »Ich war kurz unten.«

»Wo unten?«

»Na, in Nizza. Man sollte sich vorher ansehen, was man erbt, oder etwa nicht? Also ...« Er machte eine Kunstpause und sprach dann in einem Zug weiter: »Das Haus ist anscheinend in ganz gutem Zustand, der Anbau frisch verputzt. Unter dem Jasmin-Bewuchs am Haus konnte ich natürlich nicht sehen, wie das Mauerwerk aussieht, aber von innen keine erkennbaren Risse oder Absenkungen. Schimmel hab ich auch keinen entdeckt. Der Verwalter sagt, dass der Gärtner regelmäßig lüftet und im Winter heizt. Der Garten ist topgepflegt, immer noch mit den neun grünen Zuckerhüten.«

Valentin wollte wissen, wie er überhaupt ins Haus gekommen sei.

»Wie wohl?« Gregor rieb Daumen und Zeigefinger aneinander. Eine Geste, die Orazio an ihm neu war. Wieso war ihm Gregors Grobheit früher nicht aufgefallen?

»Hast du sonst noch was rausgefunden?«, fragte er.

»Nichts, was ihr vermutlich nicht auch inzwischen wisst. Aber bitte: Die Eltern sind beim Wandern irgendwo in der Schweiz von einer Geröllawine überrascht worden. Man konnte sie nur noch tot bergen. Im Netz gibt's übrigens ein Foto, auf dem, glaube ich, Frank am Unglücksort zu sehen ist, ganz klein im Hintergrund. Erst ein halbes Jahr später hat er sich durchgerungen, die Leitung der Firma zu übernehmen.«

»Er hat früher schon immer gesagt, dass er alles lieber machen würde, als den Betrieb zu leiten.« Valentin hatte offenbar Franks Verteidigung übernommen. Er beugte sich streitlustig nach vorn. »Sonst noch was, das uns weiter bringt?«

»Nicht so ungeduldig!« Gregor genoss seinen Vorsprung. »Entscheidet selbst, ob das, was noch kommt, für euch interessant ist. Frank hat allein gelebt, bis auf eine relativ kurze Episode mit irgendeiner Frau, als er Anfang dreißig war. Er hat sich wohl zunehmend zurückgezogen, hatte keinen Beruf, bevor er besagte Firmenleitung übernommen hat, aber kurz danach wurde er ja auch schon krank. In den letzten Monaten hatte er zwei Krankenschwestern in seinem Haus in der Fürst-Pückler-Straße. Sagt die Detektei.«

Orazios Gedanken gingen zurück zu ihrem Erbe an der Côte d'Azur. Warum ausgerechnet die Villa? Miriam weigerte sich jetzt schon kategorisch, jemals wieder einen Fuß auf das Grundstück zu setzen. Allmählich begann er, sich ernsthaft um sie zu sorgen, und wünschte sich, Frank hätte ihnen statt der Ferienvilla sein Elternhaus im schicken Lindenthal vermacht. Als er Frank kennenlernte, war der gerade von dort ausgezogen, in eine winzige Wohnung in Uninähe. Zwar hatte keiner der Freunde die »Familien-Kaserne«, wie Frank sie nannte, je zu Gesicht bekommen, doch Orazio besaß eine lebendige Vorstellung vom Anwesen einer Fabrikantenfamilie als solches. »Und wer hat das Haus in Lindenthal bekommen?«

»Keine Ahnung, wahrscheinlich gehört es auch zur Stiftung.«

»Wieso ist das überhaupt wichtig jetzt? Ich dachte, wir würden entscheiden, ob wir unseren Auftrag erfüllen wollen oder nicht.« Valentin stürzte das halbe Glas Apfelschorle hinunter.

»Dann leg mal los«, sagte Gregor süffisant.

Valentin stand auf, trat neben seinen Stuhl, fixierte den Tisch vor seinen Augen, als bereite er sich darauf vor, ein Gedicht aufzusagen. »Ich bin dafür, den Auftrag anzunehmen.« Pause. »Frank ist doch mal ein guter Freund gewesen!« … »Was konnte er dafür, dass er so früh sterben musste?« … »Wir alle schieben doch Dinge auf, die uns am Herzen liegen, weil wir meinen, ewig zu leben.« Er seufzte. »Ich wüsste wirklich nicht, was dagegen spricht, ihm diesen letzten Wunsch zu erfüllen.« Er hob den Kopf, blickte vom einen zum anderen. »Außerdem, was haben wir zu verlieren, wenn es nicht klappt?« Er setzte sich wieder und wandte den Kopf Orazio zu.

Orazio hatte sich nichts zurechtgelegt, er war viel zu verwirrt gewesen, um eine klare Entscheidung treffen zu können. Doch nun erhob er sich ebenfalls, zum einen aus Solidarität mit dem Inhalt der Worte Valentins, zum anderen, um dessen Vortrag die Lächerlichkeit zu nehmen. »Es ist klar, dass eine Bitte dieser Art einem nicht zweimal unterbreitet wird. Ich finde, Frank war jemand, den man nicht richtig kennenlernen konnte, auch nicht als Freund. Wir müssen uns sowieso damit abfinden, dass viele Fragen offenbleiben, egal ob wir ablehnen oder annehmen. Tintin, du fragst, was wir zu verlieren haben, wenn es nicht klappt: unseren sorgsam gehüteten Seelenfrieden zum Beispiel. Wobei ich befürchte, dass der jetzt schon angekratzt ist. Deshalb hat es keinen Sinn, das Erbe auszuschlagen. Ist man erst mal infiziert, muss man die Krankheit durchleben.« Selbst überrascht von der Eindeutigkeit seines letzten Satzes, atmete er geräuschvoll durch die Nase ein und ließ sich langsam nieder.

»Jetzt geht's schon los mit dem Gruppenzwang, da muss ich wohl auch noch aufstehen.« Gregor rappelte sich gespielt ächzend hoch. »Ich hab kein gutes Gefühl bei der Sache, und meine Erfahrung sagt mir, dass ich die Finger von Dingen lassen sollte, bei denen ich ein mulmiges Gefühl habe. Und warum hab ich dieses Gefühl? Weil wir zu wenig in der Hand halten. Wir wissen weder, wie wir unseren Auftrag zu verstehen haben, noch, was er uns an Zeit und Geld kostet. Der Notar hat nichts von Spesen gesagt, habt ihr darüber mal nachgedacht? Und was genauso wichtig ist: Wir haben keinen Schimmer, ob wir überhaupt zusammenarbeiten können. Damals hatte jeder sein Studium, und gesehen haben wir uns in der Freizeit. Ich brauch euch nicht zu sagen, dass das hier was völlig anderes wird. Aber ich muss zugeben, die Angelegenheit hat was Reizvolles. Mit vier Millionen kann man einiges bewegen. Also bin ich dabei.« Der Stuhl knarrte, als er sich selbstzufrieden darauf fallen ließ.

Orazios Herz klopfte im Hals. »Noch was«, sagte er. »Bevor wir unsere Unterschrift unter den Wisch setzen, sollten wir sicher sein, dass wir die Villa auch haben wollen – wir verbinden ja nicht nur Positives mit dem Haus. Miriam war schockiert, sie will, dass wir ausschlagen.«

Kurz hing jeder seinen Gedanken nach. Dann meinte Gregor, es bestehe schließlich immer noch die Möglichkeit, zu verkaufen. Wenn es Frank darum gegangen wäre, dass sie künftig ihre Ferien dort verbrächten, hätte er es ins Vermächtnis geschrieben.

Lächelnd erhob er sich. »Ich geh noch mal schnell für Königstiger. Und ihr zwei einigt euch. Der Termin ist in …«, er warf einen Blick auf sein Handy, »genau siebzehn Minuten«, und verschwand um die Ecke.

Valentin raunte: »Sag mal, wie findest du, dass er eine Detektei eingeschaltet hat? Einfach so, ohne uns zu fragen. Ist doch komisch, oder?«

Orazio stimmte zu. Andererseits mussten sie zugeben, dass Gregor die Sache ernst nahm und zweifellos zu gebrauchen war.

Sie gingen zu Fuß zum Notariat, ins Gespräch vertieft. Der Regen hatte sich verzogen und die Sonne brach durch. Im herrlich gnadenlosen Licht in Dr. Veiths Kanzlei bemerkte Orazio kleine Staubpartikel auf der Mahagoniplatte des Schreibtischs. Er fühlte sich jung. Als er dem Älteren ihren Entschluss mitteilte, rief dieser spontan aus: »Hervorragend, ich hab's gewusst!«, woraufhin, ob des Gefühlsausbruchs, eine frische Farbe sein Gesicht belebte.

Zwei

I

Viele rühmten Miriams schneewittchenhafte Schönheit. Ihr hervorstechendstes äußeres Attribut war das von schwarzem Haar eingerahmte helle Gesicht, gepaart mit einem fragenden Blick aus vergissmeinnichtblauen Augen. Wobei für Orazio von Anfang an ihr Wesen im Vordergrund gestanden hatte, ihre melancholische Milde, wie er es nannte, mit der sie sich ihm und anderen aus der Ferne mitteilte. Wenn jemand eine ungeschickte Bemerkung machte, schaute sie kurz nach unten und dann wieder hoch, als hätte sie ihm bereits vergeben.

Hätte. Dieser Erkenntnis hatte sich Orazio lange verwehrt, doch in letzter Zeit zeichnete sich etwas ab, das ihm, warum auch immer, früher nicht an ihr aufgefallen war. Dass er nun potentieller Miteigentümer einer Rokokovilla an der Côte d'Azur war, hatte sie mit der Feststellung hingenommen, auf ihre Meinung käme es anscheinend nicht an. Am besten, er erzählte ihr nichts weiter über die Sache.

In den folgenden Wochen gelang es Orazio meistens sich zurückzuhalten. Er schluckte seine Gedanken hinunter und begann bald, stumme Zwiegespräche mit sich selbst zu führen, wenn er zu Hause war, nur ab und zu schlüpften ein paar Worte zusammenhanglos ins Freie: »… muss alles ziemlich schnell gehen.«

Miriam schaute von ihrer Arbeit hoch. »Es ist nach vier, wie lange sollen die Kinder denn noch warten?«

Auf seine Frage, ob sie Lust hätte mitzukommen, winkte sie ab, vielleicht beim nächsten Mal. »Übrigens, Carla hat gestern gehustet. Pass doch diesmal bitte auf, dass die Kinder nicht wieder am Wasser spielen. Ich frag mich sowieso, was ein Teich auf einem Spielplatz zu suchen hat.«

Carla und Elena warteten keineswegs, sondern genossen die Gelegenheit, allein im Haus umherzustreifen. Orazio fand sie im Elternschlafzimmer, wo alle Schranktüren offen standen und einiges vom Bügel gezogen auf dem Parkett verstreut lag.

»Oh!«, rief er mit gespielter Erschrockenheit, »Was ist denn hier Schlimmes passiert? Räuber! Kleiderdiebe! Und ihr tapferen Mädchen habt sie in die Flucht geschlagen! Ich danke euch. Mal nachsehen, was fehlt.«

»Gar nichts fehlt, ist noch alles da!«, rief die vierjährige Carla und die um zwei Jahre ältere Elena ergänzte: »Als wir reingekommen sind, sind die sofort weggerannt.«

»Bestimmt haben sie Angst bekommen, weil ihr so furchterregend ausseht.«

Die beiden schauten einander an und Elena sagte: »Genau.« Womit sie sich umdrehte und hinauslief, bevor es zu vertiefenden Befragungen käme.

Der Spielplatz am Stadtrand war zu einem Ort der Entspannung für Orazio geworden. Er war großzügig angelegt, von Kiefern und Eichen beschattet, mit vereinzelten unspektakulären Spielgeräten aus Material, das der Wald hergab, einem flachen Teich, über den eine Hängebrücke führte, und viel Platz zum Laufen und Versteckenspielen. Carlas Lieblingsbeschäftigung war es zurzeit, mit einem Zweig Hieroglyphen auf den Boden zu malen. Elena hatte begonnen, sich mit Gleichaltrigen zu messen, und kletterte geschickt für ihr Alter. Oft kam die Familie zu viert am Ende eines Wochenendspaziergangs hierher, aber Orazio wusste, dass diese Nachmittage nicht nur für ihn, sondern auch für Miriam eine Art Pflichtprogramm waren. Allein mit den Kindern fühlte er sich wohler.

Er setzte sich auf einen am Boden liegenden Baumstamm. Von hier aus würde er beide Mädchen im Auge behalten können. Es dauerte nicht lange, bis seine Gedanken wieder zu Frank und ihrem Auftrag wanderten. Vier Millionen, sinnierte er, ein echter Wert … auf die wertvollste Weise … wertvoll wofür, für wen …? Was bedeutete eigentlich wertvoll? Ein gutes Leben vielleicht. Und was ein gutes Leben war …

Elena hatte offenbar einen kleinen Freund zum Spielen gefunden. Die Marienkäfer auf ihrem Rock wippten mit ihren Sprüngen, als machten sie die ersten Versuche zu fliegen. Carla hockte immer noch an derselben Stelle, in ihre Zeichnungen versunken. Hatten die beiden ein gutes Leben? Er hoffte es. Kind sein zu dürfen, spielen und noch nicht alles können und wissen zu müssen, selbst entdecken, ohne erwachsene Besserwisser, die nie Ruhe gaben.

Kein Zweifel, dass Miriam dachte wie er, und trotzdem schafften sie es selten, an einem Strang zu ziehen. Für Miriam zum Beispiel war es wichtig, die Mädchen beizeiten an einen geregelten Tagesablauf zu gewöhnen, was für sie hieß, dass alles zu seiner festgesetzten Zeit passieren sollte, wogegen er jeden Termin verschob, wenn so die augenblickliche Freude an etwas verlängert werden konnte.

Mit der nun schon kühlen Luft sog er die Feuchte des Waldes ein, träumte von kindlichen Freuden, von seinen frühen Jahren in der Lombardei, wo er mit Ofelia, Mamma, Papà, Nonna und Nonno abgelegen auf dem Land gewohnt hatte. Die Einfahrt gesäumt von Zypressen, der Geruch nach Nelken und Apfelmus …

Das Haus war schon lange verkauft. Ob jetzt gerade wohl Kinder durch die hohen Räume liefen oder das Treppengeländer hinunterrutschten? Ob es noch einen Hund gab und Hühner, die immer wieder neue Verstecke für ihre Eier fanden?

Mit einem Mal holten ihn Rufe und schnelle Schritte in die Gegenwart zurück. Er schaute hoch und sah im selben Augenblick eine Frau mit Carla auf dem Arm! Erschrocken sprang er auf die Füße, lief auf sie zu, entriss ihr das tropfende Bündel, schüttelte die Kleine, als ob er sie wiederbeleben müsse, obwohl sie ihn aus offenen Augen anschaute, bis sie zu weinen anfing. »Nichts passiert«, sagte die Frau und legte ihre nasse Hand auf seinen Arm. »Ich hab sofort reagiert, als ich sie kopfüber in den Teich fallen sah. Sie lag nur ein paar Sekunden im Wasser.« Orazio presste Carla an sich, spürte, wie die Nässe durch Hemd und T-Shirt an seine Brust drang. Sein Herz pochte im Hals und seine Beine zitterten so sehr, dass er glaubte, sich setzen zu müssen. Er war jedoch zu kopflos, um irgendetwas zu tun. Nun kam auch noch Elena angerannt, redete auf ihn und die nun lauthals weinende Carla ein. Deren Retterin, die sich wortlos entfernt hatte, kam mit einer Wolldecke zurück. »Die ist schon öfter im Einsatz gewesen.« Schnell wickelte Orazio Carla darin ein, bedankte sich zerknirscht und bemerkte, dass auch die Frau bis zu den Knien triefnass war. »Wie kann ich das wieder gutmachen?«

»Ach, seien Sie doch nicht albern«, protestierte sie, »wir wollten sowieso jetzt nach Hause.« Gut gelaunt rief sie nach Ben und Finn und sagte ihm noch schnell, wo er die Decke später abliefern könne.

»Nichts passiert!«, rief Elena ihrer Mutter im Flur zu. »Die Frau hat Carla aus dem Teich gezogen.« Miriam kam ihnen entgegen und sah ihn auf eine Art an, die Orazio veranlasste, ihr wortlos die groß geblümt eingehüllte, immer noch weinerliche Kleine zu überreichen. Er fühlte sich wie ein Ertappter, dem es aus unerklärlichen Gründen bisher gelungen war, seine völlige Untauglichkeit als Vater zu verbergen. Sie machte ihm keine Vorhaltungen, aber ihr unversöhnlicher Blick sagte alles. Am Abend legte sie sich zu Carla. Sie musste wohl im Kinderzimmer eingeschlafen sein, dachte er, als er mitten in der Nacht aufwachte und das leere Bett neben sich bemerkte.

II

Diesmal war die Nische besetzt, Valentin hatte vergessen zu reservieren. Unschlüssig standen sie auf der Straße vor dem Lokal. Der Rathenauplatz war prallvoll mit Amüsierwilligen. Er habe ihnen ja gesagt, man könne die Gegend am Freitagabend vergessen, sagte Gregor, er wisse nun wirklich nicht, wo man hier in der Ecke noch hingehen könnte. Am besten sie führen zu ihm nach Hause, er würde seine Frau anrufen, dass sie in einer halben Stunde kämen, der Kühlschrank sei voll und der Weinkeller auch. Er zog sein Handy aus der Tasche.

»Wo wohnst du denn?«, fragte Valentin.

»In Overath. Bist du ohne Auto hier?«

Valentin nickte.

»Dann legst du dich eben bei uns aufs Ohr. Für Vicky ist das kein Problem, und morgen früh kannst du über mich als Chauffeur verfügen.« Gregor streckte sich und schaute Valentin fragend an. Orazio verspürte nicht die geringste Lust, sich jetzt noch auf den Weg ins Bergische Land zu machen und später die doppelte Strecke nach Bonn zurückzufahren. »Lasst uns lieber suchen, ob wir doch noch

’ne ruhige Ecke in der Nähe finden, und beim nächsten Mal können wir uns dann in Overath treffen.« Valentin nickte. »Wie ihr meint«, sagte Gregor mürrisch.

Die meisten Gäste des Bacchus wollten sich die erste laue Nacht des Jahres nicht entgehen lassen, sie tranken ihren Wein vor der Tür. Drinnen fanden sie noch einen freien Tisch und setzten sich. Als sie ihre Gläser erhoben, merkte Orazio, wie die Missstimmung sich auflöste, und wieder erfasste ihn das gleiche federnde Gefühl wie letzten Monat bei Dr. Veith, als sie das Dokument unterschrieben hatten.

Nur einen Sprint entfernt war der Tennisplatz der Universität, wo sie sich als Studenten kennengelernt hatten. Frank hatte seit seiner Kindheit gespielt, sich im Doppel über weite Strecken zurückgehalten, war aber durchgestartet, wenn es darauf ankam. Gregor hatte als Anfänger erstaunliches Tempo und ausdauernde Laufbereitschaft an den Tag gelegt.

Irgendwann war es mehr als der Sport gewesen, was sie verband. Ihre sogenannten Wurzeln waren nicht wichtig, man redete wenig darüber, machte aber auch kein Geheimnis daraus, dass Franks Vater in der zweiten Generation ein Familienunternehmen leitete, dass Valentins Vater als Fotograf einen kleinen Laden besaß, in dem die Mutter mitarbeitete, und dass Orazio der Sohn des italienischen Konsuls war. Nur Gregor war einsilbig, wenn sich das Gespräch doch einmal um Kindheit und Familie drehte.

Frank hatte kein Hehl daraus gemacht, dass ihn sein Studium nicht interessierte. »Der Betrieb und die Wirtschaft gehen mir sowas von am Arsch vorbei«, lauteten seine deutlichen Worte damals.

Unfassbar für Gregor, dass jemand wie Frank seinen Lottogewinn einfach in den Gully warf. Er selbst studierte

Jura, arbeitete viel für seinen Abschluss. »Wie weit willst du heute als Jurist ohne Prädikat kommen?«, hatte er gefragt. »Niemand legt den roten Teppich für dich aus. Du musst dir selbst einen kaufen und den, der ihn ausrollt, dazu.«

»Ich denke nicht, dass ich Wert auf den roten Teppich lege«, hatte Frank gesagt, »wenn ich mir angucke, was damit verbunden ist.«

»Und worauf legst du Wert?«

»Meine Seele verschenken zu können, wenn's mir gefällt, ohne dass jemand versucht, mich dran zu hindern.«

»Hat er das wirklich gesagt?« Valentin zog die Brauen hoch.

»Glaube schon. So oder so ähnlich.«

Im Bacchus war es laut geworden, seitdem ein kühler Wind die Gäste mit vom Wein gelösten Zungen hereintrieb. Einige standen an der Theke und warteten auf einen freien Tisch. Im Stimmengewirr rief Gregor nach der Rechnung.

Sie setzten ihr Gespräch im Grüngürtel fort. Der Park war hier Unicampus und tagsüber zumeist von Studenten bevölkert. Nun, am Abend, sah man Paare jeden Alters Hand in Hand übers Gras schlendern. Etwas weiter vorn standen zwei Personen, sie an eine Platane gelehnt und er vor ihr machte irgendwelche Mätzchen. Man hörte ihr kindliches Lachen.

»Jetzt soll der Gürtel doch noch durch die Südstadt bis zum Rhein verlängert werden, nach achtzig Jahren! Adenauer wäre hochzufrieden.« Gregor pflückte ein Blatt von einem Busch.

»Wie viel Zeit haben wir hier verbracht – hunderte Stunden, tausende?« Valentin und Zahlen. »Mit Strandmatten am Aachener Weiher«, fügte er hinzu.

»Mit Picknick, wenn Frauen dabei waren.« Orazio erinnerte sich an eines, das Miriam organisiert hatte. Frank und er versprühten Esprit um die Wette, bis Miriam mahnte, Brötchen und Nudelsalat würden kalt, woraufhin Frank rot anlief und sich stumm aufs Essen konzentrierte.

Valentin erkundigte sich nach Miriam.

Es gehe ihr ganz gut, meistens. Wegen der Mädchen habe sie ihren Unterricht auf zwei Wochentage reduziert, in diesem Schuljahr gebe sie nur acht Stunden, was sich schaffen lasse. Die beiden seien keine Problemkinder, im Gegenteil, Tintin und Greg müssten sie erleben … Das sei es nicht.

Sie waren stehen geblieben. Orazio fühlte sich gedrängt, weiterzusprechen. »Ach, sie hat diesen wiederkehrenden Albtraum. Vor Monaten hat sie eine Reportage im Fernsehen so mitgenommen, dass sie von den Bildern nicht mehr loskommt.«

Valentin wollte es genau wissen.

»Es ging um eine ugandische Terrormiliz, angeblich fundamentalistische Christen.« Er zögerte. Als Miriams Albträume begannen, hatte er sich den Film in der Mediathek angesehen. »Ein junger Mann wurde gezeigt, dem man Hände und Füße abgehackt und dazu noch Ohren, Nase und Lippen abgeschnitten hatte. Er saß in einem ziemlich dunklen Raum und wurde nur von der Seite gezeigt, aber der Anblick war erschütternd.«

»Und diesen Filmausschnitt sieht sie im Traum?«

»Nein, sie sieht den verstümmelten Körper von Elena oder Carla.«

Gregor wandte sich ab und ging weiter. Der Verkehr auf der Universitätsstraße hatte nachgelassen, die Luft beruhigte sich. Am Weiher setzten sie sich ins Gras.

Ihr Gespräch kam nun zum eigentlichen Grund ihres

Treffens, dem Rätsel, das Frank ihnen aufgegeben hatte. Was genau mussten sie tun, um sein Geld bestmöglich einzusetzen? Orazio fand, sie sollten zuerst ihre Erinnerung an das auffrischen, was ihnen und besonders Frank damals wichtig gewesen war.

Er habe frei sein wollen, sagte Valentin, freier als einer sein könne.

»Der Sohn aus reichem Haus ... Ich wäre nie auf solche Ideen gekommen«, sagte Gregor. »Dieses ganze Gerede führt doch zu nichts. Frank hat sich von keinem in die Karten gucken lassen. Besser, wir machen uns schlau, an welchen karitativen Einrichtungen es der Stadt mangelt, und dann ...«

Valentin unterbrach ihn: »Wenn er so interessiert am Praktischen war, wird es doch was gegeben haben, womit er sich beschäftigt hat. Zeit hatte er ja genug, seitdem er kaum noch zu Vorlesungen ging.«

Damals hatten sie hitzige Debatten darüber geführt, was es für Frank bedeuten würde, sein Studium an den Nagel zu hängen. Es ging ihm nicht nur um die Wirtschaftswissenschaft, sondern ums Pauken von Theorien. Er sagte, dass er endlich etwas tun wolle, anstatt Zeit mit Lehrmeinungen zu verschwenden. Vergeblich hatte Orazio versucht, ihm klarzumachen, dass sein Tun auf der Grundlage von Wissen mehr Substanz erreichen würde. »Du wirst dich als Mensch erweitern.«

»Warum sollte es mir darauf ankommen? Habe ich nicht das Recht, einfach nur da zu sein, so wie ich bin?«

Ein paarmal war er gereist, nach Laos und Myanmar, glaubte Orazio, und jedes Mal beflügelt zurückgekommen. Irgendetwas von einem Retreat hatte er einmal erwähnt, doch man bekam von ihm nicht den Eindruck eines religiösen Suchers. Oder irrten sie sich?

Nein, aber irgendeine Suche habe wohl stattgefunden, sagte Valentin, sonst hätte er zu Ende studiert, sich ins gemachte Nest gesetzt und sie drei vergessen oder doch fast, so wie sie ihn fast vergessen hatten.

Sie redeten noch lange über Frank, und je später es wurde, desto mehr entzog er sich jeder Einschätzung. Eine Weile stritten sie ergebnislos über seine politische Gesinnung.

»Es kann doch nicht sein, dass wir auf gar nichts mehr kommen. Ich meine, wir waren doch Freunde«, sagte Valentin. Dann hellte sich seine Miene auf. »Eins fällt mir ein: Ihm fielen manchmal Dinge auf, die für andere unsichtbar waren. Eine Schnecke im grauen Haus, auf die er fast getreten wäre. Er hat sie aufgehoben und in seiner Riesenpranke getragen, bis er den richtigen Platz in einem Vorgarten für sie gefunden hatte … Wisst ihr noch? Dauernd hat er Kleinigkeiten gesehen, an denen wir vorbeiguckten. Erinnert ihr euch an Angelika? Der winzige Leberfleck auf ihrer Stirn, den sie selbst nicht mal kannte.«

Der Wind hatte wieder aufgefrischt, suchte Gras und Wege ab und schob vor sich her, was nicht mehr wichtig war. Die Zellophanhülle einer Zigarettenschachtel war im Schein der Laterne gerade noch auszumachen, deutlicher ein Reklamezettel Rot auf Gelb, weiße Papiertaschentücher leuchteten, Orazio sah vier im Radius des Lichts.

»Original und Fälschung …«

Valentin und Gregor schauten ihn fragend an.

»Diese Bilderrätsel, die er jedes Mal in Windeseile gelöst hat. Er hatte ein Auge fürs Detail, das hatte er wirklich.«

III

Im Vergleich zu Dr. Veiths Arbeitsplatz war Orazios Büro im Kunsthistorischen Institut unspektakulär. Der Raum bot nicht viel Platz für Extravaganzen und eigentlich hätte Orazio die institutseigenen Möbel benutzen müssen. Zum Glück verstand er sich gut mit Giuseppe, dem Hausmeister, der bereit war, von Landsmann zu Landsmann eine Ausnahme gelten zu lassen. Also tauschte er die klobigen Abscheulichkeiten gegen ein Ensemble aus Schreibtisch, Regal und einem kleinen runden Tisch mit drei Sesseln. Es verströmte den Geist zeitgenössischer Eleganz, ein Kontrapunkt zum Gebäude, in dem er sich befand, das, bevor es zur Universität wurde, die Residenz der Kurfürsten gewesen war. Hinzu kam, dass er sich bei seiner Arbeit ausschließlich mit vergangenen Jahrhunderten beschäftigte. Also besaßen die Möbel neben ihrem praktischen Nutzen auch die Funktion der stets präsenten Mahnung an seine kritische Haltung zum kulturellen Erbe, mit dem er sich täglich auseinandersetzte.

Auf seinem Türschild konnte man lesen: Dr. habil. Orazio Fabbro. Der Wissenschaftsbetrieb war ein Schlachtfeld um die wenigen komfortablen Posten. Sobald sich die Gelegenheit ergab, würde er sich auf eine Professur an einer anderen Uni bewerben. Wegen des Verbots von Hausberufungen würden sie Bonn verlassen müssen, was ihn, im Gegensatz zu Miriam, keineswegs abschreckte. Als gebürtiger Italiener und mit dem bekannten Namen seines Vaters hätte er wahrscheinlich sogar Chancen im Garten Eden der Kunstgeschichte. Doch Miriam hielt gar nichts davon, die Kinder zu »Emigranten« zu machen, es sei schlimm genug, überhaupt umzuziehen.

Jemand klopfte an und steckte gleichzeitig den Kopf herein. »Darf ich?«

»Bitte.« Orazio war schon auf den Füßen, ging auf seine Studentin zu, reichte ihr die Hand zu einem knappen Gruß und ließ seine Linke in Richtung Sitzgruppe schwingen. Im Setzen strich er schnell über seinen üppigen Haarschopf, wie zur Bestätigung, dass dieser noch da war. »Was kann ich für Sie tun, Frau Schäfer?«

Auch Frau Schäfer hatte Platz genommen. Ihre zierliche Figur war wie geschaffen für den beigefarbenen Ledersessel, in dem sie ihm mit übergeschlagenen Beinen, deren Makellosigkeit sie bis weit über dem Knie präsentierte, gegenüber saß. Sie hatte eine Frage zum Thema ihrer Masterarbeit und Orazio nahm sich die Zeit, ausführlich darauf einzugehen.

»Lieb von Ihnen, dass Sie sich so viel Mühe mit mir geben, Herr Dr. Fabbro.«

»Ach, lassen Sie doch den Doktor weg, immerhin kennen wir uns inzwischen ganz gut, und es wird bestimmt noch ein paar Gespräche geben, bevor Ihre Arbeit steht.«

»Super gern, Herr Fabbro. Sie haben ja Recht, ich habe noch soo viel zu lernen. Aber Sie als Dozent sind einfach mega, ich meine, mit Ihnen kann man reden, Sie sind total entspannt. Apropos, ich würde mich gern Ihrer Exkursion nach Florenz anschließen, wenn das noch geht.«

»Im Juli?«

»Ja, ich weiß, die Anmeldefrist ist abgelaufen …« Frau Schäfer schaute ihn verschmitzt an.

»Strenggenommen sind alle Plätze besetzt, aber vielleicht lässt sich in diesem Fall noch etwas machen. Schließlich liegt die thematische Verbindung zu Ihrer Arbeit auf der Hand.«

»Sie sagen es«, bestätigte Frau Schäfer ein bisschen erstaunt und verließ kurz darauf mit schwungvoller Eleganz das Büro.

Orazio blieb lächelnd zurück. Im Grunde war seine Welt doch in Ordnung.

Drei

Orazio nahm die Landstraße nach Overath. Der Umweg über den Bahnhof blieb ihm erspart, denn Valentin hatte eine andere Mitfahrgelegenheit. Gleich nach dem Frühstück war er aufgebrochen, um den Tag zu genießen, hatte vor, irgendwo anzuhalten und ein paar Schritte zu gehen, bevor er sich zum verabredeten Treffen bei Gregor einfinden würde. Seine Vorfreude auf diese Autofahrt war absurd groß gewesen. Er hatte ein paar seiner alten CDs mitgenommen und probierte sie nacheinander aus, aber keine passte zu seiner Stimmung. Schließlich öffnete er das Schiebedach und fuhr ohne Musik weiter.

Die Gärten wurden größer, das Land faltete sich auf, die Wellen wuchsen zu Hügeln an. Er parkte neben einem Gasthof und ging hinein in den Frühlingswald. Bei einer Lärche blieb er stehen, war kurz versucht, den jungen Trieb abzubrechen und mitzunehmen. Die Gräser reichten ihm bis zur Wade. Er blickte zu Boden. Reste vom Morgentau.

Später trank er ein Bier auf der Terrasse des Lokals und verlor sich in Erinnerungen an den Abend zuvor.

Mit Miriam war er im Club-Saal der Tanzschule gewesen, bei der sie seit Jahren zur Familie gehörten, und wie immer hatten sie alle Blicke auf sich gezogen. Durch den leichtesten Impuls brachte er ihren Körper in Schwingung. Mühelos und im Gleichtakt tanzten sie und doch jeder für sich. Der letzte echte Genuss in ihrer Beziehung, dachte er. Trotzdem konnte es nett sein, eine andere zu führen, eine, die versehentlich oder absichtlich ihre eigene Achse verließ, sich Stabilität suchend an seine Brust lehnte. Anschließend genoss er die Komplimente und dankbaren Blicke. Für Miriam war es schwerer, einen Ersatz für ihn zu finden, weil kaum jemand sich getraute, sie aufzufordern. Sie selbst bat nicht gern um einen Tanz, und musste meistens warten, bis er wieder zu ihr kam.

Gregor ging ihm entgegen, als er mit seinem Kombi die halbrunde Einfahrt hinunterrollte. Das Haus, das von der Straße aus niedrig wirkte, entpuppte sich als ein zweigeschossiger moderner Bau am Hang. Geschmackvoll angeordnete Rechtecke aus vier Materialien formten ein harmonisches Ganzes: weißer Feinputz, Bruchstein, Holz und viel Glas.

»Komm rein und lern meine kleine Familie kennen.«

Im Rahmen der gläsernen Schiebetür erschien eine beeindruckende Gestalt. Sie war hochgewachsen und von athletischem Körperbau, hatte auffällig lange Gliedmaßen, und ihr markantes Gesicht war von kastanienbraunen Locken eingerahmt.

»Das ist meine Frau Viktoria.«

»Ich bin Vicky. So schön, dich kennenzulernen. Ich darf doch du sagen, oder? Orazio, richtig? Mit oder ohne H? Ich kenne einen Orazio, der ist auch Italiener.«

»Ohne H. Klar, sagen wir du. Danke für die Einladung … Das Haus ist großartig.«

Die Schiebetür führte ins Wohnzimmer. Orazio spürte, dass die beiden seine Reaktion erwarteten, und nahm sich Zeit bei der Betrachtung der Einrichtung. Die Wand links war ganz von einer Küchenzeile bedeckt, deren weiße Hochglanzoberfläche mit den Fliesen am Boden korrespondierte. Davor eine Art Tresen, der als Arbeitsfläche oder Tisch dienen konnte. Unverkennbar das Zentrum des Familienlebens. Flaschen verschiedenster Art zwischen Tüten und Plastikbehältern mit bunten Aufschriften, daneben allerhand Kabel und Ladegeräte, Notizzettel, Stifte, ein Handy, mehrere Schlüssel. Sein Blick wanderte weiter zu einer Obstschale mit Früchten, Zwiebeln und Tomaten. Neben dem Profi-Kaffeeautomaten standen Brot-, Eis- und Joghurtmaschine und noch ein paar Küchengeräte, die Orazio noch nie gesehen hatte. Vermutlich fand man sie für gewöhnlich in Restaurantküchen. Der übrige Raum war mit zweifarbigem Eichenparkett ausgelegt, das mit Würfeln und Sternen offenbar eine moderne Version barocker Tradition darstellen sollte. Ein Kronleuchter in Gold und Braun kennzeichnete die Mitte des Wohnraums. Gregor strich über das polierte Kirschholz des Tischs, der darunter stand. »Für den hier und die Vitrine hab ich einiges hingeblättert.«

»Zwei wunderschöne Stücke.« Orazio war froh, nicht lügen zu müssen. Er schaute zum hinteren Ende des Zimmers, wo sich eine Wohnlandschaft aus bernsteinfarbenem Alcantara ausbreitete. An der Wand ein großer Flat-Screen-Fernseher. Kissen und Decken, Lammfelle, Zeitschriften und Spielsachen lagen verstreut über Polster und Boden.

»Ordnung halten können wir alle drei nicht«, sagte Vicki mit fröhlichem Glucksen.

»Wo ist eigentlich unser Junior?«, fragte Gregor.

»Spielt oben mit Leo.«

»Bei dem Wetter sollten die beiden im Garten sein.«

»Finde ich auch, aber wer hört schon auf uns?«

Ein Auto kam langsam die Einfahrt herunter, der Kies knirschte unter den Reifen. Als sie ins Freie traten, waren Valentin und seine Begleiterin schon ausgestiegen. Die beiden standen hinter dem alten Citroën, dessen Farbe

Orazio an verwaschene Jeans erinnerte, schauten zuerst sich an und dann zum Haus hinüber, ohne näherzukommen.

»Na, überlegt ihr noch, ob ihr auf meine Party wollt?«, rief Gregor zu ihnen hinüber.

»Diese Party können wir uns unmöglich entgehen lassen, was, Ada?«

Die Frau nickte. Man stellte sich vor, tauschte Freundlichkeiten aus.

»Was für ein geniales Himmelblau«, sagte Vicky zu Ada mit Blick auf den Wagen.

»Ich hab mal meine älteste Jeans daneben gehalten. Genau die Farbe war's.«

»Dann hat deine Jeans eben ein geniales Himmelblau.«

Während Gregor von dem Hausbau vor vier Jahren erzählte, nahm Orazio möglichst unauffällig die beiden Frauen ins Visier. Vicky, ein Blickfang. Alles an ihr war selbstbewusst. Das graugrüne Kleid ähnelte einer Schlangenhaut und unterstrich ihre muskulöse Silhouette. Ada hatte wahrscheinlich ihre zweitälteste Jeans an, in etwas dunklerem Blau als das Auto. Sie war nur ein bisschen kleiner als Vicky, aber feingliedriger. Neben Viktorias rotbraunem Schopf war ihre Haarfarbe namenlos. Orazio stellte sich vor, dass sie keinem Fitnessclub angehörte, aber ein Rad hatte, mit dem sie zum Einkaufen fuhr und manchmal auch weitere Strecken. Ihren Urlaub verbrachte sie lieber im Norden als im Süden, im Sommer fuhr sie nach Island oder auf die Hebriden und im Winter in die Alpen. Wahrscheinlich war sie eine hervorragende Skiläuferin. Besser als Vicky? Schwer zu sagen …

»Ratio? Woran denkst du? Langweile ich dich? Ich glaube, wir können einen Kaffee gebrauchen«, entschied Gregor.

»Caffè Latte, Cappuccino, Latte Macchiato?« Mit ihren Bestellungen ging er ins Haus.

Viktoria führte die Gäste eine Steintreppe hinab zu einer achteckigen Laube aus weiß lackiertem Holz, an dem sich Kletterpflanzen emporrankten. »In ein paar Wochen haben wir hier ein Blütenmeer, dann müsst ihr wiederkommen. Macht es euch bequem, ich gehe Gregor in der Küche helfen.«

»Warum habt ihr euch eigentlich damals aus den Augen verloren?« Adas Blick in Orazios Gesicht war so direkt wie ihre Frage.

»Tja, warum verliert man sich aus den Augen ... Jeder war in seiner eigenen Himmelsrichtung unterwegs. Ich nehme an, eines Tages war der Abstand zu groß.«

»Gleichzeitig bei vier Freunden?«

»Mehr oder weniger.« Er hob zwei Stöckchen vom Boden auf, legte sie über Kreuz auf den Tisch, deutete auf den Schnittpunkt in der Mitte zu Beginn ihrer Studienzeit und die vier Enden als Zeit der Vorbereitung aufs Examen, Exmatrikulation, Jobsuche, Wohnortwechsel.

»Willst du mich für dumm verkaufen?«

»Ada, lass doch bitte die Unterstellung«, sagte Valentin.

»Dich hab ich nicht gefragt.«

»Nein, will ich nicht«, sagte Orazio, »aber dein Ton stört mich.«

»Ist okay.«

»Bist du eigentlich eine gute Skiläuferin?«

»Aha, jetzt werde *ich* ausgehorcht. Ehrlich gesagt, weiß ich es nicht, hab nämlich noch nie auf Skiern gestanden.«

»Und du?«, fragte Orazio schnell in Valentins Richtung.

»Es geht. Willst du mit uns in Skiurlaub fahren, oder warum fragst du?«

»Nein, ich weiß auch nicht, hab gerade an schneebedeckte Berge gedacht, ohne besonderen Grund. Manchmal sehne ich mich danach, im Schnee unterwegs zu sein, wo es still ist.«

»Klingt gut«, sagte Valentin, »aber mir scheint, jetzt kommt erst mal der Sommer.«

Eine Weile unterhielten sie sich über das Reisen. Orazio erfuhr, dass Valentin am liebsten zu Hause war, während Ada Urlaub und Arbeit wenn möglich miteinander verband. Sie erzählte ein bisschen von ihrem Beruf als Mitglied einer Dokumentarfilmcrew. Meistens arbeitete sie mit denselben Leuten, war bei Expeditionen dabei und hatte sich daran gewöhnt, ohne Komfort auszukommen. »Nach drei Wochen Isomatte ist eine Nacht im Hotelbett der Himmel auf Erden.«

»Ist das denn auf Dauer auszuhalten für eine Frau, so ein Leben?«

»Deine Vorstellung von Frauen und ›so einem Leben‹ kenne ich nicht, aber die meisten Kolleginnen und auch ich wollen genau das.«

Nahende Schritte beendeten das Gespräch, bevor sich Orazio noch weiter verstricken konnte. Etwas raschelte im Gebüsch, Zweige knackten, Flüche wurden laut, und als die Gäste des Hauses sich umblickten, bot sich ihnen der Anblick zweier Indianer auf Kriegspfad. »Ihr seid umzingelt, verdammt noch mal«, stellte der eine fest.

Valentin war naiv genug zu fragen, ob sie noch eine Chance hätten, was umgehend verneint wurde. Drei Marterpfähle ständen für sie bereit, Weinen und Wehklagen sei zwecklos.

Der blonde Indianer war eindeutig der forschere. Er hatte Valentin vom Stuhl gezogen und stieß ihn nun unsanft aus der Laubenidylle mitten in die Wildnis hinein. Der dunkle Krieger begnügte sich einstweilen damit, das Geschehen durch lebhaftes Nicken zu unterstützen.

»Jetzt hilf mir doch mal mit dem Bleichgesicht.«

Die angesprochene Rothaut rührte sich jedoch nicht vom Fleck, sondern sagte in wenig überzeugendem Tonfall: »Auf den Scheiterhaufen mit ihm.«

»Scheiterhaufen? Ich denk Marterpfahl.«

»Mein ich ja.«

Die Rettung kam in Form von Kaffee und Kuchen. Als die gemischte Gesellschaft einmütig Platz genommen hatte, wandte sich Orazio dem furchtlosen Indianer zu: »Da haben wir aber Glück gehabt, dass wir den Kuchen nicht am Marterpfahl essen müssen. Gehst du immer so rau mit euren Gästen um?«

»Ihr seid nicht meine Gäste.«

»Stimmt, eigentlich sind wir die Gäste deiner Eltern.«

»Auch nicht. Meine Eltern wohnen da oben. Ich auch. Der da wohnt hier.« Er zeigte auf seinen Freund.

»Ach so.« Kurz befürchtete Orazio, dass Ada fragen würde, ob Marko adoptiert sei. Er war auf besondere Art schön mit seinen schwarzen Augen unter den dichten geschwungenen Brauen, der kräftigen Nase über den vollen Lippen und der olivfarbenen Haut, aber man würde ihn weder Gregor noch Viktoria zuordnen.

»Ja, das ist Marko, unser kleiner Zigeuner.«

»Vicky!«

Nach dem Kaffee verkündete Vicky, sie würde sich mit Ada in die freie Natur verdrücken, damit die Herren endlich zum geschäftlichen Teil kommen könnten.

Der Rest des Nachmittags verging mit fruchtlosen Überlegungen. Frank hatte ihnen keinen Ansatzpunkt gegeben, und so stellten sie zuerst eine Liste mit Kategorien auf: Kinder, Jugendliche, Kranke, Behinderte, Alte, Arme, Obdachlose ... Die anschließende Internetrecherche ergab eine Fülle von Einrichtungen, Hilfsorganisationen und Freiwilligendiensten für alle Gruppen, sodass sie den Eindruck hatten, für jeden sei gesorgt, was natürlich auch täuschen konnte. So kämen sie nicht weiter. Sie würden mit Fachleuten vor Ort sprechen müssen und beschlossen, arbeitsteilig vorzugehen. Gregor schlug vor, dass jeder nach Möglichkeit seine besonderen Kenntnisse nutzen solle, er selbst würde die organisationsrechtliche Seite abklopfen, Ratio alles, was mit Bildung zusammenhing, und Tintin?

»Umwelt und Lebensstil vielleicht.«

Gregor kam nicht mehr mit. »Den Pennern die Mülltrennung beibringen und der Rumänen-Mafia klarmachen, dass Einbrüche stillos sind, oder was?«

»Lass mich mal machen.«

Sie saßen zu sechst am runden Tisch unter dem Kronleuchter, dessen volle Wirkung sich erst zu späterer Stunde entfalten würde. Es gab Jakobsmuscheln auf Roter Bete mit Zitronengrasschaum als Vorspeise. Dazu einen Wein aus dem Cassis-Gebiet. Orazio genehmigte sich ein halbes Glas und Ada sagte, Valentin solle sich endlich einen Führerschein zulegen, damit sie auch einmal mittrinken könne.

»Hast du keinen Führerschein?«, fragte Marko ungläubig.

»Nö.«

»Hast du auch kein Auto?«

»Nö.«

»Fährst du mit dem Bus zur Arbeit?«

»Manchmal. Oder mit dem Rad, wenn die Arbeit nicht zu weit weg ist.«

»Bleibt deine Arbeit nicht, wo sie immer ist?«

»Bei mir ist sie mal hier, mal da.«

»Und du musst ihr hinterherfahren. Ohne Auto.« In Markos Stimme schwang Mitgefühl.

Vicky war neugierig auf die Art seiner launenhaften Arbeit geworden und Valentin erklärte, als studierter Ethnologe könne man im Gartenbau arbeiten, Obst pflücken, kellnern und alle möglichen Reparaturen ausführen, zum Beispiel an Fahrrädern. Nur über Autos lehre die Ethnologie nichts.

Gregor sagte, er habe wenig Mitleid mit Valentin, schließlich hätte er sich dieses Exotenfach selbst ausgesucht.

Valentin nickte. »Exakt.«

Nach einem Zwischengang aus Verbene-Eis gab es Lammcarré mit Gemüsegratin. Gregor öffnete einen Barbaresco.

»Fünfzehneinhalb Umdrehungen, alle Achtung«, sagte Ada. »Davon kriegt Orazio nur noch einen Fingerhut voll.«

»Sie will mich bevormunden, es ist nicht zu fassen. Passt sie auf dich auch so gut auf, Tintin?«

»Nur, wenn's drauf ankommt.« Er griff nach ihrer Hand.

Orazio wünschte sich, von Miriam wieder einmal so angelächelt zu werden.

Doch Adas Mimik wechselte abrupt. »Sag mal, wie kommst du eigentlich zu diesem dämlichen Spitznamen? Soll das Französisch sein, oder was?«

Gregor schaute in die Runde: »Sieht er nicht immer noch aus, wie Tintin mit seiner Haartolle und den braunen Knopfaugen?« Es stellte sich heraus, dass weder Vicky noch Ada den belgischen Tintin kannten. »Tim und Struppi kennt ihr nicht? Wahrscheinlich kennt ihr nur Barbie und Ken.« Nachdem sie mit Bildern der Comicfigur vertraut gemacht worden war, gab Ada zu, dass Tintin und Valentin sich glichen. »Und jetzt zu Ratio, dessen Köpfchen uns öfter als einmal vor dem Schlimmsten bewahrt hat«, redete Gregor weiter. »Zum Beispiel, als wir beim Schwarzfahren erwischt worden sind und er uns zu Engländern gemacht hat, die kein Wort Deutsch verstanden. Der Kontrolleur hat uns am Ende noch erklärt, wie man den Fahrscheinautomaten benutzt.«

»Das hatte ich komplett vergessen … Du hast dich damals selbst Greg genannt, glaube ich«, sagte Orazio.

»Stimmt«, sagte Gregor. »Die Leute haben dauernd Georg gesagt. Greg war einfach und unverwechselbar, das hat mir gefallen.«

»Aber mir hast du dich als Gregor vorgestellt«, sagte Vicky.

»Da war ich schon ein anderer.«

»Gregor, der Wachsame, das passt zu dir.«

»Haben alle Namen ein Wort?«, fragte Marko.

»Ja, mein Schatz, sie haben einen Ursprung. Aber manchmal streiten sich die Gelehrten über die Bedeutung.«

»Und Marko?«

»Geht zurück auf den Kriegsgott Mars.«

Auf Markos Gesicht machte sich Besorgnis breit. »Ich will aber kein Kriegsgott sein.« Tränen schwammen in seinen Augen. Vicky versuchte vergeblich, ihn aufzuheitern. Er schien von einer Traurigkeit ergriffen, die so tief innen steckte, dass die Worte seiner Mutter nicht durchdrangen.

Schließlich schaute Orazio von seinem Handy hoch: »Also ich bin überzeugt, dass Marko eher dem Gott des Ackerbaus als dem Gott des Krieges geweiht ist.« Zögernd hob Marko den Kopf. »Entscheide selbst. Was klingt ähnlicher:

Ares und Marko oder Mars und Marko?«

»Mars und Marko.«

»Das meine ich auch. Ares war der griechische Gott des Krieges und lange Zeit bevor die Römer auf die Idee kamen ihren Mars auch zum Kriegsgott zu machen, war er der Gott des Ackerbaus.«

»Ackerbaus?«, fragte Marko hoffnungsvoll.

»Pflanzen zum Wachsen bringen. Mars hat dafür gesorgt, dass die Menschen genug zu essen hatten.«

Valentin übernahm die restliche Überzeugungsarbeit, bis Marko zufrieden war.

»Dann werd ich Bauer und kein Soldat.«

Gregor schwieg kopfschüttelnd. Erst als der Junge im Bett war, machte er seinem Ärger über die Medien Luft, vor deren Horrorszenarien Kinder kaum noch geschützt werden könnten. Und schon in der Grundschule jage man ihnen Angst ein, wenn plötzlich Kriegsflüchtlinge in ihren Reihen säßen und die Lehrerin Fotos von zerstörten Häusern zeige. Unfassbar! Die traumatisierten Knirpse könnten einem leidtun, aber man müsse auch mal fragen, welche Folgen diese Kontakte für die Kinder haben. »Demnächst wird noch gefordert, dass man sie nach Hause einlädt.«

»Und welche Alternative schlägst du vor?«, herrschte Ada ihn an.

»Dafür hab ich meinen Abgeordneten gewählt. Ich erwarte jedenfalls, dass mein Kind so lange wie möglich in einer heilen Umgebung aufwachsen kann. Wenn man sich in anderen Ländern gegenseitig die Köpfe abhackt, will ich die Auswirkungen verdammt noch mal nicht bis in meine Familie spüren.«

Vier

I

Dr. Veith erwartete sie an der Aufzugtür. Mit den Fingerspitzen der rechten Hand klopfte er auf das Rad seines Rollstuhls wie jemand, der den Startschuss zum Wettkampf herbeisehnt.

»Kommen Sie, kommen Sie herein.« Auch dieses Mal war er allein im Raum, doch der gedeckte Tisch, zu dem er die kleine Gesellschaft führte, sah aus, als habe ihm jemand geholfen. Instinktiv schaute Orazio zur Wand, in der nur Eingeweihte den schmalen türförmigen Spalt erkennen würden.

»Meine Sekretärin hat ihren freien Nachmittag. Wir sind unter uns.«

»Und Herr Klein?«, fragte Gregor.

»Den brauchen wir heute nicht. Bitte nehmen Sie doch Platz. Ich habe mir erlaubt, ein paar Häppchen kommen zu lassen. Fingerfood, wie man neuerdings sagt. Ein hässlicher Anglizismus, nicht wahr?«

Orazio stimmte ihm zu und ein lebhafter Dialog über die Ästhetik der Sprache entwickelte sich zwischen ihnen, der in Anekdoten über Hürden und Verwirrungen mündete. Der Notar gab zum Besten, wie bei einer Festrede die gefeierte Koryphäe mehrfach als Konifere gepriesen wurde, und schüttelte sich vor Lachen in Erinnerung an die Reaktionen im Publikum.

»Und wie ist es Ihnen im letzten Monat ergangen?«, fragte er schließlich. »Gibt es Anlass zur Heiterkeit?«

»Wie man's nimmt, immerhin hatten wir mehrere Arbeitstreffen.« Orazio warf Valentin und Gregor einen Blick zu, der um Unterstützung bat.

»Dann lassen Sie hören.«

»Zunächst haben wir zu ergründen versucht, welche Art humanitärer Einrichtung Herr Althoff im Sinn gehabt haben könnte.«

»Aha.«

»Uns schien, dass er keine Präferenz hatte«, sagte Valentin. »Sonst hätte er sie uns sicher in seinem Brief mitgeteilt.«

»Dann haben wir Erkundigungen eingezogen, woran es in Köln mangelt«, sagte Gregor.

»Und?«

»Und festgestellt, dass es vielfältiges soziales Engagement gibt.«

»Trotzdem herrschen immer noch akute Notstände«, sagte Orazio. »Vieles fehlt, vor allem bezahlbarer Wohnraum ...«

»Wie könnte Herr Althoffs Letzter Wille dabei ins Spiel kommen?«

»Das wissen wir noch nicht. Zumal wir das Geld nicht einfach ausgeben wollen, sondern eine dauerhafte Einrichtung im Sinn haben.«

»Ich sehe, Sie haben erste Schritte getan, aber taumeln noch.«

Für einen Moment herrschte konzentrierte Stille. Niemand widersprach.

Dr. Veiths linker Mundwinkel zuckte. »Darf ich Sie dann zu meinem Schreibtisch bitten? Ich habe den Auftrag, einen weiteren Brief von Herrn Althoff zu verlesen.«

Einem Fach des Möbels entnahm er eine mit Perlmutt-Intarsien verzierte chinesische Kassette, die ursprünglich als Schmuckkasten gedient haben mochte. Der Schlüssel dazu lag in der mittleren Schublade. Das Schloss klemmte ein wenig und sprang dann mit einem Ruck auf. Kein Zweifel, der Notar liebte Effekte. Wieder fiel Orazio die vollständige Ruhe im Raum auf, nicht einmal eine Uhr tickte. Die Schatulle bannte seinen Blick. Sie war mit nachtblauem Samt gefüttert. Ein einziges Kuvert lag darin. Ein kurzes erlösendes Ratschen, die Entfaltung des Papiers, Veiths Blick in die Runde, bevor er las:

Liebe Freunde,

das erste Drittel der Frist ist vorbei. Ich stelle mir vor, wie ihr mit eurer Aufgabe klarkommt. Nehme die Sicht jedes Einzelnen von euch ein. Versuche im Geist die Gefährten, die ich einmal hatte, mit meinem Anliegen zu versöhnen. Addiere die Informationen aus den Erkundigungen, die ich über euch eingeholt habe, und male mir die Personen aus, die ihr heute seid. Fakten habe ich eine Menge zusammengetragen, aber ob mein Orazio, Gregor und Valentin etwas mit der Wirklichkeit zu tun haben, kann ich nicht sagen. Ich stelle mir vor, dass du immer noch nach dem Sinn hinter den Dingen suchst, Valentin. Und dass du, Gregor, der Unbeirrteste von euch bist. In dir, Orazio, sehe ich den Verständigen. Sicher habt ihr über alte Zeiten gesprochen, vielleicht gemutmaßt, was für einer ich heute bin, nein, ich nehme ja eure Sicht ein, wer ich am Ende war, muss es heißen. War ich überhaupt ein guter Freund, für den sich die Mühe lohnt? Denn dass die Sache mühsam wird, muss euch inzwischen klar sein.

Wollt ihr etwas noch nie Dagewesenes auf die Beine stellen, oder ist das zu riskant? Sollte man nicht lieber das Bestehende stärken?

Wer von euch übernimmt die Führung? Gregor würde gern, aber ist er geeignet? Von deiner juristischen Kompetenz und Geschäftstüchtigkeit bin ich überzeugt. Du be-

weist sie täglich in deinem Beruf. Auch eine schnelle Erledigung des Falles traue ich dir zu. Doch ich möchte, dass du dich auf die Rolle des Organisators beschränkst. Orazio, du wirst der Wächter sein. Und Valentin, du sollst die Entscheidungen treffen, bevor ihr euch am Ende einigt.

Carpe diem!

Euer Frank

Orazio hoffte, nicht allzu verdattert auszusehen. Wenn dieser Brief eine Hilfe für sie darstellen sollte, begriff er ihn nicht. »Du wirst der Wächter sein.« Was oder wen sollte er bewachen? Oder überwachen?

Dr. Veith hatte den Brief sinken lassen. Er hob die Brauen. Als keiner etwas sagte, hob er auch die Schultern und ließ sie wieder sinken zum Zeichen, dass diesmal keine Erläuterungen zu erwarten seien.

Gregor schäumte. Orazio fiel ein, wie schwer es ihm schon damals gefallen war, seinen Ärger zu verbergen. Seine Stimme klang gepresst und die Wörter kamen stockend, als er Dr. Veith nach seinem Verhältnis zu Frank fragte.

»Er war mein Klient, wie früher seine Eltern.«

Gregor lehnte sich auf seinem Stuhl vor, sodass sein Oberkörper über den Schreibtisch gebeugt war und sein Kopf dem des Notars einen halben Meter näher kam.

Er starrte ihm direkt in die Augen und drohte unverblümt, dass, falls es irgendwo einen Interessenskonflikt gäbe, er dies herausbekäme und nicht zögern würde, die notwendigen Schritte einzuleiten, woraufhin Veith kopfschüttelnd meinte, Herr Jäger sei gerade dabei, sich in etwas hineinzusteigern.

»Ich kann Ihnen nicht mehr sagen, als mir bekannt ist.«

Valentin wollte wissen, ob noch weitere Briefe von Frank

existierten. Veith erklärte, genau genommen solle er darüber keine Auskunft geben, aber um Spekulationen vorzubeugen, nehme er sich die Freiheit, sie davon in Kenntnis zu setzen, dass sie noch mit zwei Briefen zu rechnen hätten, einem im Juni und dem letzten am Ablauftag der Frist.

»Herr Althoff hat mir die Briefe verschlossen übergeben. Ich kenne deren Inhalt nicht.«

Nun forderte Gregor einen Beweis ihrer Echtheit. »Die könnte ja jeder geschrieben haben!«

Orazio mischte sich ein. »Lasst uns erst mal drüber nachdenken, was Frank uns sagen wollte.«

Gregor verlangte die Aushändigung der beiden Briefe, aber der Notar weigerte sich. Am Schluss zogen sie mit Fotokopien ab.

Erst auf der Straße atmete Orazio auf. Die vertrauten Geräusche der vorbeifahrenden Autos, das entferntere an- und abschwellende Summen der Straßenbahn, das Tappen ihrer Schritte auf dem Bürgersteig – all dies gab ihm das Gefühl, wieder im richtigen Leben zu sein. Wären nicht Gregor und Valentin bei ihm gewesen, hätte er diese ganze Erbschaftsgeschichte wahrscheinlich für Einbildung gehalten. Und selbst jetzt, in Anwesenheit des immer noch aufgebracht vor sich hin grummelnden Gregors und des leise pfeifenden Valentins, der, wie ein Schuljunge, einen Kiesel vor sich her kickte, hatte er Zweifel an der Realität der letzten zehn Wochen. War es möglich, so detailliert zu träumen? Er schlug vor, zu Franks Grab zu gehen.

»Ich weiß nicht …«, sagte Valentin, »… und wenn er im Familiengrab liegt?«

»Dann ist das eben so«, befand Orazio.

Mit Hilfe der Friedhofsverwaltung fanden sie die Gruft

der Familie Althoff. Der dachähnliche Aufbau wurde von Säulen getragen und anstelle eines bepflanzten Gärtchens bedeckte eine große Steinplatte die Erde. Franks Großvater, Gründer der Althoff Maschinenbau GmbH, war zweiundsiebzig Jahre alt geworden. Sicher war er bis zu seinem Tod in der Firma aktiv gewesen. Orazio erinnerte sich dunkel an Franks Erzählung vom gestrengen Alois, der mit einer Idee im Kopf dem Freistaat Bayern den Rücken gekehrt hatte, um sich im Rheinland was Eigenes zu erschaffen. Er hatte ihm von seiner kindlichen Angst vor der polternden Stimme des Patriarchen erzählt. Franks Geburts- und Todesdatum waren auf einer gesonderten Granitplatte eingraviert. Er lag an der Seite seiner Eltern, deren gemeinsamer Todestag der einzige Hinweis auf das Unglück war. Eigenartig, dass es weder Kreuz noch Engel noch irgendein anderes religiöses Symbol gab.

»Hier liegt er also«, sagte Valentin.

»Sollte man denken. Aber auch ein Grab kann man faken«, sagte Gregor.

»Langsam siehst du Gespenster.«

Vor jeder Tafel mit den Namen der Toten war eine Kupfervase befestigt. Die der Großeltern und Eltern waren leer. Nur in Franks Vase stand ein frischer Strauß mit Gänseblümchen und Vergissmeinnicht.

»Ich gäb was drum, wenn ich wüsste, wer die dahin gestellt hat«, sagte Gregor.

»Und ich frag mich, wo Luisa begraben ist«, sagte Valentin.

Wenig später saßen sie wieder im Café Feynsinn. Sie waren gleich auf ihre Nische zugesteuert und hatten sie leer vorgefunden. Allerdings sei sie für zwanzig Uhr reserviert. Kein Problem. Orazio kramte nach den Kopien der Briefe.

»Innentasche, Professor«, sagte Gregor.

Orazio notierte: *Brief 1: Glaubten an die Einfachheit der Dinge, im Kleinen und im Großen / Bares in gute Kanäle leiten / das Geld auf die wertvollste Weise einsetzen, die wir uns für Köln vorstellen können. Brief 2: Hat Erkundigungen über uns eingeholt / sieht Valentin als Sinnsucher, Gregor als den Unbeirrtesten von uns / mich als den Verständigen / Sollte man etwas ganz Neues auf die Beine stellen oder das Bestehende stärken? / Gregor Rolle des Organisators / ich Rolle des Wächters / Valentin Rolle des Entscheidungsträgers vor der endgültigen Einigung*

»Was meint er mit Einfachheit der Dinge? Jetzt überlegt doch mal mit, wir müssen um acht hier raus sein.« Orazio hatte Lust, tiefer einzusteigen.

Valentins Miene hellte sich auf. »Wir haben tatsächlich öfter über Einfachheit und Wahrheit und ...«

Gregor stöhnte. »Jetzt kommt auch noch die Wahrheit ins Spiel! Merkt ihr nicht, dass das zu nichts führt?«

»Durch das Einfache geht der Eingang zur Wahrheit. Lichtenberg«, zitierte Orazio, aber bevor er ausholen konnte, prallten Gregors Worte gegen die engen Wände der Nische. »Unserem Frank muss sein Glaube an die Einfachheit der Dinge irgendwo auf seinem Weg abhandengekommen sein, sonst hätte er uns nämlich einfach *vor* seinem Tod eingeladen und die Sachlage mit uns beredet, anstatt uns mit Notar und Briefen zu verhöhnen.«

»Dann können wir eben nur selbst dahinter kommen, was er gemeint hat.«

»Wir *können*, aber wir *müssen* nicht. Wenn ich mir ausrechne, was der Spaß mich bisher an Arbeitszeit gekostet hat, vergeht mir die Lust auf dieses Spielchen.«

»Heißt das jetzt, dass du uns hängen lässt?«

Gregor hielt inne und Orazio atmete auf. Man konnte ihn also immer noch bei seiner Loyalität packen.

»Komm, wir haben noch 'ne halbe Stunde.«

»Carpe diem, alles klar.«

Sie gingen die Formulierungen im Einzelnen durch bis zu der Stelle, wo Frank behauptete, Gregor würde am liebsten die Hauptrolle spielen.

»Wie kommt er überhaupt zu der Anschuldigung?« Gregors Gesicht nahm einen bedrohlichen Rotton an.

»Eine Anspielung auf deinen Unternehmergeist, sonst nichts«, sagte Orazio. »Schließlich leitest du eine Firma, die was abwirft.«

»Und woher will er das wissen?«

»Das kann er sich denken, du warst doch schon immer ehrgeizig«, sagte Valentin besänftigend. »Er findet eben, dass jeder von uns eine besondere Aufgabe haben sollte.«

»Deine Aufgabe hätte ich auch gern. Entscheidungen treffen, Daumen hoch, Daumen runter. Und ich darf rödeln, während Ratio, unser Wächter, aufpasst, ob ich auch alles richtig mache.« Er fasste sich an die Stirn.

»Du hast Recht, so kann es nicht gehen.« Orazio überlegte. Es wurde ruhig in der Nische. Sie nippten an ihren Getränken. Nebenan weinte ein Baby.

»Ich soll euch nicht kontrollieren«, sagte er dann, »sondern unser Projekt bewachen, also behüten, glaube ich. Mit allem, was dazugehört.« Zum Glück kam Gregor nicht auf die Idee zu fragen, was dazugehörte. Seine Uhr zeigte Viertel vor acht. Gerade noch Zeit, zu besprechen, was bis zu ihrer nächsten Verabredung geschehen sollte.

II

Freitagnachmittag nach seinem Treffen mit einem Kollegen aus Turin. Gedankenaustausch im »lebenden Museum«, kein künstliches Licht, dafür durchbrochene Mauern und Glasfronten: innen und außen im Bund für Kunst und Ästhetik. Wenige nicht beschriftete Gegenstände verströmten ihren eigenen Atem. Und die Offenheit übertrug sich auf die Besucher. Das Konzept ging auf. Aber es war nicht nur die Art, wie die Sammlung immer wieder in anderem Kontext präsentiert wurde. Das Museum war auf den Kriegstrümmern von St. Kolumba errichtet, einer gotischen Kirche nicht weit vom Dom, und trotzdem war hier viele Jahrzehnte nur ein Trümmerhaufen mit ein paar Mauerresten gewesen. Ein Mahnmal, das ihn in seiner Kindheit als Bombenlücke beeindruckt hatte. Später war er achtlos daran vorbeigelaufen. Erst als die mittelalterlichen Fragmente im hellen Stein des Neubaus dunkel aufleuchteten, schienen sie wieder eine Funktion zu haben.

Miriam klagte darüber, dass die Schule es versäumte, junge Menschen in ausreichendem Maß mit unserem kulturellen Erbe vertraut zu machen. Immer wieder staunte sie über die Ahnungslosigkeit ihrer Abiturienten. Er überlegte, ob man das Konzept des lebendigen Museums – ein Paradoxon, das ihm gefiel – nicht für pädagogische Zwecke abwandeln könnte, sodass Schüler ihre praktische Begabung nutzen würden, um sich musizierend, malend, modellierend, fabulierend oder dichtend mit den kunstgeschichtlichen Epochen zu befassen. Am besten gleich hier, im Herzen der Stadt. Im Geiste stand er ganz oben im engen Treppenhaus eines der schmalbrüstigen Altstadthäuser, lauschte einer mittelalterlichen Melodie, die sich in ihren

Variationen durch die Jahrhunderte bis hin zur Pop-Version entwickelte. Im Stockwerk darunter drang der Geruch frischer Farbe durch die halboffene Tür. Er hörte Gesprächsfetzen, jemand verfluchte wortreich den haarenden Pinsel, worauf ein Kichern folgte. Etwas, das wie eine Feile klang, schabte im Sekundentakt oder vielleicht etwas schneller, feiner Staub kitzelte in der Nase. Die Schreibwerkstatt lag im Erdgeschoss. Er horchte an der Tür, glaubte das leise Klackern einer Tastatur zu vernehmen … Lernen ohne Pauken – das würde Frank gefallen.

III

Das Telefon riss Orazio aus seiner Arbeit. »Fabbro.«

»Herr Dr. Fabbro, ich habe hier eine Frau Remer am Apparat, soll ich verbinden?«

»Ja, bitte.«

Orazio konnte sich an keine Frau Remer erinnern. Er würde mal wieder improvisieren müssen.

»Fabbro. Guten Tag, Frau Remer. Wie kann ich Ihnen behilflich sein?«

»Hallo, Orazio. Ada hier.«

»Valentins Ada?«

»Sozusagen.«

»Wie kommst du an diese Nummer?«

»Man war so freundlich, mich durchzustellen.«

»Natürlich. Und warum rufst du an?«

»Ich bin in Bonn und dachte, wir könnten einen Kaffee zusammen trinken.«

»Einen Kaffee?«

»Zum Beispiel.«

»Und wann?«

»Ab sofort. Aber ich kann auch warten.«

»Liegt was Besonderes an?«

»Nein.«

»Ich stecke mitten in einer wichtigen Arbeit, Ada. Können wir den Kaffee auf einen anderen Tag verschieben?«

»Sicher.«

»Hast du einen Vorschlag?«

»Nein, ich weiß nicht, wann ich das nächste Mal in Bonn bin. Aber ich kann mich dann ja noch mal melden.«

»... Na gut, wenn du jetzt gleich zur Uni kommst, mache ich eine halbe Stunde Pause. Wann könntest du hier sein?«

»In zwanzig Minuten, schätze ich.«

»Dann in zwanzig Minuten vor dem Haupteingang.«

Als er ins Freie trat, sah er sie mit langen Schritten die Allee entlang auf den Eingang zulaufen. Atemlos blieb sie bei ihm stehen. »Hab ich's geschafft?«

»Auf die Minute.«

»Wohin jetzt?«

»Es gibt einen Biergarten in der Nähe.«

»Lead on, Macduff.«

»Ein oft benutztes, aber falsches Zitat.«

»Und wie heißt es richtig?«

»Lay on Macduff.«

»Bedeutet?«

»In dem Zusammenhang so viel wie ›Komm, lass uns die Schlacht in Angriff nehmen‹.«

»Hätte auch gepasst.«

»Hm.«

»Bist du immer so pingelig?«

»Meistens.«

»Aber du meinst es nur selten böse.«

»Du musst es ja wissen.«

Sie gingen durch den Stadtgarten in Richtung Rhein. Orazio fragte sich, warum er nicht in seinem Büro geblieben war. Der Biergarten würde überfüllt sein. Bis sie ihren Kaffee hätten, wäre die halbe Stunde vorbei.

Doch es war nicht so schlimm, wie er befürchtet hatte. Sie fanden eine freie Ecke gleich beim Eingang, wo der Kellner sie nicht übersehen konnte. Als sie bestellt hatten, atmete er tief durch.

»Viel zu tun also.«

Orazio nickte. »Und was hat dich nach Bonn verschlagen?«

»Ein neuer Auftrag. Möglicher Auftrag. Ist noch nicht in trockenen Tüchern.«

»Wo soll's denn hingehen?«

»Nach Myanmar. In ehemalige Sperrgebiete.«

»Liegen da nicht Landminen?«

»Dort nicht. Die verminten Gebiete sind nach wie vor zu.« Ihr Mund verzog sich spöttisch. »In Myanmar passt man auf Ausländer auf. Wir werden einen einheimischen Führer haben.«

»Könnt ihr den selbst auswählen?«

»Hoffentlich.«

»Klingt nach einem spannenden Auftrag. Was filmt ihr dort?«

»Alles Mögliche. Natur, Lebensbedingungen der Bewohner in abgelegenen Gegenden. Die Fragestellung ist, was der Tourismusboom bewirkt.«

»Frank war auch mal in Myanmar, glaube ich. Das muss noch vor der Jahrtausendwende gewesen sein. Wahrscheinlich gab es damals kaum Touristen dort.«

»Ein paar hunderttausend im Jahr werden es gewesen sein. Auf die wenigen Gebiete verteilt, wo Ausländer frei herumreisen durften. Ich selbst war 2006 zum ersten Mal dort.«

»Beruflich?«

»Hauptsächlich privat.«

»Was hat dich dorthin gezogen?«

»Du meinst wohl, was Frank dort gewollt haben könnte.«

»Warum bist du immer so ...«

»Spontan?«

»Nicht nur ...«

»Direkt?«

»Nicht nur das ...«

»Dann sag du«, befahl sie.

»Rücksichtslos trifft es ganz gut. Du glaubst zu wissen, wie ich denke, und konfrontierst mich damit. Ganz schön arrogant find ich sowas.«

Ada schaute ihn lange an. In ihren unverhohlenen Blick hatte sich Verwunderung eingeschlichen. »Ich werde drüber nachdenken.«

Damit schien die Sache für sie erledigt. Sie erzählte von den Diskussionen, die sie damals mit ihren Freunden darüber geführt hatte, ob man das Land besuchen sollte, in dem eine grausame Militärjunta regierte, wo Kinderarbeit und minderjährige Soldaten Normalzustand waren, wo Krieg gegen Minderheiten geführt wurde und ein Arbeitsverbot für Oppositionelle noch das geringste Übel darstellte. Sie fuhr trotzdem hin, weil die Neugier überwog. Es war eine Zeitreise ins neunzehnte Jahrhundert. Vor allem in Mandalay schaute sie in offenen Werkstätten Hunderten von Handwerkern bei der Arbeit zu, noch heute habe sie das gleichmäßige Hämmern bei der Herstellung von Metallgefäßen und Glocken im Ohr. Nie würde sie ihre tagelangen Spaziergänge über die staubigen Wege in Bagan vergessen, wo keiner genau wusste, wie viele Stupas, Pagoden und Tempel auf dieser riesigen Fläche stehen. Sie sprach von Mönchen und Nonnen, die geduldig in langen Schlangen mit ihren Opferschalen an den Häusern vorbeizogen, um sich einen Löffel irgendeiner Reisspeise für ihre tägliche Mahlzeit abzuholen. Vom wilden Galopp eines durchgegangenen Pferdes im Zentrum des Ortes, der mit seinen Staubstraßen eher wie eine Kleinstadt im Wilden Westen wirkte. Von ihrem Erlebnis im Linienbus in der Hauptstadt Yangon, wo sie von einer traurigen Frau angesprochen wurde, die ihr eine Rufnummer nannte, dann ihren goldenen Ohrring herausnahm und diesen in ihre Hand legte. Die nicht zuließ, dass sie den Ohrring zurückgab, und auch kein Geld dafür annehmen wollte. Die, abgesehen von den Ziffern der Nummer, die sie auf Englisch sagte, ihr nur mit Gesten bedeuten konnte, dass es sich um eine Telefonnummer handelte, die sie unbedingt anrufen sollte. Sie wiederholte die Nummer mehrmals, bevor sie ausstieg. Ada hatte sich die Zahlenfolge nicht merken können oder wollen, denn sie ahnte, dass sich dahinter ein schreckliches Schicksal verbarg, auf das sie keinen Einfluss hätte. Noch Jahre später habe sie ihre Passivität bereut. Sie hatte gezögert, eine Nummer zu notieren, um eine dringend vorgetragene Bitte erfüllen zu können. Sie hätte es wenigstens versuchen müssen. Der Ohrring lag bis heute in einer Schachtel in ihrer Kommode. Natürlich würde sie ihn niemals tragen können.

»Ja, manche Erlebnisse laufen uns nach«, sagte Orazio.

Bald darauf spazierte er gelassen, mit der rechten Hand in der Hosentasche, durch den Stadtpark zurück zur Uni.

Zwischen Daumen und Zeigefinger rieb er ein Zettelchen mit Adas Handynummer. Er fragte sich, ob diese Frau auf jeden so eigenartig wirkte wie auf ihn.

Fünf

I

Im ersten Jahr nach Elenas Geburt hatte Orazio nach seinem Arbeitstag im Institut nicht schnell genug nach Hause kommen können. Über jede rote Ampel ärgerte er sich, und wenn er dann endlich das kleine Wesen an seine Brust drückte, war er der seligste Mensch überhaupt. Den ersten Lauten eine Bedeutung zumessen. Den Zeigefinger als Stütze anbieten bei den letzten unselbstständigen Schritten. Und der Moment, als sich die kleinen Finger lösten zur großen Freiheit.

Möglich, dass Miriam genauso vom Glück ihrer Mutterschaft erfüllt war, aber es kam ihm vor, als werde ihre Freude von einem Gefühl der Bedrohung unterwandert. Orazio hätte sich gern mehr um Elena gekümmert, aber sie ließ ihn selten für länger als ein paar Minuten mit dem Baby allein, also lief sein Einsatz meist auf Hausarbeit hinaus.

Erst nach einiger Zeit wurde Miriam ruhiger und kurz darauf wieder schwanger.

Carla, die schon, bevor sie reden konnte, mit allen Sinnen sprach. Manchmal bebten ihre Mundwinkel beim Essen und ihre winzigen Nasenflügel spreizten sich. Wenn Orazio sie im Buggy durch den Wald schob, schaute sie gierig mit weiten Pupillen in alle Richtungen, ihr Atem ging tief und jede Pfütze animierte sie zu wilden Gesten. Er war überzeugt, dass die geheimnisvollen Zeichen, die sie seit einiger Zeit immer und überall hinterließ, nicht einfach die unbeholfenen Malversuche eines kleinen Kindes, sondern Ausdruck ihres reichen Inneren waren.

Heute verbrachte er seine wöchentliche Sprechstunde im Institut allein. Vielleicht lag das am heftigen Regen, der seit gestern das Land überzog. Die Temperaturen waren in den einstelligen Bereich gerutscht. Offenbar hatten etliche einen »Studientag« zu Hause eingelegt, anstatt sich auf ihren Fahrrädern Wind und Wetter auszusetzen.

Er hatte es nicht eilig, für den Familienausflug ins Grüne war es ohnehin zu nass. In letzter Zeit war Miriam wieder extrem besorgt um die Gesundheit der Mädchen. Ohne ärztlichen Rat ging nichts mehr. Er fragte sich, warum man ein Kind mit Schnupfen zum Arzt schleppen musste. Sie war nicht erst seit gestern Mutter, woher diese Beunruhigung? Ständig meldete sie sich in der Schule krank, weil sich Carla oder Elena nicht wohlfühlte, obwohl Gudrun von nebenan öfter als einmal angeboten hatte einzuspringen.

Miriams Eltern wohnten weit weg, man sah sich fünf- oder sechsmal im Jahr. Immerhin öfter, als er seine Eltern sah, seitdem sie wieder in Italien lebten. Er vermisste sie sehr, verschroben, wie sie waren, und Gott sei Dank ohne diese biedere Gesetztheit, die ihn bei Miriams Eltern jedes Mal für die gesamte Dauer ihres Besuches in Halbschlaf hielt. Er wünschte sich, dass die Mädchen Nonna und Nonno viel öfter besuchen könnten.

Und so abwegig war der Gedanke nicht mal. Am Montag hatte er erfahren, dass in Florenz bald die Stelle eines Juniorprofessors frei würde. Er war kein Unbekannter am Institut, schon seit Jahren organisierte er Exkursionen zu den Kunstschätzen der Stadt. Soweit er das beurteilen konnte, standen seine Chancen nicht schlecht. Heute Abend wollte er mit Miriam darüber reden. Wahrscheinlich würde sie kurz ihr Auch-das-noch-Gesicht aufsetzen, bevor sie in gewohnter Manier nach unten schaute, um ihn dann mit einem Augenaufschlag freizusprechen. Oder vielleicht doch nicht? Ich weiß, du wolltest, dass ich mich aus der

Erbschaftsgeschichte raushalte. Und dass ich nicht auf Carla aufgepasst habe auf dem Waldspielplatz, hast du mir auch nicht verziehen. Dann schimpf doch mit mir, schrei mich an, damit ich mich verteidigen oder um Verzeihung bitten kann. Aber was du tust, ist einfach nur ekelhaft, widerlich. »Ich hasse das.« Den letzten Satz hatte er ausgesprochen. Nun horchte er ihm nach. Wieso hatte er diesen arroganten Begnadigungsblick jahrelang ertragen? Das heißt, nicht mal ertragen müssen, sondern umgedeutet in … ins Gegenteil, ja, genau, seine zurückhaltende Frau zeigte Verständnis für seine vielfältigen Mängel.

Nun war es allmählich doch Zeit, nach Hause zu fahren. Er schloss sein Büro ab und ging über die fast leeren Gänge nach draußen.

»Du kommst spät.« Miriam war im Flur, als er das Haus betrat.

»Ich hatte noch ein längeres Gespräch mit einem Studenten.« Warum hatte er das gesagt?

»Papa!« Die Mädchen kamen lärmend um die Ecke. Elena war die Erste. Carla rutschte auf ihren Socken aus und landete vor seinen Füßen, ihr Hinterkopf schlug auf dem Fliesenboden auf. Miriam stieß einen kurzen leisen Schrei aus, wollte sich zu der Kleinen beugen, um sie aufzuheben, aber Orazio hielt sie fest.

»So ein toller Empfang! Die ganze Familie ist gekommen, um den König zu begrüßen. Und die jüngste Prinzessin liegt ihm zu Füßen. Wenn das keine Freude ist!«

»Die jüngste Prinzessin ist ungeschickt«, ließ sich die ältere vernehmen.

»Nein, sie ist extra ausgerutscht auf ihren … Schlittschuhen«, erläuterte Carla.

»Nun, wir nehmen an, sie ist die Einzige, die bemerkt hat, dass der Flur des Königspalasts aus purem Eis besteht.«

Für den Rest des Tages blieben sie wie selbstverständlich die königliche Familie.

Nachdem die Kinder im Bett waren, deckte Miriam noch einmal den Tisch, diesmal für zwei. Sie hatte ein Carpaccio mit Rucola vorbereitet und für Orazio ein paar Kapern darüber gestreut. Beim Essen berichtete sie von einem musikalisch sehr begabten Schüler, den sie gern mehr fördern würde, wenn die Schulleitung nur ein bisschen flexibler agieren könnte. Dann kam sie auf die seit Tagen kursierenden Meldungen über eine bevorstehende Grippeepidemie zu sprechen.

»Hoffentlich holen sich die Kinder nichts.«

Orazio nickte ernst. Zudem sei das hiesige Klima leider nicht hilfreich bei der Entwicklung einer robusten Gesundheit. Er wandte den Kopf zum Fenster, um festzustellen, dass es immer noch regnete. Wahrscheinlich würden sie beide auch irgendwann Rheuma bekommen.

Möglich, sagte Miriam, aber momentan denke sie eher an die Atemwege der Mädchen.

Das tue er auch. So viele kleine Kinder hätten eine chronische Bronchitis. Schlimm.

Der Keuchhusten gehe übrigens auch wieder um im Kindergarten, sagte sie. Am besten, sie halte Carla eine Weile zu Hause.

»Hm. Was hältst du davon, Anfang Juli mit nach Florenz zu kommen? Die Exkursion beginnt am zwölften. Das ist ein Donnerstag, dein erster Ferientag.«

»Und die Kinder? Elena hat bis Freitag Schule.«

»Dann verpasst sie eben die letzten beiden Tage.«

»Und ihr erstes Jahreszeugnis? Ich weiß nicht …«

»Ach komm, es wird bestimmt schön. Florenz ist wunderbar.«

»Aber du musst doch arbeiten. Vielleicht können wir nachkommen.«

»Gute Idee. Wir könnten zwei Wochen dranhängen, in einem guten Hotel wohnen, einen Mietwagen nehmen und ein bisschen in der Gegend rumfahren.«

»Klingt als hättest du im Lotto gewonnen.«

Orazio zögerte. Dann sagte er: »Noch nicht ganz.«

Miriams fein gezeichnete schwarze Augenbrauen bewegten sich unruhig auf und ab. »Eine Professur?«

Orazio nickte.

»Wo denn?«

»Ich hab mich ja noch gar nicht beworben.«

»Wo?«

»In Florenz.«

Sie stand auf und verließ ohne ein Wort das Zimmer.

Er machte sich daran, den Tisch abzuräumen. Ihre Reaktion kam für ihn nicht ganz überraschend. Er würde ihr Zeit geben, aber nicht zu viel, eine halbe Stunde, in der sie sich hoffentlich ein bisschen abregen würde. Und dann immer schön ruhig bleiben. Keine Anschuldigungen. Überzeugen, nicht überreden.

Er stellte das Geschirr in die Spülmaschine, schaltete das Radio ein und machte sich daran, klebrige Überbleibsel des Tages wegzuwischen.

Erst nach Ende der Sendung ging er zurück ins Esszimmer, danach in den Wohnraum, stieg die Treppe hinauf, wo Bad und Schlafzimmer waren. Miriam fand er nirgends, nicht bei den Kindern, auch nicht im Keller. Sie musste sehr leise gewesen sein.

Es war nach Mitternacht, als er die Haustür hörte.

»Jetzt bin ich es, der die Königin an der Tür empfängt.«

»Lass mich.«

»Der König bittet um Audienz.«

»Abgelehnt.«

»Miriam, bitte, wir müssen reden.«

»Das Thema haben wir schon besprochen. Ich weiß nicht, warum du davon wieder anfängst.« Sie drückte sich an ihm vorbei zur Treppe.

Er griff nach ihrer Hand. »Wir können uns nicht leisten, so eine Gelegenheit verstreichen zu lassen. Bitte gib mir ein paar Minuten.«

Steif folgte sie ihm zum Sofa. Er hatte einen 2009er Lagrein Riserva dekantiert, ihren Lieblingswein. Mit geradem Rücken saß sie auf der Kante des Sessels, jederzeit zum Absprung bereit.

Demonstrativ lehnte er sich zurück, schlug die Beine übereinander und begann die Argumente aneinanderzureihen, die er sich zurechtgelegt hatte. Er sagte, dass die Stelle des Juniorprofessors exakt auf ihn zugeschnitten sei. Italienische Kunst der Frühen Neuzeit. Eng mit Florenz verbundene Forschungen. Voraussetzung sei perfektes Italienisch und Deutsch, und darin könne ihn wohl kaum jemand übertrumpfen. Außerdem kenne er fast jeden am Institut, auf den es ankomme. Ob je wieder eine solche Chance auftauchen würde, sei fraglich.

Die Alternative sei ihr bewusst: Mit viel Glück Akademischer Rat und vielleicht in zehn Jahren Oberrat in Bonn, und dann käme nichts mehr bis zur Pension.

Miriam sagte, das entspreche ziemlich genau dem, was sie am Gymnasium zu erwarten habe.

Damit möge sie zufrieden sein, konterte Orazio, aber er

habe die Absicht weiterzukommen, Florenz wäre ein Sprungbrett.

Was bedeuten würde, dass man in fünf Jahren nach Rom gehe, oder warum nicht gleich nach Übersee?

Er verlegte sich darauf, wie die Kinder profitieren würden: Eine zweite Sprache – die ihres Vaters –, dann hätten sie Mutter- und Vatersprache, ob das nicht fantastisch wäre? Und die Nähe zu seinen Eltern, die beiden würden wahnsinnig vor Glück …

»Und ich?«, fuhr sie ihn an. »Ich wäre von heute auf morgen arbeitslos.«

»Du gibst gerade mal acht Stunden!« Orazio merkte, dass er sich diese Bemerkung besser verkniffen hätte. »Ich meine, du könntest eine Auszeit gebrauchen, solange die Mädchen noch klein sind, und wieder einsteigen, wenn wir zurück nach Deutschland kommen.«

Miriam sprach leises Stakkato: »*Falls* wir zurückkommen. Was die Kinder betrifft, würden wir sie brutal aus ihrer Umgebung herausreißen. *Kein* Kind zieht gern um und schon gar nicht in ein Land, dessen Sprache es nicht versteht. Und *meine* Eltern würden vermutlich *nicht* wahnsinnig vor Glück. Wie weit ist es von Kiel nach Florenz? Und über eine Auszeit von *meiner* Arbeit bestimme ich immer noch selbst. Wenn du dich trotzdem um die Stelle bewerben willst, wünsche ich dir viel Glück, aber rechne nicht damit, dass ich mitkomme. Und Elena und Carla bleiben auch hier.« Damit verließ sie das Zimmer.

Benommen stellte Orazio sein Weinglas ab. Er hatte sich wie ein Idiot benommen. Alles falsch gemacht. Sich auf ihre Nachgiebigkeit verlassen.

Er malte sich aus, wie das Gespräch hätte verlaufen können, wenn er Miriam die Vorteile eines Lebens in der Toskana vor Augen geführt hätte, die Wärme ... Wahrscheinlich könnten sie sich vor Einladungen nicht retten, wären überall sofort dabei. Die Mädchen würden schon nach ein paar Tagen beim Spielen jeden Tag neue Wörter benutzen. Nach einem halben Jahr könnten sie fließend und akzentfrei reden. Miriam würde einen Intensivkurs belegen und abends mit ihm üben. Ihre großzügige Stadtwohnung hätte einen Garten oder sie würden in ein etwas abgelegenes Landhaus ziehen, zu dem ein zypressengesäumter Weg führte. Zwischen Mai und Oktober würde sich ihr Familienleben im Freien abspielen. Am Ende besäßen sie alle vier das Beste aus beiden Ländern. Aber er hatte es vermasselt. Von nun an würde Miriam auf stur schalten.

II

Valentin war es tatsächlich gelungen. Er hatte Miriam bewegt, am Samstag mitzukommen. Am Telefon hatte er gesagt: »Gib sie mir mal.«

Aus ihren Antworten schloss Orazio, dass er sie unbedingt wiedersehen und ihre Töchter kennenlernen wollte. Er ließ keine Entschuldigung gelten und versprach ihr, sie werde sich prächtig amüsieren. »Prächtig amüsieren?«, hatte Miriam wiederholt. Dann hatte sie gelacht und zugesagt.

Valentin und Ada hatten draußen gedeckt. Wenn sie mitgeholfen hatte. Ein weißes Tuch war über zwei unterschiedlich hohe Tische gebreitet. Für den niedrigeren reichte es nicht mehr ganz und ein Streifen braunen Holzes schaute hervor. Bunt zusammengewürfeltes Geschirr. Neben jedem Gedeck lag eine Blume.

»Miriam!«, rief Valentin durch die Türöffnung, lief die wenigen Schritte auf sie zu, hob sie ein Stück hoch und schwenkte sie herum. Interessiert schauten die Mädchen ihm zu, wie er einen Arm um ihre Schultern legte und sie ins Haus geleitete.

»Sollen wir hinterher schleichen?«, fragte Orazio im Flüsterton. Elena formulierte ein lautloses Ja und Carla zog ihn an der Hand in das kleine Fachwerkhaus. Die Zimmerdecke war kaum höher als die Türzarge. Orazios Kopf erreichte ungefähr den horizontalen Eichenbalken in der Mitte des Raums. Valentin drehte sich zu ihnen um. »Eine Schwarzküche«, erklärte er. »Fast vierhundert Jahre alt.« Es war dämmrig. »Bis vorletztes Jahrhundert haben die Leute hier über offenem Feuer gekocht und geräuchert.« Er zeigte auf eine Holzkonstruktion mit Fleischerhaken. »Da oben hingen die Schinken.«

Sie gingen nach nebenan in die Stube, deren Innenwand beinahe ganz durch einen Kachelofen eingenommen wurde. Auf der Ofenbank lagen Lammfelle.

»Wo sind denn die Möbel?«, fragte Elena.

»Wer bist denn du?«, kam Valentins Gegenfrage.

»Elena.« Sie zog am Arm ihrer Schwester. »Und das ist Carla.«

»Sehr erfreut, eure Bekanntschaft zu machen. Ich bin Herr Fiedler, aber ihr könnt Valentin zu mir sagen.« Er lächelte. »Und nun zu deiner Frage: Wo sind die Möbel? Schau dich mal genau um, ob du ein Möbelstück entdeckst.«

»Da«, rief Carla und zeigte auf eine schmale Anrichte.

»Genau. Das ist der Geschirrschrank, aber der ist leer, weil ich heute viele Gäste habe.«

»Und die anderen Möbel?«, beharrte Elena.

»Die sind im Garten. Lass mal überlegen, warum.«

»Weil du heute viele Gäste hast?«, schlug Elena vor.

»So wird es sein.«

»Und wo schläfst du?«, fragte Carla.

»Oben.«

»Zeig mal.«

Miriam hob an zu protestieren, aber Valentin unterbrach: »Kommt mit.«

Die steile Treppe endete vor einer Falltür, die sich ächzend öffnete, als Valentin ein bleiernes Gewicht herunterzog. Hier war die Deckenhöhe noch niedriger als unten. Den Dielenboden des Schlafraums bedeckte zum größten Teil ein Teppich aus brauner Wolle und mitten darauf stand ein großes Bett mit einer maisgelben Baumwolldecke. Orazio konnte nicht anders als sich Valentin mit Ada im Liebesspiel vorzustellen.

»Hier schlafe ich«, sagte Valentin zu Carla.

»Und da steht dein Kleiderschrank.« Diesmal war Elena schneller.

Sonst gebe es nichts zu benennen im Haus.

»Aber ein Bad hast du doch«, sagte Miriam.

»Gleich nebenan.«

Familie Jäger war eingetroffen. »Wie urig!«, rief Vicky gerade. Nun hörte man auch Adas Stimme. Ob sie vorhin auch schon hier war, vielleicht im Garten?

»Wohnt Ada bei dir?«, fragte Orazio.

»Für ein paar Wochen oder Monate«, sagte Valentin. »Momentan hat sie keine eigene Wohnung.«

»Wie alt ist sie eigentlich?«

»Um die Mitte dreißig, ich hab's mir nicht gemerkt.« Dazu nickte er nachdenklich.

Orazio fand, dass sie jünger wirkte, fast wie ein zu schnell gewachsener Teenager, dessen Weiblichkeit erahnt werden musste.

Nun, da niemand mehr fehlte, führte Valentin sie durch den Garten. Zum ersten Mal bemerkte Orazio so etwas wie Stolz bei ihm. Er schätzte das Grundstück auf mindestens zweitausend Quadratmeter.

Der Flieder begann schon zu verblühen. Die Rhododendronbüsche am Wiesenrand und einige Rosen trugen Knospen. Lupinen in abgestuften Farbtönen bildeten ein eigenes kleines Feld, genau wie die Akelei. An verschiedenen Stellen drängten Vergissmeinnicht und Hornveilchen in die Gemüsebeete vor. Marko hatte seine Hand in Valentins geschoben, der jetzt ein eigenes Grüppchen mit den drei Jüngsten bildete, mit ihnen über leckere Gemüsesorten fachsimpelte und zeigte, wie Möhren über der Erde aussahen. Dann bog er ein paar Zweige vom Holunderbusch zu den Kindern herunter, sodass jedes so viele Blütendolden pflückte, wie es an Jahren zählte, für den Pfannkuchen am Abend. Über eine Wiese mit Obstbäumen gingen sie in einem Bogen zurück zum Erdbeerbeet. Vom Feld direkt in den Mund. Und auf den Kuchen.

Er versuche, so weit wie möglich mit dem auszukommen, was der Garten hergebe, erklärte Valentin, dessen Teller einige Zentimeter tiefer stand als die Tasse. Marko, der mit Elena und Carla am Kindertisch saß, ließ ihn nicht von seiner Seite.

Gregor erkundigte sich bei Valentin nach dem Besitzer des Anwesens.

»Eine Witwe, die zu ihrer Tochter gezogen ist. Sie freut sich, dass ich alles in Ordnung halte und ihr von der Ernte abgebe. Über die Miete kann ich nicht meckern.«

»Gut«, sagte Gregor, »ich hab schon befürchtet, du hättest dir die Hütte ans Bein gebunden.« Vicky drehte ihren noch leeren Kuchenteller herum. »Romantica von Taitù. Wahnsinn.«

Ada erläuterte, dass er jedes Gedeck nur einmal kaufe.

Miriam fragte nach seinem Lieblingsmotiv.

Das hänge von seiner Laune ab. Und vom Essen. Saures passe gut zu Herbaticum, Salat zu Fleurs Sauvage. Jedes komme mal dran. Und heute stünden alle neun auf dem Tisch.

»Ich bewundere deinen Optimismus. Carla ist erst vier, ich bezweifle, dass alles heil bleibt.«

»Ich pass schön auf«, sagte Carla selbstsicher.

»Er hat nur dieses Geschirr«, sagte Ada. »Er mag nur haben, was er ständig benutzt. Am liebsten multifunktional.«

»Wie dieses Betttuch hier?«, fragte Gregor und strich über das weiße Laken auf dem Tisch.

»Erkannt«, grinste Ada. »Ist doch praktisch. This sheet can tell many a story.« Sofort biss sie sich auf die Lippe.

Gregor lachte als einziger. Dann schüttelte er den Kopf und sagte: Wenn's wenigstens abstrakte Muster wären, aber Kräuter, Blumen, Schmetterlinge, sowas kauft doch kein Mann! Wenn Ada nicht hier säße, könnte man meinen, du wärst schwul.«

»Was heißt das, schwul, Papa?«, fragte Marko.

»Wenn ein Mann keine Frau, sondern einen anderen Mann liebt«, sagte Gregor.

»Mag er dann Blumen und Schmetterlinge?«

»Manche schon.«

»Dann bin ich schwul.«

»Das wollen wir nicht hoffen«, sagte Gregor mit drohendem Unterton, der vermutlich Vickys Einschreiten auslöste.

»Ich find's schön, dass du Blumen und Schmetterlinge magst, mein Schatz. Alle Kinder tun das, Mädchen und Jungen. Da muss man nicht schwul sein.«

»Aber schwul zu sein ist auch okay«, sagte Ada zu Marko.

Gregor bedankte sich vielmals, aber sie könnten ihren Sohn allein erziehen.

»Schuwuhhhl-huhuhuhl ...«, sang Carla.

»Schwul, nicht schuwul«, verbesserte Elena.

Miriam seufzte.

Orazio berichtete von seiner Vision eines Kulturerbe-Hauses, wo Jugendliche zur Abwechslung mal nicht theoretisch, sondern einzig und allein durch Tun und Erfahren lernen würden. Bei aller Hochachtung für den pädagogischen Ansatz hielt Valentin dagegen, so etwas sollte in jeder weiterführenden Schule als AG angeboten werden, wenn man das Kulturgut eines Landes erhalten wolle. Gregor gähnte demonstrativ. Ob irgendeiner an diesem Tisch ernsthaft glaube, Jugendliche besäßen heutzutage ein Zeitfenster für Kulturgut.

Auch Valentin hatte eine Idee für Franks Beitrag zum guten Leben: einen Garten für Stadtkinder. Er stellte sich Kinder im Grundschulalter vor, die ein Jahr lang einen Nachmittag in der Woche in ein Haus gingen, das von einem großen Garten umgeben wäre. Dort würden sie den Boden umgraben, säen, pflanzen, düngen, bewässern, ernten, Speisen zubereiten, einmachen ... Sie würden schon früh Zusammenhänge begreifen, den Kreislauf des Lebens. Sie würden erkennen, dass alles Wichtige im Leben Zeit brauche, dass eine Pflanze Zeit brauche, um zu wachsen, genau wie sie selbst. Sie würden sich in Geduld üben, lernen, respektvoll mit der Natur umzugehen. Natürlich gäbe es nicht nur Nutzpflanzen, sondern auch Blumen, die ästhetische

Qualität dürfe nicht zu kurz kommen. Sie würden wissen, welche Blumen im Frühling, Sommer und Herbst blühen, und spielerisch lernen, sie am Duft zu erkennen. Aber sie würden auch die Mühe kennenlernen, die es koste, etwas zu bewirken. Sie müssten sich selbst fordern, um etwas zu erreichen. Jedes Kind würde ein Beet in eigener Regie beackern und ein Teil wäre Gemeinschaftsarbeit. Man könne so *viel* machen, er habe hundert Einfälle. Und in dem Alter würden sie alles fürs Leben mitnehmen. Sie würden ihre Abhängigkeit von einer funktionierenden Natur erkennen und wie selbstverständlich anerkennen. Sie würden merken, dass es keinen Sinn mache, mehr abzupflücken, als sie essen könnten. Vielleicht würden sie begreifen, dass man haushalten müsse mit den Ressourcen der Natur. Sinnvolle Sparsamkeit lernen.

»Das ist ein wunderbares Konzept.« Miriams Stimme war tief und weich. Sie lächelte Valentin anerkennend zu.

»An wie viele Kinder hast du gedacht?«, fragte Orazio.

»An zehn bis zwölf pro Gruppe, also zwischen fünfzig und sechzig im Ganzen.«

Für ihn klinge Tintins Einfall zwar nicht ganz so weltfremd wie der von Ratio, aber doch irgendwie verträumt, sagte Gregor. Dennoch schrieb er auf, wie groß Haus und Grundstück sein sollten, und versprach, sich Gedanken über die Details zu machen, wie dieses »wunderbare Konzept« in die Praxis umzusetzen sei. Da gebe es viel zu tun, und zwar nicht nur für den Organisator.

Später kam er darauf zu sprechen, dass die Sache mit Veith ihm nicht schmecke. Man müsse einen Detektiv auf ihn ansetzen, da sei was oberfaul, darauf würde er seinen – mit Blick auf die Kinder – Allerwertesten verwetten. Es bleibe nichts anderes, als Geld in die Hand zu nehmen und diesen etwas zu enthusiastischen Notar auf Herz und Nieren überprüfen zu lassen.

Der Umstand, dass Gregor ein derartiges Misstrauen entwickelt hatte, erfüllte Orazio mit einer kuriosen Skepsis, wobei er sich nicht im Klaren war, was genau er befürchtete. Er für sein Teil wollte glauben, dass alles mit rechten Dingen zuging. Veith war weltgewandt, gebildet und unglücklicherweise an den Rollstuhl gefesselt. Wäre der Motorradunfall nicht passiert, würde er jetzt in den Anden herumklettern oder unter Einsatz seines rhetorischen Talents mit einer schönen Frau flirten. Doch so, wie die Dinge lagen, freute er sich über einen außergewöhnlichen Auftrag. An irgendetwas musste der Mensch schließlich Anteil nehmen, wenn er nicht verkümmern wollte, und Veith war nicht der Typ Kümmerling. Im Gegenteil, Greg und Veith waren die geborenen Konkurrenten. Beide Juristen, zielstrebig und argwöhnisch. Ein Kleinkrieg zwischen den beiden könnte das ganze Projekt gefährden. Tintins Idee mit dem Garten für Stadtkinder war doch nicht übel, darauf sollten sie sich jetzt konzentrieren.

»Wir brauchen eine Originalunterschrift von Frank«, sagte Gregor, immer noch darauf beharrend, dass an der Sache und insbesondere an dem Notar etwas faul war. »Und wir müssen an die Briefe kommen, die uns Veith illegalerweise vorenthält.«

»Wieso illegalerweise?«, fragte Ada.

»Na, an wen sind sie denn gerichtet?«

»Ach so, okay … Also in der Firma wird es massenhaft Unterschriften von Frank geben«, sagte Ada. Anscheinend hatte Valentin sie eingeweiht, warum auch nicht? Er selbst hätte sich gewünscht, Miriam alles zu erzählen, aber mittlerweile war es ihm fast egal.

»Dann geh doch mal vorbei und besorg uns ein Originaldokument aus der Firma«, höhnte Gregor. »Mit deinem diplomatischen Geschick dürfte das kein Problem sein.«

»Geht klar.« Sie warf Orazio einen siegesgewissen Blick zu.

Sechs

I

Was war das für eine Welt, in der man sich nicht mal vom Wetter überraschen lassen konnte? Eigentlich willst du auf dem Weg zur Arbeit nur ein bisschen Musik, um die Laune aufzuhellen, und schon hängst du in der Stauschau-Nachrichten-Wetter-Schleife. Warum schaltest du nicht einfach ab? Zumal sich seit dem Infoblock beim Frühstück nichts geändert hat. Aber nein, du bringst dich stoisch auf den neuesten Stand und das Erste, was du in der Kaffeepause machst, ist die Wetter-App aufzurufen, um zu sehen, ob sich die Regenwahrscheinlichkeit von fünfzehn auf fünfunddreißig Prozent erhöht hat und ob für morgen immer noch zehn Sonnenstunden und zweiundzwanzig Grad Höchsttemperatur angesagt sind. Dann könnte man zur Dienstagsmilonga am Rheinufer gehen. Bevor du aber die Entscheidung endgültig fällst, bestätigst du heute noch zweimal und morgen mindestens dreimal, dass keine Wolken aufziehen werden.

Sie hatten Glück, dass Gudrun von nebenan selten etwas vorhatte, selbst bei Sonnenschein blieb sie meistens im Haus. Für Elena und Carla war sie Tante Gudrun mit komischen alten Büchern aus ihrer Kinderzeit vor hundert Jahren. So machten die beiden Bekanntschaft mit Heidi, Försters Pucki und Struwwelpeter. Orazio wunderte sich, dass Miriam nicht längst eine Zensur ausgesprochen hatte. Doch die Kinder schliefen jedes Mal fest und friedlich, wenn die Eltern von einer Veranstaltung – meistens waren es Konzerte – zurückkamen. Besser konnten sie es kaum treffen. Also nahmen Orazio und Miriam beruhigt ihre Beutel mit Tanzschuhen und zogen los wie in alten Zeiten.

Eigentlich war der Boden der Uferpromenade zu stumpf und uneben, aber unter freiem Himmel zu tanzen war nun mal etwas Besonderes. Man bewegte sich, so gut es ging, zum schrillen Klang alter Tangomusik. Passanten blieben stehen oder setzten sich zu den Tänzern auf die Mauer am Wegrand. Manche hatten Campinghocker und Proviant mitgebracht. Eine Flasche Roter machte die Runde. Von Schleppern war die Rede, die mehr Kohle machten als Drogenhändler, dass mittlerweile mehr Migranten in der Sahara starben als im Mittelmeer, von Integrationsproblemen, vom Import des organisierten Verbrechens und der Korruption. Ein Gegenredner sprach von der moralischen Überheblichkeit des Westens, der doch in Wahrheit andere Länder zuerst ihrer ökonomischen und kulturellen Potenz beraube und sich dann über den Flüchtlingsstrom beschwere.

Orazio hielt sich raus. Diesen Abend wollte er sich nicht verderben lassen. »Komm, Miriam«, raunte er mit spanischem Akzent, »uns interessiert nur der Tango.«

»Gibt es irgendwas, das du ernst nimmst?«, fragte sie irritiert. Aber er hatte sie schon an sich gezogen, und nach kurzem Zaudern fügte sie sich.

Heute würde er nicht mit anderen tanzen, obwohl er damit rechnete, aufgefordert zu werden, denn eigentlich war Partnerwechsel üblich, konnte sich aber als heikel erweisen. Und er hatte einiges gutzumachen nach dem Eklat von letzter Woche, der immer noch nachwirkte. Der Sonntag bei Valentin war seitdem die einzige gemeinsame Zeit gewesen. Zu Hause sagte sie nur das Nötigste. Wenn er ein Zimmer betrat, in dem sie beschäftigt war, ergriff sie nach spätestens fünf Minuten unter einem gemurmelten Vorwand die Flucht. Wenn er sie ansprach, mied sie seinen

Blick und richtete ihre kurze Antwort an die Wand. Nicht gerade ermutigend, das Ganze. Wirklich, sie tat sich keinen Gefallen mit ihren Tabus. Zuerst die Villa in Nizza, dann die Professur in Florenz – als ob sich Probleme in Luft auflösten, sobald man verweigerte, darüber zu reden. Was war aus der verständnisvollen Frau geworden, die er geheiratet hatte? Eine Henne, die um ihre Küken kreiste, im aberwitzigen Glauben, sie vor allen Gefahren der Welt, und seien sie noch so klein, beschützen zu müssen.

»Au! Pass doch auf!«, sagte Miriam.

Er hatte nicht gemerkt, wie sich ein anderes Paar von der Seite näherte, und war kollidiert, wobei Miriam einen unbeabsichtigten Tritt der Tänzerin kassierte.

»'tschuldigung, tut mir leid«, sagte Orazio in beide Richtungen. Er sollte sich besser konzentrieren.

»Du kommst mir so zerstreut vor. Hast du überhaupt Lust?«, fragte sie, sich den Knöchel reibend.

»Nein, ich meine *ja*. Natürlich hab ich Lust.«

»*Du* wolltest unbedingt hierhin.«

»Ich weiß. Wir sind ja auch hier an diesem wunderschönen Abend. Es tut mir wirklich leid. Kannst du weitermachen?«

Sie reihten sich wieder ein. Durch ihre Bluse fühlte er, wie sich ihr Rücken gegen seine Hand lehnte. Natürlich hatten die Schwangerschaften Spuren hinterlassen, ein Bäuchlein, das nicht mehr verschwand, und auch der Busen hatte sich verändert. Ihr »physischer Verfall«, wie sie nach Carlas Geburt eine Zeitlang geklagt hatte. War das der Grund, warum sie seit Monaten keinen Sex hatten? Nein, er glaubte nicht. Wenn es überhaupt etwas Körperliches gab, das ihn abtörnte, war es die Kerbe auf ihrer Nasenwurzel, deren Form sich zwischen einem kaum sichtbaren schmalen Strich und einem Delta von Linien veränderte. Miriam Fabbros »Variationen über die Mühsal des Lebens«. Die kurze tiefere Falte bedeutete Migräne, die längere schmale hieß, dass sie sich über etwas geärgert hatte, und die verzweigte sagte »Lass mich in Ruhe, ich bin gestresst«. Immer seltener gab es Tage ohne diese kleine verhängnisvolle Kerbe.

Noch auf dem Heimweg hing er seinen Gedanken nach, bis bei Miriam überraschend eine gewisse Heiterkeit aufkam. Sie begann sogar eine belanglose Unterhaltung über ein paar Leute aus der Szene. Über Günther, der nicht in der Lage war, die Tanzrichtung einzuhalten, stattdessen auf dem Parkett umhertrieb wie ein herrenloses Boot, sagte sie: »Er ist der süßeste Herumtreiber, der je auf meinem Fuß gestanden hat.«

Es sah aus, als habe sich der Abend zumindest in *der* Hinsicht gelohnt. Froh nahm er die Plauderei über alte Zeiten auf und war fast glücklich, als er ihr Lachen hörte, das glasklar klang wie eh und je.

Gudrun saß über ein Buch gebeugt. Der Rotwein hatte ihre Wangen gefärbt. Sie erhob sich ächzend von der niedrigen Couch, sagte, die beiden seien die reinsten Engel gewesen, sie hätten zusammen Max und Moritz gelesen, echtes Kulturgut und zehnmal besser als dieser neumodische Kram, aber jetzt müsse sie ins Bett und schon war sie durch die Tür verschwunden. Orazio und Miriam blickten sich belustigt an, stiegen die Treppe zum Schlafzimmer hinauf und Miriam vergaß völlig, noch einmal nach den Kindern zu sehen.

II

Ada hatte darauf bestanden, beim kommenden Treffen im Café Feynsinn dabei zu sein. Orazio und Gregor saßen schon in der Nische, als Valentin hereinkam.

»Wolltest du dich nicht begleiten lassen?«, fragte Gregor. Und fügte einen Moment später hinzu: »Wow, jetzt bin ich aber …«

Orazio schluckte nur, um seine Überraschung zu verbergen. Ada war im Türrahmen stehengeblieben und blickte genüsslich auf die Sitzenden herab. Ganz oder gar nicht – dieser Spruch füllte unsinnigerweise sein Hirn völlig aus. Ihre Füße standen fast senkrecht in beigefarbenen Pumps, was die Vollkommenheit ihrer strumpflosen Beine ins Überirdische hob. Die Raffinesse des Kleids aus heller Rohseide bestand darin, dass es sowohl schlicht war als auch aussah, als habe es ein Vermögen gekostet. Eine schwarze Schlangenkette mit goldenem Kopf und Schwanz lag eng um ihren Hals. Das Haar war hochgesteckt, was sie in die Nähe der eins neunzig brachte. Aber was sie wirklich veränderte, waren Kajal und Mascara. Ihr sonst fast unerträglich intensiver Blick hatte mit einem Mal alle Aufdringlichkeit verloren. Durch die dunkle Umrandung wirkte er milder, dennoch nicht weniger aufmerksam. Langsam öffnete sie ihre Lippen, die in der Farbe einer reifen Aprikose glänzten. »Ihr könnt euch entspannen.«

Es dauerte einen Moment, bis Orazio in der Lage war, der Aufforderung nachzukommen. »Eine besonders schöne Kette. Sind die Augen Diamanten?«, sagte er und wünschte im selben Augenblick, den Mund gehalten zu haben.

Gregor warf einen Seitenblick auf Orazio und griente. »Das interessiert mich auch. Hast du sie von Valentin? Und das Kleid, ist das von Chanel?«

»Die Waffen einer Frau«, sagte Ada in überlegener Missachtung des Gregor'schen Sarkasmus. »Aber ich behaupte nicht, dass ich das Dokument nur deswegen bekommen habe.« Sie legte die letzte Seite eines Schriftstücks auf den Tisch. Sofort beugte Gregor seinen Kopf darüber. »Sieht echt aus«, sagte er. »Verrate uns mal, wie du drangekommen bist.«

»Ziemlich einfach. Ich bin freie Journalistin und interessiert an außergewöhnlichen Firmengeschichten. Von einem Kollegen aus dem Wirtschaftsressort habe ich erfahren, dass die Althoff GmbH kürzlich in die Rechtsform einer Stiftung überführt wurde, und würde mich gern mit dem Stiftungsvorsitzenden über die genauen Umstände dieser Maßnahme unterhalten. Wenn meine Recherche eine Story ergibt, die ich dem WDR anbieten kann, ist es durchaus möglich, dass ich den Auftrag bekomme, eine Reportage über die Firma zu drehen. Klein hat sofort angebissen. Ich also in mein Hinguckerkleid geschlüpft, ein bisschen außerhalb geparkt und mit dem Taxi vorgefahren. Er schon in der Lobby. Mit Fliege. In seinem Büro holt er bis zur Grundsteinlegung im Jahr 1951 aus und erzählt in unverfälschtem Kölsch die ganze zugegeben interessante Historie bis heute. Ich hätte Lust, den Film wirklich zu machen. Herr Klein in Großaufnahme, wie er die Vorzüge der Stiftung mit ihrem sozialen Fokus erläutert ... Das bemerkenswerte Verhalten des jungen Chefs und seine Sorge um die Mitarbeiter des Familienunternehmens hätten mich besonders berührt. Ob es vielleicht Fotos gebe? Wir zwei ab ins Archiv, trotz meiner Stauballergie. Alle Firmeninterna der letzten drei Jahre in einem Ordner. Mittlerweile tränen meine Augen und meine Stimme ist rau. Als der Hustenanfall einsetzt, will er mit mir raus, aber ich röchle nur ›Wasser‹ und er lässt mich kurz mit dem Ordner allein. Als er mit dem Glas zurückkommt, steckt das Papier in meiner Tasche.«

»Genial«, sagte Gregor. »Wie hast du's geschafft, dass deine Augen tränen?«

»Filmleute haben sowas im Handgepäck.« Sie zog ein Fläschchen mit Zerstäuber aus ihrer Handtasche. »Übrigens hab ich auch ein paar Fotos von Bildern mit Frank gemacht.« Sie legte einen Datenchip auf den Tisch.

»Danke«, sagte Orazio. »Aber was tun wir, wenn auffällt, dass das Dokument fehlt?«

»Darüber denke ich auch nach«, sagte Valentin. »Spätestens dann wird Klein im Notariat anrufen.«

»Ich hab extra ein Protokoll von vorletztem Jahr genommen, das wahrscheinlich nicht mehr relevant ist. Und natürlich wegen des handschriftlichen Zusatzes von Frank. So ist das Ergebnis des Gutachtens sicherer, als wenn wir nur die Unterschrift hätten.«

»Das Risiko mussten wir eingehen«, befand Gregor. »Außerdem hatte ich mit meinem Misstrauen recht. Veith ist ein Lügner. Einen Motorradunfall hat er nie gehabt, jedenfalls keinen, der registriert wäre.«

»Und wie kommt er in den Rollstuhl?«, fragte Valentin.

»Ratet mal!«

»Bitte, Greg, das ist doch kein Quiz.« Orazio kam sich vor, als säße er im Theater, wo das Publikum zum Mitspielen aufgefordert wurde und man nicht wusste, womit man sich als Nächstes lächerlich machen würde.

»Warte mal«, sagte Ada. »Wenn er das so sagt, können wir drauf kommen. Hat es was mit Frank zu tun?«

»Nicht direkt.«

»War es ein Unfall?«

»Ja.«

»Aha. Jetzt ratet doch mal mit! Muss ich wieder alles allein machen?«

»Ich geh mal zum Klo«, sagte Orazio. So führte sie sich also auf, wenn sie in Hochstimmung war.

Als er zurückkam, war die Preisfrage beantwortet. Das Ehepaar Veith war gemeinsam mit Franks Eltern im Berner Oberland gewandert, als sich mit einem Mal Steinbrocken von einem Geröllfeld lösten, die sich in kürzester Zeit zu einer Stein- und Schlammlawine entwickelten. Die Althoffs und Veith wurden voll getroffen, Frau Veith, die ein paar Meter hinter ihnen ging, entkam nur knapp. Veith überlebte mit Quetschungen, Prellungen und einer Fraktur der Wirbelsäule. *Er* war also der anonyme Schwerverletzte aus dem Internet.

Aber Gregor hatte noch mehr erfahren, zum Beispiel, dass Veiths Frau kurz nach dessen Entlassung aus dem Krankenhaus die gemeinsame Luxuswohnung in Braunsfeld verlassen hatte. Inzwischen lebte sie irgendwo in England. Die beiden waren übrigens kinderlos. Zu den Althoffs hatte eine langjährige enge Freundschaft bestanden.

Valentin überlegte laut, ob Frank mal einen Dr. Veith erwähnt hatte, doch sie konnten sich nicht erinnern.

Sie beratschlagten, ob sie den Notar bei ihrem nächsten Besuch mit dem, was sie wussten, konfrontieren sollten, und einigten sich schließlich darauf, dass es wohl besser wäre, die Unwissenden zu mimen, zumindest, bis sie das Resultat des graphologischen Gutachtens hatten.

»Außerdem kann die Sache völlig harmlos sein«, sagte Valentin. »Stellt euch mal vor, ihr wärt in so ein Unglück verwickelt gewesen, hättet eure Freunde verloren, wärt für den Rest eurer Tage gelähmt. Hättet ihr Lust, jedem Fremden eure Lebensgeschichte zu erzählen? So ein Alpendrama zieht doch Fragen nach sich. Aber wenn du sagst ›Motorradunfall‹, fragt niemand, wie das denn genau passiert sei. Schon, weil man als Unbeteiligter die Schuldfrage vermeiden will.«

Gregor faltete die Hände und warf einen theatralischen Blick hoch zum Kronleuchter. Es mache ihn glücklich zu wissen, dass Tintins Glaube an das Gute im Menschen ungebrochen sei.

»Es kann eben nicht nur Zyniker geben«, erwiderte Ada.

Damit war das Thema abgehakt und sie wendeten sich dem Gartenprojekt für Stadtkinder zu, das erste Gestalt annahm. Jedem der drei war es gelungen, ein Objekt am Stadtrand aufzutun, das geeignet sein könnte. Sie verglichen die Pläne mit Grundflächen und Gebäuden, dann die Kauf- und Mietpreise und kalkulierten Renovierungskosten, Ausgaben für Einrichtung und Anlage des Gartens, wobei sich die von Orazio vorgeschlagene Immobilie schon jetzt als deutlich zu teuer erwies. Blieben also noch zwei Möglichkeiten.

Drei Augenpaare sähen mehr als eins, meinte Gregor. »Wir gucken uns die beiden Hütten gemeinsam an.«

Das habe er auch gerade vorschlagen wollen, sagte Orazio.

»Ach entschuldige, *du* bist ja der Wächter. Da fällt mir was auf: Wäre es nicht auch die Aufgabe des Wächters gewesen, Veith unter die Lupe nehmen zu lassen? Warum hat mich eigentlich keiner von euch gefragt, was die Ermittlungen bisher gekostet haben? Lieber den Mund halten, sonst wird man am Ende selbst zur Kasse gebeten.« Dann klappte er geräuschvoll seine Aktentasche auf, zog das Dokument mit Franks Unterschrift heraus und schob es über den Tisch. »Hier, Herr Wächter, ich will Ihnen nicht ins Handwerk pfuschen. Wir brauchen das Gutachten bis Ende des Monats.«

Valentin fand, alle Ausgaben sollten geteilt werden, jeder sollte seine Kosten aufschreiben.

Ihr komme es vor, als käme Gregor schon jetzt auf seine Kosten, sagte Ada, woraufhin Valentin drohte, ihr eines Tages den Mund mit Sekundenkleber zu verschließen.

Orazio stellte sich vor, wie er mit seiner Zunge den Kleber von Adas Mund löste.

III

Florenz hatte den Empfang seiner Bewerbung bestätigt. Die Einladung zum Vorstellungsgespräch würde auf sich warten lassen, doch er war sicher, dass sie noch vor der Sommerpause käme. Er summte den Refrain eines Volkslieds: *Wer wandern will, der darf nicht stehn, der darf niemals nach hinten sehn, laa-la-la-la-laa-la-la, muss immer weiter gehn.* Wie klar alles wurde, wenn man sich erst mal entschieden hatte! Von draußen drang Vogelgezwitscher in sein Büro. Er griff die Fensterflügel mit den Händen und schob sie auf, so weit es ging. Mit ausgebreiteten Armen sah er den Vögeln bei ihrem Treiben zu, wünschte sich, als einer von ihnen wiedergeboren zu werden, als der Große dort mit dem schwarzen Kopf und Schwanz, der weißen Brust und den blauen Flügeln. War das eine Elster? Für den Bruchteil einer Sekunde bedauerte er seine Ignoranz und wusste im selben Augenblick, dass er ein Vogelbuch besorgen würde. Genau – mit einer CD, damit er demnächst jeden einzelnen an seiner Stimme erkennen könnte. Am besten gleich jetzt zum Buchladen gehen. Er ließ die Seminararbeit in der Schublade verschwinden.

Am Markt kaufte er »Unsere Vögel und ihre Gesänge« und setzte sich damit in ein Eiscafé. Die neue Bedienung war niedlich, aus Sizilien, wie er am Akzent hörte, wenn sie Rosario hinter dem Tresen eine Bestellung zurief. Sie passte ins Bild, das man von Sizilianerinnen hatte, mit braunem Teint und Temperament in jeder Bewegung. Er bestellte einen Espresso und plauderte ein bisschen mit Concetta aus Agrigento, die Heimweh hatte und Sehnsucht nach ihrem Freund, der aber bestimmt bald nachkommen würde.

Drei Viertel seines Lebens, fast dreißig Jahre, wohnte er nun in Deutschland. Seine Eltern hatten ein offenes Haus für die unterschiedlichsten Gäste gehabt, deren Kinder sich oft anders benahmen als er und seine Schwester: frecher oder gehorsamer, mutiger, hochnäsiger, und sogar ein paar Typen mit besonderen Fähigkeiten waren dabei, wie Giorgio, der mit Katzen, Hunden und Meerschweinchen in ihrer Sprache reden konnte und später einmal Tiersprachenforscher hatte werden wollen. Mutter besaß eine Truhe mit Kostümen, die sie ihnen großzügig zum Spielen überlassen hatte. Darin lagen exotische Kopfbedeckungen, Umhänge, Tücher, Pumphosen und bunte Hemden – ein Quell seiner Fantasiewelt … In ein paar Jahren würden Elena und Carla die Schatztruhe öffnen.

Er schlenderte an Geschäften vorbei, verspürte plötzlich den Drang, sich von Kopf bis Fuß modisch einzukleiden. Sommerlich hell. Er wollte auffallen, sich neu erfinden, wie damals als Junge. Im Grunde zog er sich viel zu langweilig an, immer auf der sicheren Seite. Er würde nach

Köln fahren, es war erst kurz vor vier.

Im Berufsverkehr brauchte er mehr als eine Stunde für die dreißig Kilometer, mit dem Zug wäre es schneller gegangen. Egal, jetzt hatte er geparkt, bummelte die Ehrenstraße hinunter zur Mittelstraße, deren Geschäfte interessante Auslagen zeigten, wenn man die Preisschildchen ignorierte. Eines, dessen männliche Schaufensterpuppe eine weich fallende weiße Hose ausstellte, betrat er schließlich doch. Im Laden beglückwünschte man ihn zu seinem Geschmack, der ganz dem neuen Trend entspreche, dazu trage der junge Mann weiße Mokassins mit zwei seitlichen Streifen, die in der Farbe des Poloshirts reflektiert würden. Pink sei eine der mutigeren Optionen, die durchaus für ihn in Frage käme, eine dezentere Alternative stelle dieses aparte Braun dar, das erstaunlich präzise seine Augenfarbe treffe. Die Verkäuferin hängte ihm zwei Hosen in unterschiedlichen Größen, ein braunes Poloshirt und eins in Pink in die Kabine. Die passenden Mokassins stellte sie auf den flauschigen Teppich. Als er mit der mutigeren Option bekleidet den Vorhang zurückschob, drehte die Verkäuferin ihre Handflächen nach oben und rief: »Wie für Sie gemacht.«

»Das kann ich bestätigen«, sagte eine Stimme, die ihn zusammenzucken ließ. Veith rollte auf die Kabine zu. »Guten Abend, Herr Dr. Fabbro.«

»Das ist aber eine Überraschung.«

»In der Tat, ein anderes Ambiente diesmal. Aber ein recht angenehmes. Ich komme gern hierher.« Hinter ihm tauchte eine gut gekleidete Frau auf. »Darf ich vorstellen? Herr Dr. Fabbro – wir haben beruflich miteinander zu tun. Meine Schwester, Ruth Meinhard.«

Orazio war verwirrt. »Angenehm.«

»Sehr erfreut. Es ist selten geworden, dass Wilbert Bekannte über den Weg laufen. Seit seinem Unfall unternimmt er nicht mehr so viel wie früher.«

»Welchen Unfall meinen Sie?« Orazios Herzschlag verdoppelte sich.

Die Frau wandte sich Veith zu, der bleich wurde.

»Meine Güte, Wilbert, es tut mir leid. Ich dachte, du hättest darüber gesprochen. Wie unsensibel von mir.«

Veith fing sich wieder. »Was sagt deine weibliche Ästhetik zu dieser Kombination?« Er deutete auf Orazio.

»Geschmeidiger Chic mit einem Hauch von Sex-Appeal.«

»Nehmen Sie die Teile. Meine Schwester irrt sich nie in solchen Dingen.«

Zu Hause fand Orazio zwei Blätter von einem Malblock und eine Notiz auf dem Tisch, dass sein Essen auf dem Herd stehe. Jetzt erst bemerkte er seinen Hunger. Als er mit der Gemüsesuppe auf seinem Platz saß, betrachtete er die beiden Bilder. Elena hatte ein Haus mit Garten gemalt, in dem riesige Blumen wuchsen, die Mama, Papa und die beiden Mädchen überragten. Die Familie hielt sich bei den Händen. Zu Füßen des etwas größeren Mädchens stand ein Hund als deutlicher Hinweis auf Elenas Herzenswunsch. Carlas Bild war eine Art Kreis mit sternförmigen Strichen im Inneren und Punkten drum herum. *Unsere Erde* hatte Miriam an den Rand geschrieben. Er lauschte ihren Schritten auf der Treppe. Hinter seinem Stuhl blieb sie stehen und legte ihre Hand auf seine Schulter. »Sind sie nicht großartig?«

»Das sind sie.« Er zeigte ihr das Vogelbuch, das er für Elena und Carla mitgebracht hatte.

»Super! Warum sind wir nicht früher darauf gekommen?« Sofort legte sie die CD auf.

Für Miriam würde es leicht sein, die Vogelstimmen unterscheiden zu lernen. Gleich am nächsten Tag wollte sie die Musikalität der Kinder testen.

»Wir spielen ihnen verschiedene Vogelstimmen vor und zeigen dazu das passende Foto. Und an den Tagen danach machen wir das Gleiche noch mal. Dann kommt eine Pause und am Ende überprüfen wir, wie viele der Stimmen sie richtig zuordnen können.«

»Gute Idee«, sagte Orazio, entgegen seiner Überzeugung.

»Was ist denn in der großen Tüte? Milas, Mode für Männer. Nie gehört.«

»Ich brauchte mal ein paar neue Klamotten.«

»Darf ich?« Sie nahm die in Seidenpapier gehüllten Kleidungsstücke aus der Papiertüte und legte sie in ihrer Verpackung auf die Couch.

»Modenschau!«, verlangte sie.

»Na gut.« Er nahm Shirt, Hose und Schuhe und ging damit aus dem Zimmer. Ein paar Minuten später kam er zurück und blickte in ihr versteinertes Gesicht. Sie musste die Quittung entdeckt haben. Hier in dieser Umgebung kam er sich idiotisch vor in Grellrosa und Weiß. Oder lag es an ihrer Gegenwart?

Sie schaute ihn an und schwieg. Schließlich fragte sie: »Wer ist es?«

Sieben

Donnerstag, vierundzwanzigster Mai, verkündete der Kalender auf seinem Schreibtisch im Institut. Vergeblich versuchte er, sich auf die halb gelesene Arbeit vom Vortag zu konzentrieren. Die Seminare hatte er hinter sich gebracht, hätte aber nicht mehr sagen können, wie sie gelaufen waren. Mit einem Ruck zog er die untere linke Schublade auf, griff ins Dunkel und holte den Zettel mit Adas Handynummer hervor.

Sie meldete sich sofort.

»Orazio hier. Hallo. Alles okay bei dir?«

»Wieso nicht? Ist was passiert?«

»Nicht direkt, nichts Weltbewegendes, aber ... Wo bist du?«

»In Wuppertal. Wir hatten einen Dreh über eine Performance in der Schwebebahn. Ist vorhin zu Ende gegangen, wir sind gerade dabei, einzupacken.«

»Was dagegen, wenn ich hinkomme?«, fragte er. »Um dich zu sehen, meine ich.«

Sie schwieg.

»Kennst du das Café Ada in der Wiesenstraße?«

Sie lachte auf. »Dem Namen nach.«

»Also um fünf im Ada? Bitte sag ja.«

Nach kurzem Zögern erlöste sie ihn: »Ja.«

Gleich drei Uhr, sie würde zwei Stunden warten müssen. Wahrscheinlich wollte sie nach Hause, wo auch immer das gerade wäre – vermutlich noch bei Valentin.

Er hätte sie in Ruhe lassen und selbst nach Hause fahren sollen.

Oh Gott, die Kinder! Ihr gemeinsamer Donnerstagnachmittag! Der versprochene Besuch im Museum König mit diesem Event für die Kleinen. Was war das noch gleich? Lustige Tiergeschichten oder so ähnlich. Ach Quatsch, das war doch an Fronleichnam, also nächste Woche. Trotzdem würde er anrufen müssen.

»Was ist?«

»Hallo. Du, ich schaff's heute nicht zum Kindernachmittag, tut mir leid. Sagst du den beiden Bescheid, oder soll ich selbst mit ihnen reden?«

»Sie sind oben.«

»Okay, dann richte ihnen bitte aus, dass wir unseren Ausflug morgen machen. Danke, Liebes. Ich muss los, wir reden dann heute Abend. Es kann später werden, aber keine Sorge, es ist nichts. Ciao.«

Sie hatte aufgelegt.

Hektisch räumte er zusammen, schloss ab und ging zum Parkplatz. Er wollte den Kölner Autobahnring hinter sich haben, am besten schon an Leverkusen vorbei sein, bevor er Teil der üblichen Schlange wurde. Wahrscheinlich käme er vor Wuppertal trotzdem noch in einen Stau. Alles, alles musste geplant werden, Spontaneität, ach Gott, das war mal. Er merkte, dass er schwitzte.

Im Auto stellte er die Klimaanlage auf siebzehn Grad. Erst am Heumarer Kreuz ließ die Verkrampfung in Schultern und Hals nach und endlich zog auch in sein Hirn Ruhe ein. Was er tat, war notwendig.

Er kam zu früh in Elberfeld an, wollte gerade in die Markomannenstraße einbiegen, um in den engen Einbahnstraßen einen Parkplatz zu suchen, als ihm einfiel, dass hinter dem Café eine Freifläche war, auf der man parken konnte, eine

Landschaft aus Buckeln und ausgedehnten Pfützen. Die trockenen Plätze waren immer schon belegt gewesen, wenn er und Miriam zum Tanzen herkamen. Lehmverklebte Schuhe und geteilte Vorfreude – jedes Mal. Gedankenverloren passierte er die Einfahrt und war eigentümlich enttäuscht, als er den akkurat gepflasterten Gästeparkplatz sah.

Auf dem Weg ums Haus zum Haupteingang des Café Ada fiel ihm die lange steile Holsteiner Treppe auf der anderen Seite der Gathe auf. So viele Stufen und in allen Schattierungen des Regenbogens, keine wie die andere, zumindest schien es so. Zum ersten Mal nahm er sie bei Tageslicht wahr. Damals war es jedes Mal schon dunkel gewesen, raus aus dem Auto, rein ins Ada und spät nachts wieder zurück nach Köln – dann immer die gleiche Frage, zu mir oder zu dir …

Von Bonn aus waren sie nicht mehr hergekommen.

Im Gehen schaute er sich um. Enge Täler, hohe Häuser, Werkstätten und Fabriken, die auf ihrem Dasein beharrten, auch wenn sie längst umfunktioniert waren wie das Ada. Als sein Blick noch einmal die Treppe streifte, sah er, dass etwas vorn auf den Stufen geschrieben stand. Er überquerte die Straße. Streicheln, las er, Mutter, Jauchzen, Beschützen … Auf jeder Stufe ein Wort. Beschwingt stieg er an, beschleunigte, begann sein Herz zu spüren. Wollte ganz nach oben. Vergeben, las er. Lachen, Nähe, Begeisterung. Dann unvermittelt Zorn. Drohung. Neid. Beherrschung. Trauma. Warnen. Lügen. Er begriff nicht, bemerkte seine Atemlosigkeit, verharrte kurz auf dem Absatz, schaute zurück und schätzte, dass er vielleicht die Hälfte hinter sich hatte. Weiter nach oben. Erlauben … Wie am Anfang spürte er diese federnde Kraft in Fuß- und Kniegelenken. Er las Kribbeln, Verführen, Zusammenkommen, Liebe … Witzig, die Mülltonne auf dem nächsten Absatz. Er las Kränkung, Zweifel,

Enttäuschung. Verlassen … stützte sich auf dem Deckel der Tonne ab. Deutlich fühlte er sein Blut, wie es unablässig durch den Körper strömte. Weiter. Er las Ausdauer, Beistehen, Klärung. Das war's – Klärung. Genau deshalb war er heute hier! Treue. Er griff nach seinem Handy. Auf dem Display blinkte die Uhrzeit auf. Beim Kehrtmachen aus dem Augenwinkel: Leiden, Tränen, Schuld.

Als der Inhaber aufschloss, wartete er schon vor der Tür. Von Ada bisher nichts zu sehen. Im Eingangsbereich hing ein Foto von Pina Bausch. Ein paarmal hatte er sie hier gesehen, wenn sie nach einer Aufführung mit ihrer ganzen Truppe kam, um runter zu dimmen und einen Happen zu essen. Er hatte sie bewundert, ihre kreative Kraft, die Besessenheit, mit der sie ihre Lebensaufgabe erfüllte. Eine Revolutionärin, keine Frage.

Er setzte sich an den Tisch in der hinteren rechten Ecke, von wo aus er den Saal überblicken konnte. Es dauerte nicht lange und sein Herz tat einen extra Schlag, als Ada vor der Glasfront erschien, dann hüpfte sie die Stufe hoch und kam schnell und leichtfüßig auf ihn zu. Ihre Augen waren geschminkt und auf den Lippen schimmerte noch ein Hauch von Apricot. »Die Auswahl des Lokals hat wohl nichts mit meinem Namen zu tun, oder?«

Er grinste verlegen. »Naja, der Gedanke an Ada im Ada war irgendwie reizvoll. Außerdem ist es das einzige, das ich hier kenne. Als ich in Köln gewohnt hab, war ich oft zum Tanzen hier … Übrigens ein schöner Name, Ada.«

Sie setzte sich. »Ziemlich selten in dieser Gegend. Ich kenne nur eine«, sagte sie und tippte sich auf die Brust.

»Ich auch.«

Sie fragte nicht, warum er hier sei, sondern las die Speisekarte.

Nicht reden müssen, einfach so zusammensitzen, das wäre ihm am liebsten gewesen.

Er bestellte Latte Macchiato und sie nahm Holunderlimo.

Dann erzählte er ihr von seiner Begegnung mit Dr. Veith und seinem Fauxpas, der Veith blass werden ließ. »Leider weiß er jetzt, dass wir ihm auf der Spur sind«, sagte er.

»Wie er wohl damit umgehen wird …«, überlegte Ada. Sie fragte, ob er die Schriftprobe schon zum Graphologen gebracht habe.

Zur forensischen Untersuchung, verbesserte er. Graphologie sei Schriftpsychologie. Ein graphologisches Gutachten würde ihnen etwas über Franks Charakter verraten. Großzügig erläuterte er sein jüngst erworbenes Wissen.

»Ein *einziger* handgeschriebener Satz brächte also Licht ins Dunkel um Franks Charakter. Nicht übel.«

Verlockend und ab siebenhundertfünfzig Euro zu haben. Aber ihr Spaß werde teurer. So ein forensischer Schriftvergleich bedeute physikalisch-technische und vergleichende Untersuchungen beider Schriftproben, dem Original, das sie aus dem Archiv geklaut habe, und den fotokopierten Briefen, wo ja leider nur »Euer Frank« mit der Hand geschrieben sei.

Eine Pause entstand.

Eigentlich würde er gern mit ihr über andere Dinge reden, setzte er an.

»Aber es fällt dir schwer.«

Er nickte, nahm den Zuckerstreuer und schob ihn auf dem Tisch herum.

»Geht's um uns beide?«

»Miriam glaubt, dass ich sie betrüge.«

Ada errötete. »Ach so«, sagte sie. »Aber das hat nichts mit mir zu tun.«

»Ich fürchte doch.«

»Du fürchtest.«

»Furcht ist ein Teil davon. Aber die Entscheidungsgewalt liegt woanders. Sonst wäre ich jetzt mit Carla und Elena auf dem Spielplatz.«

»Das wäre gescheiter.«

»Sicher?«

»Ja. Denn du willst auch in Zukunft mit deinen Kindern auf Spielplätzen sein können.«

»Du hast Recht. Und doch zieht's mich in deine Nähe.«

In ihren Augen blitzte etwas auf und ihre Hand schob sich zur Mitte des Tischs, immer noch weit genug von ihm entfernt, um in Sicherheit zu sein. »Ich wusste von Anfang an, dass wir was miteinander zu tun haben.«

Diese Sachlichkeit in ihrer Stimme. »Du klingst nicht …«, er wusste nicht weiter.

Ihr Schwanken war greifbar. Dann sagte sie: »Wenn du wissen willst, was ich jetzt tun möchte – ich möchte meine Hand ausstrecken, sie zu deinem Gesicht heben und darauf hoffen, dass du weißt, was zu tun ist. Nämlich, dass du deinen Kopf neigst, damit ich meine Hand auf deinen Scheitel legen kann. Dann möchte ich auch die andere Hand nehmen und über diese dicken Haare streichen und danach mit den Zeigefingern die Windungen der Ohrmuscheln nachfahren und immer weiter den Hals entlang bis meine Hände auf deinen Schultern liegen.«

»Und dann?«

Sie streckte den Arm über den Tisch, und als er seinen Kopf neigte und die Augen schloss, strömten Farben in Wellen und kleinen vibrierenden Flächen durch Kopf und Körper, fuhren in seine Gliedmaßen und durch die Fingerspitzen hinaus, fluteten über den Tisch hin zu ihr, umschlossen ihre Gestalt und drangen durch ihre Haut in sie hinein und wieder zurück, bis sie ihre Hände von seinen Schultern nahm, auf der Tischplatte ablegte und ihn mit einer Selbstverständlichkeit ansah, als hätte sie gerade eine Routinehandlung ausgeführt.

»Was ist? Hat's dir nicht gefallen?«

»Äh, doch.« Er schob seine Linke unter ihre Rechte und gemeinsam gingen sie auf die Terrasse, wo sie noch eine Weile allein waren.

Als es kühler wurde und der Saal sich zu füllen begann, kehrten sie zurück in ihre Ecke, wo immer noch ihre halb geleerten Gläser standen. Sie bestellten Tee und einen großen Teller mit warmen Vorspeisen.

Orazio sprach von seiner Bewerbung nach Florenz, fand Worte für seine Begeisterung, malte die Stadt in den Farben seiner kurz zuvor erlebten Vision, merkte, dass er begann zu übertreiben. »Ich rede zu viel.«

»Ich hör dir gern zu.«

»Miriam will in Bonn bleiben.«

»Warum?«

»Sie unterrichtet Musik und Kunst an einem Gymnasium und will die Stelle nicht aufgeben.«

»Verständlich.«

»Findest du?«

»Klar, an ihrer Stelle würde ich mich auch überrumpelt fühlen. Du könntest ja erst mal allein umziehen und feststellen, ob deine grandiose Vorstellung mit der Wirklichkeit übereinstimmt. Wenn das Leben dort wirklich so fantastisch ist, wird sie es auch erkennen. Vielleicht gewöhnt sie sich an den Gedanken, nachzukommen, oder fällt eine klare Entscheidung dagegen.«

Wieso hatte sie innerhalb einer Minute die Einsicht, nach

der er seit Wochen vergeblich suchte? Der Gedanke daran, ohne Miriam und die Kinder in Florenz anzukommen, erschien plötzlich in einem anderen Licht. Er könnte eine kleine Wohnung nah beim Institut mieten, sich in Ruhe einarbeiten. »Mir kommt es vor, als hätte ich den Job schon, dabei weiß ich nicht mal, ob ich überhaupt in die engere Wahl komme.«

»Du möchtest wohl sehr gern zurück nach Italien.«

»Vielleicht nicht für immer, aber im Moment hab ich so 'ne Art Heimweh, obwohl ich doch gar kein richtiger Italiener mehr bin. Ich war noch in der Grundschule, als mein Vater als Botschaftsrat nach Bonn berufen wurde.«

»Hast du Geschwister?«

»Eine Schwester, Ofelia, die Ärmste, noch geschlagener mit ihrem Namen als ich. Alle nennen sie Lia. Sie hat den Absprung schon mit zwanzig geschafft und in Rom studiert. Momentan lässt sie sich in einem der unbedeutendsten Architekturbüros von Mailand ausbeuten.«

»Hat sie Kinder?«

»Nein. Aber es geht ihr gut. Sie wohnt seit Ewigkeiten mit ihrer Freundin zusammen, einer Seele von einem Menschen, genau wie Lia. Zwei Seelenschwestern.«

»Seelenschwestern ... Glaubst du an Seelenverwandtschaft?«

Ach, das habe er nur so dahingesagt. Man wisse ja nicht mal, ob wir eine Seele haben. Aber wenn es so sei, warum sollten sie keine Beziehungen unterhalten? Er lachte nervös. Im Grunde genommen sei er Anhänger der Wissenschaften ... Aber sie hätten die ganze Zeit über ihn gesprochen, jetzt sei sie dran.

Sie nahm eine Olive zwischen Daumen und Zeigefinger, steckte sie sich in den Mund, kaute und redete gleichzeitig.

»Wenn's geht, halte ich mich von allem fern, was nach Theorie riecht. Ich mache einfach und sehe, was dabei rauskommt. Ist besser so, dann muss ich mir keine Gedanken machen, was in welche Schublade passt.« Eine zweite Olive verschwand in ihrem Mund. Schon als sie sich zum ersten Mal begegnet seien, habe sie ihn körperlich gespürt. Ob das Energie war, die sich übertragen habe, ob sie aus einem früheren Leben miteinander verschweißt seien, ob er der fehlende Teil ihrer Persönlichkeit sei, oder ob es sich um eine Ausschüttung von Oxytocin handle, die jedes Mal ausgelöst wurde, wenn er ihr unter die Augen kam – welchen Unterschied machte das schon?

»Wenn es so einfach für dich ist, warum wolltest du dann wissen, ob ich an Seelenverwandtschaft glaube?«

»Um zu kapieren, wie du tickst.« Außerdem dränge er sich nicht auf, und das gefalle ihr. »Und dass du kein Angeber bist.«

»*Sehr* zweifelhaft, ob ich das Lob verdiene, aber trotzdem danke.« Nicht mal jetzt konnte er natürlich sein! Warum hatte er nicht einfach danke gesagt oder am besten gar nichts? »Wir reden schon wieder über mich, und du bleibst die geheimnisvolle Fremde.«

Sie lachte. »Nur leider fehlen die Geheimnisse.« Sie würde ihm alles verraten, was er wissen wollte, wenn sie sich dabei bewegen könnten. Er bezahlte und war froh, dass sie es einfach so hinnahm, ohne ihm einen Emanzipationsgeldschein aufzudrängen.

Die Sonne stand mittlerweile tiefer, schien aber immer noch hell und warm, als sie das Café verließen. Gemeinsam überquerten sie nun die Straße, um noch einen Blick auf die Treppe zu werfen. »Berühmte Treppe«, wusste Ada. »Hat über hundert Stufen – und sogar einen eigenen Wikipedia-Eintrag. War Teil einer Reportage, die wir vorletztes Jahr gemacht haben. Vor zwei Jahren frisch gestrichen und guck mal, die grauen Flecken kommen schon wieder überall durch.«

»Dann kannst du mir bestimmt auch den Zusammenhang zwischen den Wörtern erklären, wenn's einen gibt.«

»Naja, Emotionen eben, die uns im Lauf des Lebens beschäftigen, unten angefangen beim Säugling bis oben hin, zum letzten Atemzug.«

Orazio fragte, ob sie sich zufällig an das Wort auf der obersten Stufe erinnere.

»Mut.«

»Eine Himmelstreppe«, sagte Orazio versonnen.

»Wenn du so willst …«

Eine Zeitlang gingen sie schweigend nebeneinander her, vorbei an der Zentralmoschee mit ihrem Minarett in Haushöhe, eingereiht zwischen Sportcafé und Supermarkt. Ein paar Häuser weiter kündeten rote Lettern vom Marx-Engels-Zentrum, dessen Räume inzwischen anderen Interessen zur Verfügung standen, wie sie auf den Scheiben der Schaufenster lesen konnten. Kurz zuckte er, als Ada ihren Arm um seine Schultern legte, doch obwohl er das Gefühl hatte, dass es umgekehrt sein sollte, fühlte er sich schon nach ein paar Schritten wohl. Sie waren gleich groß, konnten sich leicht anpassen. So gingen sie weiter, während Ada zuerst in knappen kargen Sätzen und später lebhafter von ihrer Kindheit in Leverkusen erzählte. Sie hatte drei Brüder, die in der Welt verstreut waren, einer in Neuseeland, einer in Holland und der kleine machte ein Studiensemester in Bordeaux. Ihr Vater war Chemiker, ein Tyrann, wie sie sagte, ganz anders als ihr Großvater, von dem sie allesamt das Fernweh geerbt hätten.

»Aber nicht nur das. Alles, was er mir beigebracht hat, ergab Sinn, ergibt immer noch Sinn.«

»Und das ist?«

»Oh, da bräuchte ich die ganze Nacht.«

»Nur ein Beispiel!«

»Na gut.« Sie überlegte. »Einmal, es war in den Sommerferien, hat er zu mir gesagt, ich sollte fliegen lernen und allen einen Tritt versetzen, die mich davon abhalten wollten. Ich war noch klein, vielleicht sieben oder acht, und hab nicht gewusst, was er meinte. Er hat's nicht erklärt, sondern angefangen, unser Badezeug zu packen. Dann sind wir zum See gefahren. Es war ein ehemaliger Steinbruch, wo man eigentlich nicht schwimmen durfte. Außerdem konnte ich's noch nicht. Außer uns waren nur noch ein paar große Jungs da, die von einem Felsvorsprung ins Wasser gehüpft sind. Ich hab sie um den Spaß beneidet und Opa gefragt, ob er auch dort runterspringen könnte. ›Klar‹, hat er gesagt, ›und du kannst das auch.‹ Er hat mich zur Spitze des überhängenden Felsens geführt, und wir guckten runter ins grüne Wasser. Er hatte meine Schwimmflügel in der Hand. ›Mit oder ohne?‹, hat er gefragt. Ich hab meine Arme durch die Schwimmflügel gesteckt, und er hat geblasen, bis sie prallvoll waren. Dann sind wir ganz nach vorn gegangen an den Rand der Klippe, und ich krieg Riesenangst. Die Jungs, die um ihren Platz gebracht sind, gucken uns zu. Ich spür ihre Blicke in meinem Rücken. Bis Opa sagt: ›Jetzt spring!‹ Und ich springe.

Es hat weh getan und war kalt, aber es war ein Triumph. Als mein Kopf über Wasser kam, war Opa neben mir und hat mir gezeigt, was man tun musste, um zum Ufer zu schwimmen. Als wir auf der Decke lagen, hat er gefragt, warum ich gesprungen bin. Ich wusste es nicht. Es wäre wichtig zu wissen, warum man etwas tut, hat er gesagt, ich sollte nachdenken. Ob ich Angst gehabt hätte. Ja. Warum ich trotzdem gesprungen wäre. Weil du's gesagt hast. Ob das der einzige Grund gewesen wäre. Weil die großen Jungs sich trauen. Aber ich wär doch kein großer Junge, sondern ein kleines Mädchen. Ich wollte so mutig sein wie die Jungs. Dann sind wir wieder auf den Felsen gestiegen und diesmal wollte ich keine Schwimmflügel tragen. Opa hat gefragt, ob ich denn allein bis zum Ufer schwimmen könnte. Aber du bist doch bei mir. ›Diesmal bist du auf dich selbst gestellt.‹ Wieder pocht mein Herz wie wild, ich fange an zu maulen, aber er geht nicht darauf ein, sondern erklärt mir ungerührt, wie man richtig eintaucht. Ich muss selbst beurteilen, ob die Schwimmflügel stramm genug sitzen, damit sie beim Eintritt ins Wasser nicht von den Armen rutschen. Die Überwindung zu springen ist größer als beim ersten Mal, aber ich tu's, und natürlich ist er neben mir, nur ein Stückchen weiter weg. Allerdings muss ich es aus eigener Kraft zum Ufer schaffen. An einer flachen Stelle darf ich es dann ohne Schwimmflügel versuchen und gehe gnadenlos unter.«

»Aber er hätte dich ohne springen lassen!« Orazio war empört.

»Bestimmt nicht. Er hat gefragt, um zu erfahren, ob ich mutig oder tollkühn war.«

»Das können Kinder in dem Alter doch noch gar nicht unterscheiden!« Er ärgerte sich über Adas augenscheinliche Naivität, mit der sie ihren fahrlässigen Großvater vergötterte.

Wie hoch der Felsen überhaupt war.

»Weiß nicht. Wahrscheinlich gerade mal zwei Meter.«

»Viel zu hoch für ein Kind in dem Alter.«

Wie er sehen könne, hätte sie's überlebt, und außerdem scheine er ein ziemlicher Angsthase zu sein.

»Überhaupt nicht! Wenn die Aktion im Schwimmbad stattgefunden hätte, kein Problem. Aber in einem Steinbruch? Ganz ehrlich, diese Art von Didaktik finde ich mehr als fragwürdig.« Er konnte sich selbst nicht ausstehen für das, was er sagte.

Zum Glück sei ihr Opa kein Pädagoge gewesen. Sie jedenfalls hätte einiges begriffen an dem Tag, sonst stünde er ihr nicht mehr so klar vor Augen.

Ein obskurer innerer Zwang hielt Orazio davon ab, das Thema zu wechseln, was zweifellos klüger gewesen wäre. »Und was genau hast du begriffen?«

»Dass Wagemut zum Leben gehört.«

»Auch wenn man ein Risiko nicht abschätzen kann?«

»Unter Umständen schon. Doch damals wär ich auf keinen Fall gesprungen, wenn Opa nicht daneben gestanden hätte.«

Scharf und lauter, als er es beabsichtigte, sagte er: »Du hast deinem Großvater vertraut, weil dir nicht klar war, in welche Gefahr dieser verantwortungslose Mensch dich gebracht hat.«

Ein junges Pärchen, das einige Meter vor ihnen herging, blieb stehen und sah sich um.

»Sag mal, spinnst du? So über jemanden zu reden, dem du nie begegnet bist! Zuerst wird man bedrängt, doch bitte was über sich zu erzählen, und dann beleidigst du meinen Großvater und mich auch! Und ihr könnt weitergehen da vorne.«

Ein tiefer Schreck durchfuhr Orazio. »Tut mir leid, so hab ich das nicht gemeint. Aber wenn ich mir vorstelle, wie hilflos Kinder manchen Erwachsenen ausgeliefert sind …«

Die Überzeugung stieg in ihm hoch, dass er alles verdorben hatte mit seiner dummen, besserwisserischen Einmischung in eine Angelegenheit, die dreißig Jahre zurücklag und ihn nichts, aber auch gar nichts anging.

»Am besten, wir verabschieden uns jetzt«, sagte er.

Da war er wieder, ihr bohrender Blick, der ihn durchleuchtete und dem er nie würde standhalten können. Sein Kopf drohte abzusacken wie eine überreife Frucht, die der Schwerkraft folgt.

Unweit einer Kirche waren sie auf Abstand stehengeblieben und sahen sich an. Während Orazio die Folgen seiner unbedachten Äußerung fürchtete, trat sie unvermittelt auf ihn zu und küsste ihn auf den Mund. Lange genug, um ihn wissen zu lassen, dass dies kein Abschiedskuss war. »Es ist keine gute Idee, so mitten im Thema einfach abzubrechen, finde ich. Also, in deinen Augen hat mein Großvater verantwortungslos gehandelt und in meinen hat er genau das Richtige getan. Soll ich dir sagen, warum?«

Er nickte.

»Zuerst mal musste es der passende Ort für ein intensives Erlebnis sein. Die hermetische kleine Schwimmbadwelt, wo alles geregelt ist, hätte es nicht getan. Aber die Kulisse des alten Steinbruchs mit ihren steilen Felswänden auf zwei Seiten und dem dichten Bewuchs drum herum, dem undurchsichtigen Wasser und dem Schild, auf dem groß stand: Betreten verboten. Eltern haften für ihre Kinder. Nur hier war eine Entscheidung frei. Im Übrigen haben Kinder eine Intuition für Gefahren, wenn sie ihnen nicht ausgetrieben wird. Trotzdem war mir natürlich nicht klar, dass ein kleines Risiko bestand, die Schwimmflügel zu verlieren und im See zu versinken, bevor Opa mich hätte rausziehen können. Aber ich wusste, dass es kein Spiel war, und am Ende hatte ich erfahren, dass Lust größer als Furcht sein kann. Selbst heute erinnert mich ein intensives Lustgefühl noch manchmal an den Moment, als ich zum ersten Mal die Kraft in mir spürte, vom Felsen abzuheben und loszufliegen.«

»Hat es seitdem viele gegeben, die dich vom Fliegen abhalten wollten?«

»Vor allem Großvaters Sohn, mein Vater, Meister der Angstmacherei. Jeder Fremde und alles Neue waren potentiell gemeingefährlich. Als Kind dachte ich, es ginge darum, uns vor den Tücken der Welt zu bewahren. Aber Opa wusste, dass das nur der Schein war. Unser Vater war nicht der Typ des Beschützers. Predigen, das konnte er, der moralische Oberhirte der perfekten Familie. Er hatte immer Recht und nichts ging ohne seine Billigung, wobei kaum einzuschätzen war, ob man die bekommen würde. Aber auf Opa war Verlass. Bis er ein paar Tage vor meinem zehnten Geburtstag nicht mehr aufgewacht ist, einfach so. Der wichtigste Mensch in meinem Leben.« Ada schnappte nach Luft, als hätte sie sich verschluckt.

»Und deine Mutter?«

»Eingeschüchtert. Ich kannte sie nicht anders. Einmal kam ich mit der Bitte aus der Schule, Schlagzeugunterricht nehmen zu dürfen. Sie hat spontan ja gesagt. Es gab noch einen freien Platz, und so bin ich noch am Nachmittag zur Musikschule, um mich anzumelden. Aber wie sollten wir es dem Vater beibringen? Vor vollendete Tatsachen stellen war nicht drin. Also musste ich ihm am Abend die Bitte vortragen, als wäre noch nichts entschieden. Er hat abgelehnt. Nichts für Mädchen, Geldverschwendung und so weiter. Meine Mutter hat den zaghaften Versuch gemacht, ihn umzustimmen, und er? Er fährt ihr über den Mund und treibt sie mit drei, vier Sätzen derart in die Enge, dass sie nichts mehr zu sagen weiß. Am nächsten Tag hab ich mich wieder abgemeldet.«

»Leben deine Eltern noch?«

»Ja, immer noch in derselben Wohnung. Ich gehe schon lange nicht mehr hin, obwohl ...«

»Was?«

»Mama tut mir verdammt leid, aber was kann ich tun, außer meinen Vater ins Grab zu wünschen?«

Mittlerweile waren sie wieder beim Café Ada angekommen und standen vor ihrem Citroën, dessen Blau im Licht der Laterne, die angesichts der zunehmenden Dämmerung gerade angegangen war, nicht mehr an verwaschene Jeans erinnerte. Sie einigten sich auf Ostsee an sonnigem Wintertag und trennten sich. Ada würde zu Valentin fahren und Orazio nach Hause zu Miriam, Elena und Carla

Acht

I

Gregor stemmte sich aus seinem Zweitwagen in die Senkrechte, beschirmte die Augen mit der rechten Hand, während sein Blick über das ebene Ackerland schweifte, das in ein Heidegebiet überging. »Verdammt weit draußen. Hat Frank nicht festgelegt, dass die Einrichtung in Köln sein muss? Was meint denn unser Wächter dazu?«

»Es gehört noch zum Stadtgebiet. Gerade so«, sagte Orazio. Eine Frachtmaschine näherte sich im Landeanflug.

»Wir können ja schon mal zwanzig Megaphone bestellen«, brüllte Gregor gegen den Motorenlärm an.

»Du nervst«, sagte Valentin.

»Was ist, Tintin? Schlechte Laune?«

Valentin antwortete nicht.

»Oha, das kann ja ein fröhlicher Nachmittag werden.«

Aus einiger Entfernung hörte man das Kreischen einer Kreissäge. Nachdem der Makler das Vorhängeschloss geöffnet und das Metallgatter nach innen aufgeschoben hatte, betraten sie das Grundstück. Bis vor zwei Jahren seien hier Möbel gelagert worden. Nichts Toxisches, keine Flüssigkeiten, die im Boden versickert sein könnten. Selbstverständlich könne man Bodenproben entnehmen lassen, schließlich gehe es um Kinder.

Den größten Teil des Grundstücks nahm die alte Lagerhalle ein, der Rest bestand aus einem Hof, dessen brüchige Teerdecke von Lkw- und Gabelstaplerverkehr zeugte, aber auch davon, dass hier lange nichts stattgefunden hatte, denn aus den Spalten und Ritzen im Teer sprossen Löwenzahn und Wegwarte, auch ein paar Gänseblümchen hatten sich angesiedelt. Das Rolltor quietschte grässlich, während es das Innere der Halle freilegte, dessen dunkler Schlund nun von Licht geflutet wurde. Orazio ließ sich die Toiletten zeigen und blieb dort allein, unter dem Vorwand, prüfen zu wollen, ob sie benutzbar seien, obwohl längst eindeutig war, dass man die Halle abreißen und neu bauen müsste. Er wünschte sich unsichtbar zu werden, um unbemerkt verschwinden zu können, so elend fühlte er sich unter Valentins skeptischen Seitenblicken. Als er den Wasserhahn aufdrehte und sich nichts tat, schien ihm die ganze Situation absurder denn je. Angefangen bei Franks Stimme aus dem Grab und dem seltsamen Dr. Veith, über das Wiedersehen mit Valentin und Gregor, deren Freundschaft er vor Jahren abgeschrieben hatte, Miriams Warnung vor dem Erbe, die er nicht ernst genommen hatte, und ihre Sorgen um die Kinder, die er ignorierte, bis hin zu Ada, in der eine paradoxe Kraft wirkte, von der er sich nicht fernhalten konnte. Und wollte. So wie Tintin drauf war, hatte sie ihm von ihrem Treffen in Wuppertal erzählt und es nicht für nötig gehalten, sich mit Orazio abzusprechen.

Als er ins Freie trat, standen die Männer am Zaun zum Nachbargrundstück, einem brachliegenden Feld, das zum Verkauf stand.

»Achttausend Quadratmeter Ackerland, damit kann es funktionieren. Und gleich neben der Heide.« Valentin war wieder bei der Sache.

»Mit wem hast du gesprochen, Tintin?«, fragte Gregor.

»Dem Besitzer, einem Bauern. Das Stück Land ist unrentabel für ihn, nicht groß genug und zu weit abseits der anderen Felder.«

»Ist mit der Landwirtschaftskammer geklärt, ob es andere Anwärter auf das Grundstück gibt?«

»Bisher will es niemand haben.«

Der Makler gab seiner Hoffnung auf eine positive Entscheidung Ausdruck und hatte es eilig, zum nächsten Termin zu kommen.

Sie sollten auch los, sagte Gregor und fragte Valentin, ob er ihn in sein bescheidenes Gefährt einladen dürfe.

»Nett von dir, aber ich sitze lieber ein bisschen höher über der Straße. Ratio, nimmst du mich mit?«

Sie hatten mindestens zwanzig Minuten Fahrt vor sich vom Süden in den Norden der Stadt. Das Innere des Wagens war mit schamerfüllter Luft verseucht. Orazio öffnete das Fenster. Besser ging es ihm dadurch nicht.

»Also, warum hast du sie angerufen?«, fragte Valentin.

Warum hatte er sie angerufen? Weil sie respektlos war. Weil sie unbeschwert war. Weil er scharf auf sie war. »Weil ich …«, er brach ab.

»Ich höre.«

Wenn er nur wüsste, was sie ihm erzählt hatte!

»In letzter Zeit hat sich Miriam so verändert mir gegenüber. Sie verschließt sich.«

Valentins weiche Stimme war plötzlich messerscharf. »Ich habe dich gefragt, warum du *Ada* angerufen hast.«

»Sie ist viel offener als Miriam. Ich dachte, dass wir miteinander reden könnten.«

»Worüber?«

»Ja also, ich hab mich für eine Juniorprofessur in Florenz beworben. Miriam weigert sich mitzugehen und droht damit, mir die Kinder zu entziehen.«

»Hast du die Stelle?«

Orazios Stimme wurde mit jedem Satz zaghafter. »Nein, aber gute Chancen, glaube ich.«

»Du willst mir also weismachen, dass du von Bonn nach Wuppertal gefahren bist, um mit einer dir fast fremden

Frau deine Eheprobleme zu erörtern. Aber vielleicht seid ihr euch ja gar nicht mehr so fremd.«

»Wir haben natürlich auch noch andere Themen angeschnitten.« Falsch, ganz falsch. »Aber nichts Persönliches, über dich oder euch, das musst du mir glauben.«

»Das tue ich, und zwar, weil ich Ada kenne. Wem ich nicht traue, bist du.«

»Ich habe Familie.«

»Genau. Vergiss das nicht. Und lass deine Finger von meiner Freundin.«

Den Rest der Strecke verbrachten sie schweigend.

Das Gelb von Gregors Sportwagen bildete den perfekten Kontrast zu den verschmutzen Ziegeln des betagten Gehöfts, in dessen Einfahrt er geparkt hatte. Sein rechter Ellbogen war auf das Autodach gestützt, während er etwas auf seinem Smartphone las. Er winkte Orazio und Valentin dicht zu sich heran und sagte gedämpft: »Der Eigentümer ist schon im Haus. Ich sag euch, mit dem kann man verhandeln, also haltet euch zurück und lasst mich machen.« Er blickte von Valentin zu Orazio. »Würdet ihr eure mürrischen Mienen freundlicherweise für die Dauer dieses Geschäftstermins abstellen? Es *könnte* unsere Verhandlungsbasis positiv beeinflussen. Vielen Dank.«

Ein Mann mit schwerfälligem Schritt und zerfurchtem Gesicht unter seiner Prinz-Heinrich-Mütze kam auf sie zu, drückte Orazio und Valentin kräftig die Hand und sagte zweimal: »Kurt.« Dann bedeutete er ihnen mit einer Kopfbewegung, ihm zu folgen, führte sie durch einen nur in Teilen genutzten und leidlich in Schuss gehaltenen Bauerngarten auf eine von Johannisbeer- und Stachelbeersträuchern begrenzte Wiese mit alten Obstbäumen. »Äpfel, Birnen,

Pflaumen und Kirschen. Ein paar sind ganz hinüber, aber einige tragen noch. Um das alles hat sich früher meine Frau gekümmert, und jetzt kommt meine Tochter einmal die Woche nach der Arbeit. Manchmal auch am Wochenende, aber das reicht nicht, und ich kann nicht zusehen, wie das alles verkommt. Mein Kreuz macht die Bückerei leider nicht mehr mit. Tja, einmal geht alles zu Ende.«

»Das ist wohl wahr, Kurt«, sagte Valentin.

»*Herr* Kurt«, sagte Gregor mit professionellem Lächeln. »Der Herr heißt Kurt mit Familiennamen.« Aber Herr Kurt hatte sich schon umgedreht und stapfte zur Haustür des Ziegelbaus. Drinnen roch es muffig. Sie gingen durch kleine Räume, deren Einrichtung den Resopal-Charme der Sechzigerjahre verströmte. Tapeten mit stilisierten Blumen und abstrakten erdfarbenen Mustern ließen die gerahmten Drucke von Adolph Menzels realistischer Zeichenkunst wie Störenfriede wirken.

Gregor nahm den abgerissenen Gesprächsfaden wieder auf. »War der Hof schon immer in Ihrem Familienbesitz?«

»Nein, ich bin dreiundsechzig nach Köln gekommen und hab mich hier niedergelassen. Ja, die Liebe ...« Er tippte sich an die Mütze. »Mein Vater war Lotse im Hamburger Hafen. Lang, lang ist's her. Und seit Helmut Schmidt nu auch tot is ...«

Gregor ließ sich Zeit, blies langsam Luft durch die Zähne, als atme er Rauch aus. »Ein großer Mann. Gibt nicht viele davon.«

»Da sagen Sie was.«

In den oberen Zimmern roch es feucht, besonders im Bad, wo kleine schwarze Flecken wie Fliegendreck an Decke und Wänden pappten.

»Ich weiß«, sagte Herr Kurt. »Is schon 'ne Weile nicht geheizt worden. Bin in letzter Zeit gar nicht mehr hier oben gewesen.«

»Das ist schade.« Gregor schien zu sich selbst zu reden. »So ist das Haus praktisch unbrauchbar für unser Vorhaben.«

Herr Kurt schaute betroffen. »Einen Erlebnisbauernhof für Kinder wollen Sie aufmachen, hab ich das richtig verstanden?«, sagte er.

»Unsere Idee ist besser«, sagte Valentin und beschrieb das Projekt mit pflanzenden, säenden, erntenden, kochenden und spielenden Kindern, wobei er Herrn Kurts Unterarm ergriff und festhielt.

»Lass gut sein«, sagte Gregor. »Du weißt, wie gefährlich Schimmelsporen sind. Das Gesundheitsamt macht uns den Laden zu, noch bevor wir ihn eröffnen können.«

»Aber«, setzte Valentin an, wurde jedoch sofort von Gregor unterbrochen. »Jammerschade, aber man muss realistisch sein. Wir wissen nicht, woher der Schimmel kommt, vielleicht ist das Dach defekt oder das Mauerwerk hat Risse. So eine Renovierung kann ein Vermögen kosten.«

Irgendwann hatte er Herrn Kurt so weit, den Kaufpreis um zwanzig Prozent zu senken.

In der Waldschenke um die Ecke zogen Gregor und Valentin Bilanz. Beide Objekte wären im Endeffekt ungefähr gleich teuer. Auf dem Gelände des ehemaligen Möbellagers würde ein Neubau stehen, der perfekt an die Bedürfnisse der Kinder angepasst werden könnte. Die Gartenfläche wäre großzügig bemessen, allerdings müsste alles zuerst mühsam angelegt werden. Der Bauernhof hatte dagegen einen kleineren Garten, aber eine Wiese mit Obstbäumen und Beerensträuchern. Die Beseitigung der Schimmelpilze im Gebäude wäre voraussichtlich kein großes Problem, aber das Haus bräuchte eine Grundrenovierung. Beide Objekte lagen am Stadtrand, doch war der Bauernhof mit der Straßenbahnlinie 4 besser erreichbar als das Grundstück im Gewerbegebiet, wo nur ein Bus verkehrte, der seltener fuhr.

Orazio fühlte sich zu mies, um etwas zum Gespräch beizusteuern, allerdings auch zu mies, um das Lokal zu verlassen, denn dann hätte er eine Erklärung abgeben müssen und dazu war er außerstande. Also blieb er sitzen und dachte an Ada, die jetzt gerade vielleicht auch an ihn dachte.

»So, Tintin«, sagte Gregor schließlich, »du triffst die Entscheidung. Wir wollen doch Franks letzten Willen in allen Aspekten beherzigen. Sag an: Fluglärm im Süden oder Schimmel im Norden?«

Valentin nickte ausgiebig, bevor er sich in plötzlicher Entschlossenheit für Herrn Kurts Hof aussprach. Zwar sei der Garten fast zu klein, aber andererseits seien die Obstbäume Gold wert, außerdem habe das Haus mehr Atmosphäre als der beste Neubau, und mit der Peter-Petersen-Grundschule gebe es mindestens eine Institution in der Nähe, die ihr Projekt gutheißen und möglicherweise sogar fördern würde.

Gregor strahlte siegessicher. Kein Wunder, dachte Orazio, immerhin hatte er das Objekt aufgetan, auf einen annehmbaren Preis gebracht, und Valentin überzeugt, dessen Herzblut in dem Plan steckte. Etwas bewegen, das war Gregors Lebenselixier.

Die beiden reichten sich über den Tisch hinweg die Hand und beglückwünschten sich gegenseitig zum guten Anfang. »Denn mehr ist es nicht«, sagte Gregor, »noch kann jede Menge schiefgehen. Bin gespannt, welche Auflagen unser Gesetzgeber zum Arbeiten mit Kindern ersonnen hat. Immerhin können wir Veith übernächste Woche einen Vertragsentwurf für Haus und Hof auf den Tisch legen. Bin neugierig, wie er sich verhält. Falls das Testament ein Bluff ist, wird er das Geld dafür wohl kaum lockermachen.«

Erst jetzt fiel Orazio der Brief vom forensischen Institut in seiner Jackentasche ein. Er war verknittert, als er ihn herauszog. Seine Hand glättete ihn, so gut es ging, bevor er den anderen mitteilte, dass die Worte »Euer Frank« für einen Schriftvergleich nicht ausreichten, zumal sie nur als Fotokopien vorlagen. Die beiden Signaturen auf den Kopien schienen jedenfalls von derselben Person zu stammen, aber für eine sichere Aussage seien ausschließlich Originale geeignet, und man brauche zwischen zehn und dreißig Vergleichsunterschriften.

»Scheiße«, sagte Gregor.

»Wenigstens hat man uns nichts berechnet.«

»Dieser Veith ist verdammt gewieft.«

Orazio berichtete von seiner Begegnung mit ihm in der Mittelstraße. Er merkte Valentins unbeteiligter Mimik an, dass Ada ihm davon erzählt hatte. Zu seiner Überraschung fiel Gregors Reaktion positiv aus. »*Welchen* Unfall meinen Sie?«, wiederholte er anerkennend. »Den erfundenen oder den wirklichen? Kein Wunder, dass er blass geworden ist. Du hast ihn provoziert. Wahrscheinlich wird er darauf beim nächsten Termin irgendwie reagieren. Durch irgendetwas verrät er sich.« Wieder gerieten sie in Mutmaßungen über Veiths Motiv für seine Lüge. Es lag auf der Hand, dass er nicht mit Franks Eltern in Verbindung gebracht werden wollte, zumindest nicht von ihnen. Welchen Zusammenhang könnte es geben zwischen den Althoffs und Veith einerseits und dem Testament andererseits? Veiths Ehefrau war Zeugin des Unfalls und als Einzige unverletzt geblieben.

Zweifellos war sie zum Hergang verhört worden. An die Protokolle der Schweizer Polizei käme man nicht heran, aber die Presseberichte könnten sie lesen und auf Ungereimtheiten durchsehen. Besser noch wäre es, mit Frau Veith selbst zu reden, fand Gregor. »Sieht fast so aus, als würde ich Stammkunde bei der Detektei meines Vertrauens. Frau Veiths Adresse in England rauszukriegen, dürfte kein Problem sein, aber einen Detektiv hinzuschicken, um mit ihr zu sprechen, wird entschieden zu teuer.«

Möglich, dass sie in diesem Moment alle drei an Ada dachten. »Ich finde, wir sollten abwarten, wie Veith auf den Kauf des Hofs reagiert. Wenn er das Geld überweist, ist doch alles in Ordnung«, sagte Orazio.

Es sei *nicht* alles in Ordnung, das garantiere er ihnen, so Gregor, sie müssten weitergraben.

Valentin konterte prompt. Erstens wüssten sie nicht, ob die Frau über den Unfall oder was es auch immer war, reden wolle. Zweitens hätten sie keine Ahnung, ob man von ihr die Wahrheit erfahren würde. Drittens könne man sich ausrechnen, dass sie Veith anrufen und ihm von dem Besuch erzählen würde. Viertens fände er Gregors selbstgerechte Sensationsgier zum Kotzen und …

»Geht's noch?«, rief Gregor, aber Valentin ließ sich nicht unterbrechen. Und fünftens wolle er nicht, dass Ada in was Illegales reingezogen werde. Der Dokumentenklau sei riskant genug gewesen. Sie sei *seine* Freundin, ob sie das endlich kapiert hätten. Er wolle nicht, dass sie sich in die Sache verstricke, weil sie zu naiv sei, um zu merken, dass sie ausgenutzt werde.

»Hast du mich den Namen Ada nennen hören, Ratio? Ich erinnere mich nicht, sie erwähnt zu haben.« Gregor spielte den Gelassenen.

Orazio war nicht in der Verfassung zu vermitteln. Grußlos stand er auf, bezahlte am Tresen und atmete durch, als sich die Tür der Waldschenke hinter ihm schloss. Sollten die beiden da drinnen doch weiterstreiten, es ging ihn nichts an.

II

Sechs Tage Funkstille, keine E-Mail, keine SMS, kein Anruf seit Wuppertal. Wenn er lange genug durchhielt, würde es leichter, er würde vielleicht nur noch einmal pro Stunde nach Post von ihr suchen, später dann noch einmal am Tag und irgendwann gar nicht mehr. So sagte man. Doch das galt wohl nur für Menschen mit Charakter. Sie schuldete ihm zumindest eine Erklärung, wie es mit ihnen weitergehen sollte. Und was genau sie Valentin erzählt hatte.

Übermorgen war der Notartermin. Er wusste nicht, wovor ihm mehr graute: der Begegnung mit Veith oder dem Zusammentreffen mit Gregor und Valentin nach seinem abrupten Aufbruch am Samstag. Verdammt noch mal, im Grunde war er wie Miriam, die sich auch jedes Mal verdrückte, wenn es schwierig wurde.

Er zog das Garagentor zu, ging quer über das kleine Rasenstück im Vorgarten und griff nach seinem Schlüssel, als ihm Gudrun vom Bürgersteig aus zuwinkte. Er hob die Hand zum eiligen Gruß, wollte sich abwenden, doch Gudrun trat schnell durchs Gartentor, sodass ihm nichts anderes übrig blieb, als ihr entgegenzugehen. Sie wolle nur fragen, ob es Miriam besser gehe. Er hütete sich zu sagen, dass er nicht wusste, was Gudrun meinte. Sie hatte zuweilen eine indirekte Art, sich auszudrücken, es konnte dauern, bis man dahinter kam, worauf sie hinaus wollte.

»Ich glaube schon«, sagte er. »Hat sie mit dir darüber gesprochen?«

Na, immerhin sei sie die zweite Woche krankgeschrieben. In Gudruns Blick lag eine Spur von Misstrauen. »Ich meine, es ist nicht schwer zu erkennen, wie schlecht sie dran ist. Weiß wie die Wand. So eine Gastritis kann chronisch werden. Sie sollte sich schonen. Ich würde ihr die Kinder ja abnehmen, aber da ist nichts zu machen, sie will mir die beiden nicht mehr anvertrauen. Ich hab doch nichts falsch gemacht, oder?«

»Natürlich nicht, Gudrun. Ich rede noch heute mit ihr.«

»Ruf mich an.«

Elena stand in der offenen Haustür, als er sich umwandte. »Carla wird jeden Tag schlimmer«, sagte sie ernst. »Heute hat sie Geld aus Mamas Portemonnaie geklaut.«

»Tatsächlich? Und warum hat sie das getan?«

»Sie will Karussell fahren.«

Er schloss die Tür von innen. »Sie wollte also zur Kirmes. Ganz allein?«

»Nein, mit mir.«

»Und Mama?«

»Die hat gebrochen.«

Er fand Miriam in der Küche über die Spüle gebeugt. Eine Kartoffelschale fiel ins Becken. Die geschälte Frucht plumpste in den halb mit Wasser gefüllten Topf zu ihrer Linken. Sie schälte weiter, ohne aufzuschauen.

»Geh spielen, Kätzchen«, sagte er, »ich komme gleich zu euch, aber zuerst möchte ich mit Mama reden.«

»Ich will nicht spielen gehen! Mir ist langweilig und Carla macht alles kaputt, was ich baue.« Ihre Stimme hatte einen bedrohlich hohen Ton angenommen, der jeden Moment in Sirenengeheul umschlagen konnte. Er schaute auf seine Uhr. »Das Kinderkarussell hat schon geschlossen. Aber morgen könntet ihr vielleicht mit Gudrun hingehen. Ich rufe sie gleich mal an.«

Miriam fuhr wütend herum, das Schälmesser erhoben. Orazio erschrak, sie sah aus wie für einen Vampirfilm geschminkt mit tiefliegenden rot geränderten Augen und fahler Haut. Intuitiv nahm er Elena auf den Arm und trug sie die Treppe hinauf ins Kinderzimmer, wo Carla gottlob in eine Zeichnung vertieft war. »So, ihr beiden«, sagte er. »Heute ist es wichtig, dass ihr euch vertragt und bis zum Essen hier oben bleibt. Mama ist ein bisschen krank, und ich muss jetzt in die Küche gehen und ihr beim Kochen helfen. Wenn die Kartoffeln gar sind, komme ich euch holen.«

Beide nickten verständig. Vorsorglich schloss Orazio die Zimmertür, die sonst immer einen Spalt offen war.

Miriam hatte sich wieder ihrer Schälarbeit zugewandt. Er trat von hinten an sie heran, umarmte sie behutsam, streichelte ihre Schultern und Oberarme und flüsterte ihr ins Ohr, sie solle sich setzen, er werde mit dem Kochen weitermachen. Sie ließ sich zu einem Stuhl führen. Dann brühte er Fencheltee auf. Als das Essen auf dem Herd stand, setzte er sich zu ihr. Er sah, dass ihre Wangenknochen prägnanter wirkten als sonst. »Du hast abgenommen.«

»Noch drei Kilo bis zum Idealgewicht.« Sie lächelte trübsinnig.

Er mochte dieses Lächeln nicht. »Was ist denn los mit dir?«, fragte er, so sanft er konnte.

»Weißt du das nicht?«

Sie beherrschte ihr Spiel perfekt. Er sollte aussprechen, was sie bedrückte, damit er gleich die Gelegenheit hätte, sein Vergehen einzugestehen. »Elena sagt, du musstest dich übergeben.«

Sie nickte. »Schon die ganze letzte Woche.«

»Warum hast du mir das verheimlicht?«

»*Ich* verheimliche nichts. Ist es meine Schuld, wenn du übersiehst, dass ich krank bin?«

»Warst du beim Arzt?«

Wieder nickte sie.

Er würde ihr jede Information einzeln entringen müssen. Aber ihm war nicht danach. »Ich nehme an, er hat dich mit einer Gastritis krankgeschrieben, du hast aber trotzdem die Kinder zur Schule und zum Kindergarten gebracht und auch abgeholt, eingekauft, gekocht, gewaschen und gebügelt, weil du weder mich noch Gudrun belasten wolltest, sondern lieber in Kauf genommen hast, deine Krankheit zu verschlimmern.«

Sie antwortete nicht gleich, sondern begann leise zu weinen. »Ich bin dir zuwider und du mir auch.«

Der Moment, seinen Liebesschwur zu erneuern, war gekommen, es würde sie besänftigen, aber die Worte steckten in seiner Kehle fest. »Lass uns reden wie zwei Erwachsene.«

Sachlich und distanziert könne er wohl nur damit meinen, sagte sie unter Tränen, ob er sich schon so weit von ihr entfernt habe.

»Darum geht es doch nicht, im Gegenteil! Wir sitzen im selben Boot, nur dass wir das manchmal vergessen. Stattdessen benehmen wir uns, als säße jeder von uns in seinem eigenen U-Boot und könnte abtauchen, wenn's stürmisch wird.«

»Weil wir nicht kentern wollen.«

»Genau. Aber die Illusion, abtauchen zu können, rettet uns nicht«, sagte er. »Wir sind und bleiben an der Oberfläche, für jedermann sichtbar.«

Miriam beruhigte sich ein wenig. Sie sah erbärmlich aus,

ihr bleiches Gesicht hatte rötliche Flecken und die Haut um ihre Augen begann anzuschwellen. Der Unterschied zwischen ihnen sei, dass sie sich fürchte und er nicht, sagte sie.

Orazio ahnte, wovor sie sich am meisten fürchtete. Vergebens wünschte er sich in den wunderbaren illusionären Zustand des Abtauchenkönnens zurück. »Wovor fürchtest du dich, Liebes?«

Ihre Stimme war kaum noch hörbar. »Vor allem – fast. Ständig kommt was Neues dazu.«

»Sprich weiter, Liebes.«

»Vor dem Abend, weil danach die Nacht kommt und vielleicht der schlimme Traum. Vor dem Morgen, weil ich die Kinder in fremde Hände geben muss. Vor dem Tag, an dem sie groß genug sind, allein rauszugehen. Vor dir …«

Also doch. »Warum vor mir?«

»Weil du mehr Macht über mich hast, als du ahnst.«

So konnte man es auch ausdrücken.

Neun

I

Orazio, Valentin und Gregor waren auf dem Rathenauplatz verabredet, damit sie sich absprechen konnten, bevor sie gemeinsam zur Beethovenstraße gehen würden. Genauso hatten sie es beim vorigen Notartermin vor vier Wochen auch gemacht, um Veith gleich zu Beginn als Team gegenüberzutreten. Der letzte Termin bei Veith war ein Donnerstag gewesen, also genau vier Tage nach dem Sonntag bei Gregor und Vicky, wo er zum ersten Mal Ada begegnet war. Schon dort vor Gregors Haus war es passiert. Eigenartig, dass er es erst Wochen später begriffen hatte. Ada hatte schneller verstanden und ihn im Institut angerufen. »Eine Frau Remer ist am Apparat.« Dann ihre Stimme am Telefon und sein Zögern, bevor er ihr gnädig eine halbe Stunde Audienz gewährte. Und nun wartete er vergeblich auf ein Lebenszeichen von ihr. Gestern hatte er es nicht länger ertragen und versucht, sie zu erreichen, aber offenbar wollte sie keinen Kontakt.

Kaum hatte er sich auf eine Bank gesetzt, stieß ihn etwas Hartes in den Rücken. Er fuhr herum.

»Hände hoch«, sagte Gregor mit gespieltem Nachdruck. Er und Valentin hatten sich von hinten angeschlichen. »Man hört schlimme Dinge über dich! Als Tintins Sekundant fordere ich dich in seinem Namen zum Duell. Du hast die Wahl zwischen Säbel und Pistole.« Bevor Orazio aufstehen konnte, setzten sie sich zu ihm, indem sie ihn zwischen sich einkesselten. »Nicht, dass du uns wieder wegläufst«, sagte Gregor. »Unter Umständen brauchen wir dich noch.«

Betreten suchte Orazio nach einer Erklärung in Valentins Gesicht.

»Er hat mich ins Bild gesetzt.« Gregor war ernst geworden. »Ich hab ihm gesagt, dass ihr die Sache zwischen euch klären müsst, und zwar ohne Schamfrist und Bedenkzeit. Dir ist hoffentlich klar, dass eure Dreierkiste unser Projekt kaputtmachen würde, und ich hab keinen Bock, meine Zeit und mein Geld in einen Rohrkrepierer zu stecken. Ich dreh jetzt 'ne Runde um den Block. In zehn Minuten bin ich wieder da. Also quatscht euch aus.« Er stand auf, schaute auf seine Armbanduhr und schlenderte davon.

Orazio überlegte fieberhaft, was er zu Valentin sagen könnte, doch dann kam er zu sich. Was für ein Schlappschwanz war er eigentlich, sich von Gregor diktieren zu lassen, wann, worüber und wie lange er mit anderen redete? »Das mach ich nicht mit«, sagte er, während Empörung in ihm hochstieg.

»Im Ergebnis hat er Recht«, sagte Valentin. »Wenn wir unter uns mit Versteckspielen anfangen, können wir unser Projekt in den Wind schreiben. Gregor meint, in dem Fall sollten wir die Erbschaft gleich heute abblasen.« Er sah gelassen aus, bestimmt hatte Ada ihm ewige Treue versprochen.

»Ehrlich gesagt, weiß ich nicht, warum dieses Schmierentheater überhaupt stattfindet«, sagte Orazio. »Es ist nichts gewesen.«

»Liebst du sie?« Valentin schaute ihm direkt in die Augen.

Eine plötzliche Übelkeit gab seinem Innersten die Antwort. »Wen?«

»Ada.« Der Mann war die Ruhe selbst.

Am besten würde er den Papierkorb nehmen, der neben der Bank stand. »Könnte sein«, sagte er und stand auf.

»Da sehe ich für mich selbst klarer, ich *weiß* nämlich,

dass ich sie liebe. Was stehst du da rum? Du bist ja kalkweiß im Gesicht.«

»Was weißt du schon, du weißt ja nicht mal, wie alt sie ist«, stieß er hervor.

»Ist das wichtig?«, fragte Valentin feindselig.

»Und warum zieht sie nicht bei dir ein?«

»Sie ist eben nicht der sesshafte Typ.«

»Aber trotzdem willst du mit ihr zusammen sein?«

»Was hat das denn damit zu tun?«

»Ich seh doch, wie kinderlieb du bist.« Er setzte sich wieder neben Valentin.

»Was läuft hier eigentlich? Willst du mir jetzt klarmachen, dass Ada nicht die Richtige für mich ist?«

Orazio schüttelte den Kopf. Valentin müsste selbst erkennen, dass sie nicht zusammenpassten. Er mochte ein netter Typ sein, sah gut aus, sofern er das als Mann beurteilen konnte, aber würde er eine Frau wie Ada inspirieren? Wohl kaum.

»Ich kann nur an deinen Anstand appellieren«, sagte Valentin.

»Hast du auch an *ihren* Anstand appelliert?«

»Ich hab sie gebeten, sich zurückzuhalten.«

»Wie *vernünftig* von dir.« Er griff nach der Wasserflasche in seiner Aktentasche, um den bittersauren Geschmack loszuwerden, trank, überlegte, sagte dann formelhaft: »Bis unsere Arbeit abgeschlossen ist, werde ich mich nicht mit ihr in Verbindung setzen, wenn du Wert drauf legst.«

In der Kanzlei erwartete sie eine resolute Frau um die fünfzig, die sich zuerst mit einem unaussprechlichen Namen, der auf »ska« endete und dann als Notariatsfachangestellte vorstellte, bevor sie ihre Aufgabe fortsetzte, den ovalen Tisch mit Getränken, süßem und salzigem Gebäck und einer Schale Kirschtomaten zu decken. Dr. Veith bewegte sich nicht von seinem Schreibtisch fort, sodass sie einer nach dem anderen zu ihm gingen, um seine Hand zu schütteln. Diesmal zeigte er sich nicht in jovialer Stimmung, sondern bedeutete ihnen kurzangebunden, schon einmal am Tisch Platz zu nehmen, während er eine eilige Angelegenheit zu Ende brächte. Frau Woj...ska schenkte ihnen Kaffee ein.

Auf den letzten Metern vom Rathenauplatz hierher hatten sie abgemacht, jegliche Art von Skepsis vor dem Notar zu verbergen und stattdessen sein Verhalten zu beobachten. Veith ließ sie jedoch warten. Orazio argwöhnte, dass die »eilige Angelegenheit«, in die er seinen Kopf steckte, vorgeschoben war und er in Wirklichkeit ihre Unterhaltung mithören wollte, um einen Eindruck von der Sachlage zu bekommen, auf die er sich gefasst machen müsse. Frau Woj...ska hatte sich an ihren Schreibtisch zurückgezogen, ein Möbel, das vom selben Schreiner gefertigt sein könnte wie das des Notars. Von dort aus und mit der Wand im Rücken warf sie in kurzen Abständen einen Blick auf die Klienten ihres Chefs. Orazio, dem sowohl aus seiner Sitzposition als auch seiner Gemütslage heraus die eigene exponierte Lage schmerzlich bewusst war, erkannte sich als Schnittpunkt eines gleichschenkligen Dreiecks, das sich gemeinsam mit Veith und seiner Angestellten ergab. Hätte er eine passende Musikbegleitung zu diesem Szenario aussuchen können, wäre seine Wahl auf das Adagio aus Gustav Mahlers unvollendeter Sinfonie gefallen, die ihn jedes Mal entblößt zurückließ, als sei sein Inneres nach außen gekehrt worden. Der Satz begann mit einem melancholisch schönen einstimmigen Dialog zwischen Bratsche und

Violine, steigerte sich zu üppiger Polyphonie und verebbte schließlich zu Stille, die sich auflud, bis jäh der gewaltige Choral einsetzte. Während die Musik immer dissonanter wurde, war es ihm, als erlangte sie Macht über ihn, als zwänge sie ihm Emotionen auf, die er nicht beeinflussen konnte, als stünde *er* im Fokus der Musik und nicht umgekehrt. Er fühlte sich ausgeliefert, wieder einmal. Hier, in diesen Minuten, herrschte die gleiche spannungsgeladene Stille wie in Mahlers Stück, die dazu führte, dass das Abstellen der Kaffeetasse auf dem Unterteller die Wirkung eines Beckenschlags besaß und weder das Kauen eines Kekses noch das anschließende Schlucken geräuschlos zu bewerkstelligen waren. Niemand sagte ein Wort, bis Veith das minimalistische Konzert beendete, indem er zuerst seine Gehilfin in den Feierabend entließ, anschließend zu ihnen herüberkam, sich für die Verzögerung entschuldigte und ohne Umschweife fragte, wie weit das Projekt gediehen sei. Valentin setzte ihm seine Idee auseinander, und als Gregor den Vertragsentwurf vorlegte, nickte er anerkennend. Valentin hatte ein paar Fotos von dem Gebäude und dem Garten ausgedruckt, Gregor die Gesamtkosten für Renovierung und Einrichtung des Hofs grob kalkuliert und Valentin wusste zu sagen, was nötig sein würde, um den Garten so herzurichten, dass man dort mit Kindern arbeiten könne. Zwischendurch verweilte der Blick des Notars für eine Sekunde bei Orazio, der nichts beizusteuern hatte. Er spürte, wie der Makel seiner Passivität ihm ins Gesicht geschrieben stand. Wozu brauchte man ihn eigentlich noch? Bis auf ein paar altkluge Bemerkungen hatte er seit Beginn der Frist nichts gemacht.

»Nun, das klingt alles recht vielversprechend«, sagte Veith. »Ich denke, die von Ihnen beschriebene Einrichtung hätte Herrn Althoffs Billigung gefunden.«

Valentin nickte zufrieden. Gregor konnte seine Erwartung nicht zügeln. »Wie geht es jetzt weiter?«

»Die Althoff Stiftung, genauer gesagt, Herr Klein, unterschreibt den Kaufvertrag für den Hof und stellt entsprechende Summen für Renovierung und Anschaffung der notwendigen Möbel und Gerätschaften zur Verfügung. Wenn ich richtig mitgeschrieben habe, beläuft sich die benötigte Gesamtsumme auf zirka siebenhunderttausend Euro?« Gregor bestätigte den Betrag mit schlecht kaschierter Verblüffung.

»Sie sollten zeitnah einen Termin mit dem städtischen Bauamt machen, um zu klären, ob eine Einrichtung dieser Art an Ihrem Wunschort generell zulässig ist.«

»Der Termin ist auf übernächsten Montag festgesetzt.« Gregor lächelte überlegen.

»Hervorragend. Haben Sie auch schon einen Architekten im Auge, den Sie mit dem Umbau beauftragen wollen?«

»Vielleicht setzen Sie uns zuerst einmal davon in Kenntnis, wie weit unsere Verfügungsbefugnis über die Stiftungssumme geht.«

Die Wärme in Veiths Stimme erstarb. »In Absprache mit mir entspricht Ihre Verfügungsgewalt für die Dauer der Wahrnehmung Ihrer Obliegenheit der Gesamtsumme von drei Millionen neunhundertzweiundneunzigtausend Euro. Danach wird die Althoff Stiftung die Verwaltung übernehmen.«

»Verehrter Dr. Veith«, setzte Gregor an.

Orazio ahnte Ungemach und kam ihm zuvor: »Bis zum Stichtag in vier Wochen werden wir vielleicht nicht einmal die endgültige Genehmigung für die Einrichtung haben. Möglicherweise gelingt es uns, den Kaufvertrag unterschriftsfertig vorzulegen und den Auftrag für die Baugenehmigungsplanung zu vergeben, aber bis die Einrichtung eröffnet werden kann, wird sicher noch ein Jahr vergehen. Was wir gern wüssten ist, wann genau unser Auftrag als erfüllt gilt.«

»Tja, Herr Dr. Fabbro, darüber habe ich auch nachgedacht, zumal Herr Althoff mir diesbezüglich keine genauen Anweisungen gegeben hat. Vielleicht war er zu dem Zeitpunkt schon zu krank, um alle Eventualitäten zu erwägen.«

»Und was haben *Sie* erwogen, wenn man fragen darf?«, mischte sich Gregor wieder ein.

»Ich denke, wir sollten realistisch sein. Sie haben Ihre Berufe und andere Verpflichtungen und demnach ist Ihre Möglichkeit, Zeit in Herrn Althoffs Vermächtnis zu investieren, nicht unendlich. Deshalb schlage ich vor, dass Ihre Aufgabe mit dem Stichtag endet. Wenn Sie bis dahin mit dem Amt geklärt haben, ob die Einrichtung genehmigungsfähig ist, ein kompetentes Architektenbüro ausfindig machen konnten, das sich um die baurechtlichen Vorschriften kümmert, und alles Notwendige mit den entsprechenden Stellen abgeklärt sowie den Kaufvertrag aufgesetzt haben, wäre ich bereit, Ihre Aufgabe als erfüllt anzusehen.«

»Das hätte ich gern schriftlich, falls es hier irgendwo ein sauberes Blatt Papier gibt«, versetzte Gregor.

Orazio nahm die Andeutung eines bevorstehenden Erdbebens in Veiths Tonfall wahr: »Herr Jäger, ich weiß nicht, welchem Umstand ich Ihr Misstrauen zu verdanken habe, aber es behagt mir nicht, wie Sie mir gegenüber auftreten. Wenn Sie nicht in der Lage sind, mir zumindest höflich zu begegnen, muss ich Sie bitten, meine Kanzlei zu verlassen.«

»Ich will Ihnen sagen, woher mein Misstrauen kommt«,

donnerte Gregor, »von der Lüge über Ihren Unfall. Warum sollten wir nicht wissen, dass Sie mit den Althoffs befreundet waren?«

Veith atmete geräuschvoll ein und aus. Das tat er mehrmals hintereinander, bemüht, seine Erregung in den Griff zu bekommen. Als er sich gefasst hatte, erklang in seiner facettenreichen Stimme Bedauern über den Aufwand, den Gregor mit seinem Argwohn verursachte, aber vor allem Entschlossenheit, damit aufzuräumen. Sie hätten ihm nachspioniert und ihn in die betrübliche Lage gebracht, sich rechtfertigen zu müssen. Oft genug habe er in seinem Beruf miterleben müssen, wie hartnäckig Menschen ein Verdacht anhaftete, so unbegründet er auch sein mochte. Er wisse also nicht, ob ihnen die folgende Erklärung ausreiche, oder ob sie vorhätten, weiterhin in seiner Vergangenheit zu graben, was ihnen selbstredend freistehe. Andererseits könnten sie sicherlich nachempfinden, dass ihn die Vorstellung, hinter seinem Rücken durchleuchtet zu werden, nicht gerade für die Herren einnehme. Er wandte sein Gesicht Orazio zu: »Hiermit gestehe ich, Sie angelogen zu haben, Herr Dr. Fabbro, was meinen Motorradunfall betrifft.« Vor Jahren, als seine Beine noch zu etwas gut gewesen seien, habe er tatsächlich einen recht schweren Unfall mit seiner Maschine gehabt, in die glücklicherweise kein anderes Fahrzeug verwickelt gewesen sei. Er sei verletzt gewesen, allerdings nicht an der Wirbelsäule, und habe sich vollständig erholt. Die Lähmung sei das Resultat einer schrecklichen Fahrlässigkeit seinerseits, die nicht nur ihn in den Rollstuhl zwang, sondern auch seine besten Freunde das Leben gekostet habe. Kleine Schweißperlen glänzten auf seiner Stirn. Wie die Herren offenbar wüssten, machten seine Frau und er Urlaub mit dem Ehepaar

Althoff in den Schweizer Alpen. Am frühen Morgen hätte es örtlich starke Gewitter gegeben und seine Aufgabe sei es gewesen, den Bericht des lokalen Wetterdienstes zu lesen, aber als sie gegen sieben aufstanden, habe die Sonne geschienen, und ohne sich die Mühe zu machen, den Wetterdienst aufzurufen, habe er gesagt, es sei alles in Ordnung. Tage später sei er gefragt worden, ob sie die Warnung vor Murenabgängen nicht gehört hätten. Sie sei sogar im Radio übertragen worden ... Jedenfalls seien sie an jenem Morgen in steiles Gelände gegangen, eine sportliche Wanderung, die der Höhepunkt des Urlaubs werden sollte. Der Weg sei nicht mal einen Meter breit gewesen in einem Abhang mit starkem Gefälle, und in dem Moment, als sie das Grollen hörten und nach oben schauten, sei es schon zu spät gewesen – Schlamm und Steine stürzten auf sie ein, vor sich habe er gesehen, wie Alfred von einem Brocken getroffen wurde, der größer war als sein Kopf und ihn den Abhang hinunter stieß. Dann Marga ... Er stockte.

»Sie müssen nicht weiterreden«, sagte Valentin.

Marga, sagte Veith, sei vom Schlamm begraben worden. Sie müsse erstickt sein. Er selbst habe sich an einen Ast geklammert, während er merkte, wie der Baum entwurzelt wurde. Der Stamm habe ihn zwar nicht voll erwischt, aber doch so unglücklich, dass er eine Rückenmarkläsion davontrug. Nur Vera, seine Frau, sei verschont worden. Veith zog ein Taschentuch hervor, trocknete damit seine Stirn, stützte dann die Ellbogen auf der Tischplatte ab, hielt sein Gesicht mit den Händen und schloss kurz die Augen. »Das ist die Wahrheit. Wenig schmeichelhaft für mich, finden Sie nicht auch? Wenn mir jemand zum ersten Mal begegnet, mit dem ich beruflich zu tun habe und der erstaunt auf mich hinabschaut, wie Sie es getan haben, Herr Dr. Fabbro, ziehe ich die offensive Unwahrheit vor, bevor es zu Fragen kommt. Ihnen gegenüber mag das ungeschickt gewesen sein, ist aber nicht mehr zu ändern.«

»Offensive Unwahrheiten sind gefährlich, wenn sie auf denkende Menschen treffen«, sagte Gregor.

»Sie müssen ein äußerst wahrheitsliebender Mensch sein, Herr Jäger.« Veith hatte seine Souveränität wiedergewonnen und bat die Gruppe zu seinem Schreibtisch, wo die chinesische Kassette mit Franks drittem Brief wartete, der mit demselben Briefmesser geöffnet wurde, wie die beiden vorherigen. Und trotzdem kam es Orazio vor, als erlebe er das alles zum ersten Mal.

Liebe Freunde,

seit meinem letzten Brief ist in eurer Zeit fast ein Monat vergangen. Ich, der ich frierend am Schreibtisch sitze – es ist Oktober und eigentlich sollte ich die Heizung einschalten –, schreibe alle Briefe, die ich Dr. Veith für euch geben werde, an vier aufeinander folgenden Tagen, einen pro Tag. Heute, am dritten Tag, dem meines vorletzten Briefs, geistern mir alte Geschichten durch den Kopf von Dingen, die geschehen sind, um schnell wieder vergessen zu werden. Das waren sie auch, und nun sind sie plötzlich wieder da. Wie gern würde ich genau jetzt mit euch zusammensitzen!

Sicher fragt ihr euch, warum wir das nicht getan haben. In meinem Geist, der sich daran macht, die Realität zu überflügeln, sehe ich euch in einer Kneipe, jeder mit einem Bier in der Hand, sinnieren, warum ich euch nicht zu mir nach Hause eingeladen habe, um dort miteinander zu plaudern, in Ruhe das Testament zu besprechen, gemeinsam zurückzuschauen und am Ende eine klare Vorstellung davon zu haben, was ich mir wünsche und was ihr erfüllen könntet. Das wäre vernünftig und natürlich habe ich erwogen, exakt das zu tun. Aber es ist nicht so einfach, wie es klingt, denn, obwohl ich mich nach eurer Gesellschaft sehne, ziehe ich es vor, allein zu sein. Paradox, nicht wahr? Ihr kennt mich als einigermaßen geselligen Typen, der ich schon lange nicht mehr bin. Inzwischen strengen mich die meisten Menschen an, umso mehr, seit meine Krankheit ausgebrochen ist. Und zum anderen, seid ehrlich: Würdet ihr einem Todgeweihten, der mit einer Bitte an euch herantritt, eine Abfuhr erteilen? Wohl eher nicht. Aber ihr solltet euch frei entscheiden können, für oder gegen das Erbe und die Bedingung. Und ihr habt euch entschieden, sonst wäre dieser Brief ungeöffnet vernichtet worden.

Lasst mich noch einmal ins Jahr 2007 zurückkehren, wo mein Geist mich heute haben will. Ich habe es das »Schwarze Jahr« getauft, wie findet ihr das? Gregor, gewiss erinnerst du dich an den Kredit, den du unbedingt brauchtest, weil deine Mutter einen Wunsch hatte, den du ihr sicher abgeschlagen hättest, wenn sie gesund gewesen wäre. Ich habe dir das Geld geliehen und du hast mich in deine Familiengeschichte eingeweiht. Ich sei der einzige Freund, der nun darüber Bescheid wisse, und ich solle mich hüten, jemals einem anderen davon zu erzählen. Das Geld hast du mir nie zurückgegeben. Wozu auch? Meine Eltern hatten ja genug davon.

Veith räusperte sich.

Gregor hatte seinen Kopf gesenkt.

»Soll ich fortfahren?«, fragte Veith. Als niemand reagierte, las er weiter.

Und du, Valentin, erinnerst du dich an deinen One-Night-Stand mit Folgen und wie erleichtert du warst, als meine Mutter der Unglücklichen den Weg durch die Instanzen erspart und zu einer schnellen Abtreibung verholfen hat?

Orazio, auch über dich schwirrt mir eine Geschichte im Kopf herum. Es geht um dieselbe Frau wie bei Valentin – was dich betrifft, nur eine von vielen.

Zweifellos werdet ihr fragen, warum ich euch mit meinen Erinnerungen belästige, zumal jeder weiß, dass unser Gehirn die teuflische Gabe besitzt, Realität und Fiktion perfekt zu vermischen und den Eigentümer desselben davon zu überzeugen, das Erinnerte beruhe zu hundert Prozent auf Erlebtem. Eigentlich sollten wir schon deshalb unseren Erinnerungen nicht viel Wert beimessen. Trotzdem drängen sie sich manchmal hartnäckig auf.

Bitte versteht mich richtig, mir liegt nichts daran, euch zu beschämen. Was ich sagen will ist nur, dass keiner besser ist als der andere. Jeder von uns hat etwas zu verbergen und hält sich trotzdem für einen integren Menschen. Aber mein Ideal von Aufrichtigkeit unter Freunden ist höher. Wirklich zu vertrauen heißt, sich vor dem anderen entblößen zu können. Wie gesagt, ein Ideal. Unerreichbar vermutlich.

Möglicherweise hätte ich euch meine Indiskretion ersparen sollen, doch kleinere Grenzüberschreitungen verlieren ihre Bedeutung, wenn man der entscheidenden Grenze näher kommt, und das alte Sprichwort vom Zweck, der die Mittel heiligt, dient mir einmal mehr als Rechtfertigung.

Euer Frank

Veith ließ das Blatt sinken. Wieder räusperte er sich und schickte sich an, das Schreiben zu kopieren, doch in dem Moment beugte Gregor sich vor, zog es ihm aus der Hand und riss es in Stücke, die er zerknüllte und in die Innentasche seiner Jacke steckte. »So«, sagte er, als ob damit der Inhalt des Briefs für immer gelöscht wäre. Wie wahrscheinlich auch Valentin und Veith selbst, erwartete Orazio, dass Gregor in der nächsten Sekunde etwas noch Dreisteres täte, und machte sich bereit, dazwischen zu gehen, falls dieser den Notar tätlich angreifen sollte. Doch Gregor blieb regungslos mit erhobenem Kopf und blickte Veith aus verengten Augen an.

Der seufzte auf. Dann sagte er: »Als Jurist dürfte Ihnen bewusst sein, was Sie da gerade getan haben, Herr Jäger. Obwohl ich durchaus ein gewisses Verständnis für Ihre emotionale Reaktion habe, war Ihr Verhalten inakzeptabel. Sie haben gerade ein Dokument vernichtet, für das ich die Verantwortung trage. Am dreißigsten Juni hätte der Brief, vorbehaltlich der Erfüllung Ihrer Aufgabe, zusammen mit den anderen Unterlagen ordnungsgemäß an Sie drei übergeben werden müssen.« Der Notar nahm seine Fernbedienung zur Hand und wenige Sekunden später hörte man, wie der Aufzug sich näherte. »Meine Herren, ich wünsche noch einen schönen Tag.«

Vor dem Haus fragte Valentin, ob sie jetzt wirklich noch weiter palavern müssten. »Irgendwie bin ich k. o.«

»Ist mir recht, dann kann ich noch mal ins Büro. Ist viel liegen geblieben in letzter Zeit. Wir telefonieren.« Damit verschwand Gregor wie ein Gejagter.

Orazio und Valentin schauten ihm nach. »Wie's aussieht, ist dein Projekt eingestielt, Tintin. Glückwunsch.«

»*Unser* Projekt.« Valentin ließ Orazio grußlos stehen.

»Ciao«, sagte Orazio tonlos und sah ihm trübsinnig hinterher.

Als hätte er es gespürt, blieb Valentin noch einmal stehen, drehte sich halb zu ihm um. »Anstatt Ada anzugraben, könntest du zur Abwechslung zum Bauamt baggern gehen«, rief er. »Mit denen müsstest du eigentlich bestens zurechtkommen als Insider des öffentlichen Dienstes.«

II

Orazio wollte jetzt nicht ins Auto steigen, lieber noch eine Weile draußen herumlaufen. Durchatmen. Sich beruhigen.

Sein Weg führte ihn an der Synagoge vorbei, deren plumper Fassade weder die Reichspogromnacht noch die Luftangriffe der Alliierten irreparablen Schaden zugefügt hatten. Ende der Fünfziger war sie wiedereröffnet worden. Eins von sieben jüdischen Gotteshäusern war übrig geblieben. Immer, wenn sich Menschen darin versammelten, parkte ein Streifenwagen vor dem Portal.

Nicht weit von hier, an der Inneren Kanalstraße, stand der Kuppelbau der neuen Moschee, ein unübersehbares Monument des gewachsenen Selbstbewusstseins der Muslime in Deutschland. Orazio, der sich je nach Stimmung als Atheist oder Agnostiker begriff, stellte sich vor, dass es irgendwann, vielleicht noch innerhalb der Lebensspanne seiner Enkel, so etwas wie eine Weltgemeinschaft gäbe, in der Gewalt und Nationalismus Randerscheinungen wären. Vorläufig aber würde man sich unter der weißen Fahne der Humanität zunehmend in internationale Kriege verwickeln und an Verbündete Waffen verkaufen, die wie durch Zauberhand überallhin gelangten.

Wen mochte Valentin damals geschwängert haben? Komisch, dass er ihnen die Sache verschwiegen hatte, wo er doch sonst immer alles so freimütig erzählt hatte.

Er verließ den gepflasterten Bürgersteig und ging weiter auf einem Fußweg quer durch den Hiroshima-Nagasaki-Park am Ostasiatischen Museum vorbei auf die große Kreuzung von Universitätsstraße und Aachener Straße zu.

Ein folgenschwerer Fehler, und aus Freunden wurden Feinde, für die alles Gute am anderen plötzlich unsichtbar war. Oder Freunde wurden zu Fremden, weil sie zu feige waren, einander zu sagen, was sie dachten. Genauso war es bei ihnen gewesen, im – wie hatte Frank es genannt? – »Schwarzen Jahr«. Und vorhin, als sie es plötzlich alle drei eilig hatten, wegzukommen? Dieselbe Feigheit wie damals. Wovor eigentlich? Außerdem war ihm schleierhaft, was die alten Geschichten, die Frank da aufwärmte, mit ihrem Auftrag zu tun haben sollten.

Dieselbe Frau, die Valentins Kind abgetrieben hatte … In der Zeit vor Miriam hatte es eine Reihe von Freundinnen gegeben, von denen er sich meistens schnell wieder verabschiedet hatte. Nur selten hatte er mitbekommen, wie der Betreffenden danach zumute war, sicher hatte sich aber keine seinetwegen umgebracht. Er versuchte, sich an die Namen zu erinnern …

Das schmiedeeiserne Friedhofstor stand offen, und als Orazio im Inneren der Mauern weiterging, empfand er mit einem Mal eine zärtliche Hochachtung vor all den Jenseitigen, die hier bestattet waren.

Scheinbar ziellos und auf Umwegen gelangte er irgendwann zur Gruft der Althoffs. Ob Veith diesen Ort mied? Die Schilderung seines fatalen Versäumnisses hatte ehrlich geklungen, nicht mal Gregor könnte jetzt noch ernsthaft zweifeln. Veith hätte ihn fast vor die Tür gesetzt, und zwar zu Recht. Am Ende hatte er sie faktisch alle drei rausgeschmissen.

»Mensch, Frank«, hörte er sich plötzlich halblaut sagen, »auf welche Frauengeschichte spielst du da eigentlich an?«

»Da is ein Mann.«

Er wandte sich um und sah zwei Frauen den Weg entlang kommen, die eine etwa siebzigjährig, die andere wesentlich jünger, er schätzte sie auf höchstens dreißig. Die jüngere war klein und rundlich mit schräg liegenden Augen, wie es typisch für Menschen mit Down-Syndrom ist. Sie trug einen Strauß mit weißem Flieder in der Hand.

»Redstu mit Frank?«

»Ja.«

»Ich auch. Manchma.«

»Kanntest du ihn?«

»Klar, Frank is mein Geliebter. Aber jetz isser tot. Die hier sind aus Franks Garten.« Sie hob den Strauß hoch in die Luft und drehte sich einmal um sich selbst.

Zehn

I

Als Orazio am Abend nach Hause kam, hatte Valentin schon angerufen und mit Miriam geredet. Wieso ließ er auch jedes Mal die Batterie seines Handys zuerst leer werden, bevor er ans Aufladen dachte? Er hoffte inständig, dass Valentin kein Wort über Ada gesagt hatte. »Der Termin war also vor drei Stunden zu Ende«, sagte Miriam trocken.

»Ich war danach noch an Franks Grab und bin dort einer Elfi mit ihrer Mutter begegnet. Stell dir vor, sie behauptet, Franks Geliebte gewesen zu sein. Ist aber wenig glaubhaft in Anbetracht ihrer Behinderung. Down-Syndrom.«

Das Rouge auf Miriams Wangen hob ihre Blässe hervor. »Elfi«, wiederholte sie. »Warum musstest du auch dorthin gehen? Wann lässt du ihn endlich in Ruhe?«

»Entschuldige mal, *er* hat sich an *mich* gewandt, und nun schreibt er verschrobene Briefe, aus denen man nicht schlau wird.«

»Verschrobene Briefe – das sieht ihm nicht ähnlich.«

»Ich will dich mit Details verschonen, die du nicht hören willst, Liebes, nur eines, um dich zu beruhigen: Valentins Idee ist auf einem guten Weg. In einem Monat ist alles vorbei.«

»Das hat er mir vorhin selbst gesagt.«

»Dann ist ja alles in Ordnung.«

Orazio kannte den Druck des Unausgesprochenen als heimtückische Last. Das, was eigentlich hätte gesagt werden müssen, verlor zuerst seine Brisanz, dann nach und nach seine Bedeutung. Aber wie eine Wasserader einen ständigen Druck auf die Grundmauern eines Gebäudes ausübt, und plötzlich ein deutlich sichtbarer Riss im Mauerwerk auftaucht, der mit der Zeit länger und breiter wird, sich schließlich mit anderen Rissen zu einem Netzwerk vereinigt, das eines Tages zum Einsturz des Gebäudes führt, so arbeitet auch die verheimlichte Wahrheit. Warum tat man es trotzdem – wieder und wieder?

Noch am Abend rief Valentin an und entschuldigte sich dafür, sich direkt nach dem Termin vom Acker gemacht zu haben, als ob man nicht auch noch das Gespräch unter sechs Augen über die Bühne hätte bringen können. Momentan sei er mit den Nerven runter, aber das solle keine Rechtfertigung sein. Gregor hätte morgen Zeit für ein kurzes Treffen.

Also saßen sie schon am nächsten Mittag in ihrer Nische beisammen. Das Café Feynsinn war en vogue mit regionaler Biokost, aber trotz des Andrangs zur Mittagszeit standen die »Veedelsburger« erstaunlich schnell auf dem Tisch und sahen sogar appetitlich aus. Während des Essens schickten sie alltägliche Bemerkungen hin und her, bis Gregor unvermittelt sagte:

»Das Schwein! Zuerst will er die Kohle nicht zurück und jetzt stehe ich als dreister Betrüger da.«

»Warte mal, damit ich dich richtig verstehe«, sagte Valentin, »Frank hat dir Geld geschenkt und behauptet in seinem Brief, du hättest einen privaten Kredit nicht zurückgezahlt?«

»So ähnlich. Ich hab's mir geliehen – das war 2004, um Ostern rum, sechstausend Kröten. Für mich eine stattliche Summe damals. Zurückzahlen konnte ich es erst Jahre später, 'ne Weile nach dem Referendariat hatte ich es zusammen. Okay, da standen wir schon lange nicht mehr in

Verbindung. Aber *ich* bin es nicht gewesen, der den Kontakt abgebrochen hat, das sollte man vielleicht auch mitbedenken. Jedenfalls hatte er noch seine alte Nummer, und ich sage: ›Frank, ich hab endlich die Scheine zusammen, die ich dir noch schulde, gib mir doch mal deine Kontonummer, oder willst du's lieber in bar?‹ Genauso hab ich's gesagt. Und er ist total schief drauf, ich hätte mich jahrelang nicht gemeldet, keine Raten angeboten, und nun würde ich plötzlich anrufen und nicht mal fragen, wie es ihm gehe. Jetzt bräuchte er das Geld auch nicht mehr. Das war's. Ich bin doch nicht verrückt und renne ihm damit hinterher, wenn er es nicht haben will.«

Ungemütliches Schweigen. Endlich nahm Valentin den Faden wieder auf. »Wozu hast du denn so viel Geld gebraucht? Jetzt kannst du es uns ja erzählen.«

Gregor fuhr hoch: »Das würdest du wohl gern, in meinem Leben rumwühlen, damit du dich gleich besser fühlst mit deiner Abtreibungsgeschichte. Oder ist es nur die übliche Neugier? Was stimmt denn nicht mit Gregors Familie, dass er nie drüber sprechen wollte? Schon mal was vom Recht auf Privatsphäre gehört? Ich persönlich weiß nicht, was Ehrlichkeit und totale Selbstenthüllung miteinander zu tun haben.«

»Jeder hat seine Geheimnisse«, sagte Orazio. »Übel ist es nur, wenn sie dich heimsuchen.«

»Das könnt ihr getrost mir überlassen. Der war doch völlig irre, der Typ, oder kapiert einer von euch die Logik, warum wir jetzt Seelenstriptease machen sollen?«

Orazio wandte sich Valentin zu. »Hör mal, ich will nicht indiskret sein, aber ich wüsste wirklich gern den Namen der Frau, die …, mit der du …, die von dir schwanger war.«

Valentin wurde rot. »Tut mir leid, Ratio, das kann ich dir nicht sagen. Wenn's mich allein beträfe, aber so …«

»Ich muss es aber wissen, weil ich keine Ahnung hab, was Frank gemeint hat mit seinen Andeutungen über mich.«

»Dann sei doch froh und belass es dabei«, sagte Gregor. »Merkt ihr denn nicht, dass er nur seine alten Rechnungen mit uns begleichen will?«

»Und wozu?«

»Das wüsste ich auch gern.«

»Komisch, dass es diesmal gar nicht um das Projekt geht in seinem Brief«, sagte Valentin.

»Eigentlich nicht«, entgegnete Orazio. »Was soll er schreiben, wenn er keine Ahnung hat, an welchem Projekt wir arbeiten und wo wir momentan stehen. Das Einzige, was er machen kann, ist uns ermahnen, aufrichtig und fair miteinander umzugehen. Irgendwie sowas in der Art.«

»Ich finde den Schrieb 'ne einzige Frechheit. Anstatt zwischendurch mal zu sagen: ›Danke für eure Arbeit, Jungs, ich bin sicher, ihr macht eure Sache super‹, buddelt er alte Geschichten aus und geifert vor Vergnügen bei der Vorstellung, uns voreinander zu beschämen. Und das alles in diesem widerlichen und floskelhaften verlogenen Pastorenton.«

Valentins Mimik zeigte deutlich, dass er keine Lust mehr hatte, weiter über Franks Motive zu spekulieren. »Eins ist zumindest klar geworden: Dieser Brief kann nur von ihm stammen.«

Sie gingen ihre Zusammenkunft in der Kanzlei noch einmal systematisch durch. Gregor musste sich den Vorwurf gefallen lassen, von Anfang an gegen die abgesprochene Zurückhaltung gewirkt zu haben. Orazio fragte sich, wie sein geschäftlicher Erfolg zu erklären war, als Bauträger könnte er sich derartige Entgleisungen doch auch nicht leisten. Und Vicky? Wie kam sie mit seiner Hitzköpfigkeit zurecht? Entweder war sie hart im Nehmen oder konnte genauso gut austeilen wie er. Aber Marko, der war anders.

»Schon eigenartig, Veiths Verhalten vorgestern«, sagte Gregor kleinlauter als üblich. »Zuerst lässt er uns fast eine halbe Stunde warten, dann schickt er seine Sekretärin weg ... Er wird damit gerechnet haben, dass der Unfall aufs Tapet kommen würde.«

»Klar«, sagte Orazio. »Seit unserer Begegnung in dem Klamottenladen hatte er Zeit sich zu überlegen, wie er damit umgehen sollte, wenn wir ihn offen darauf ansprechen würden, was du ja auch umgehend getan hast, Greg.«

Valentin überlegte. »Erst so hatte er Gelegenheit, uns die wahre Version anzuvertrauen.«

»Bleibt noch zu klären, warum seine Frau ihn verlassen hat«, sagte Gregor.

»Das meinst du jetzt nicht ernst!« »Du bist wohl total abgedreht!« Orazio und Valentin sprachen fast gleichzeitig. »*Die* Story geht uns nichts an«, sagte Orazio, »*du* müsstest das doch am allerbesten verstehen!«

»Ist ja gut, regt euch ab.«

Bevor sie sich trennten, beratschlagten sie, wie sie mit den Folgen aus Gregors Briefklau umgehen sollten. Normalerweise müsste Veith jetzt Strafantrag gegen ihn stellen wegen Diebstahls eines Schriftstücks, erläuterte Gregor. Das würde er aber wohl nicht tun, weil Gregor den Brief erst an sich gerissen hatte, nachdem alle gehört hatten, was drin stand, also würde er sich wahrscheinlich damit begnügen, ein Schreiben aufzusetzen, in dem stünde, dass Valentin und Orazio darauf verzichteten, wegen des fehlenden Briefs vor Gericht zu ziehen. »Ihr müsstet den Wisch unterschreiben und fertig. Oder ich gebe ihm Franks Brief zurück.« Er zog das mit Tesafilm geflickte und halbwegs glattgestrichene Blatt Papier aus der Tasche, legte es in die Mitte des Tischs und grinste verlegen.

»Gebt zu, ihr hättet auch nichts dagegen, wenn er weg wäre.«

Sie dachten nach. Dann sagte Valentin: »Hol dein Handy raus und ruf Veith an, vielleicht ist er ja im Büro. Sag ihm, dass du den Brief zurückbringen und dich entschuldigen willst.«

Gregor zögerte, aber nur kurz, dann stand er auf und ging vor die Tür. Nach zwei Minuten war er wieder da. »Er hat meine Entschuldigung angenommen. Den Brief soll ich ihm in den Kasten werfen.« Sein verlegenes Grinsen hatte sich in zufriedenes Lächeln verwandelt. »War 'n guter Rat, Tintin. Danke.«

Orazio drängte zum Aufbruch – ein kleiner Zirkus gastierte am Bonner Stadtrand, er hatte den Kindern versprochen, mit ihnen in die Nachmittagsvorstellung zu gehen. Mit einem Seitenblick auf Valentin erklärte er sich bereit, das Gespräch mit dem Bauamt zu führen. Gregor würde sich mit Herrn Kurt und der Althoff Stiftung kurzschließen und einen wasserdichten Kaufvertrag für Haus und Grundstück formulieren, und Valentin war schon dabei, im Internet nach dem richtigen Architekten für den Umbau zu suchen.

Die Viertelstunde hätte er auch noch Zeit gehabt – wieso hatte er den beiden nichts von seiner Begegnung auf Melaten erzählt? Schon wieder eine Heimlichkeit, die sich rächen würde.

Mittlerweile war er auf dem Weg nach Hause. Gerade fuhr er auf der A 555 und wie meistens glitt sein Blick nach links zum beeindruckenden Panorama der Raffinerie Wesseling, wo die kilometerlange Fabrikanlage der Chemiestadt im Süden Kölns ein eigenartiges Gefühl der Potenz in ihm wachrief, so als habe er persönlich Anteil an der Wirtschaftskraft seines Landes. Seit mehr als sechzig Jahren existierte dieser Koloss und hatte den Lebensunterhalt für zigtausend Familien über Generationen gesichert. Und er, der er hier vorbeifuhr auf der ersten kreuzungsfreien Schnellstraße Deutschlands, war hin- und hergerissen zwischen dem Wissen um die geschichtliche Nichtigkeit seiner eigenen kleinen Existenz und dem Rausch der Empfindung einer Dazugehörigkeit, die ihm nichts abverlangte.

Wie anstrengend war es im Vergleich dazu, einem kleinen Kreis anzugehören! Seine Gedanken kehrten zu Elfi und ihrer Mutter zurück und zu der Frage, warum er die beiden für sich allein haben wollte, anstatt Valentin und Gregor einzuweihen. De facto war er nie ein guter Teamplayer gewesen, obschon die meisten Kollegen am Institut das Gegenteil behaupteten, was wohl an seiner vermittelnden Rhetorik lag. Tatsache war, dass es ihm gegen den Strich ging, nach Kompromissen zu suchen, und am ärgerlichsten war es, das Scheitern eines Projekts miterleben zu müssen, das er in eigener Regie zum sicheren Erfolg gebracht hätte.

Er wusste nicht, was ihn morgen Nachmittag bei Frau Lorenz und ihrer Tochter erwartete, aber ihm war klar, dass weder Valentin noch Gregor den beiden Frauen gegenübertreten könnte, wie er es vermochte. Der Zufall hatte ihn ausgewählt, um aus erster Hand Näheres über Franks letzte Lebensjahre zu erfahren. Also hatte er praktisch die Pflicht dafür zu sorgen, dass niemand ihm bei seinem Alleingang dazwischenfunkte. Später könnte er immer noch darüber nachdenken, wie er den Freunden die Sache verkaufen würde.

II

Der Duft frischgebackenen Kuchens empfing Orazio schon im Treppenhaus, als er die Steinstufen in den ersten Stock hinaufstieg. Eine offene Wohnungstür wurde langsam angelehnt und gleich wieder aufgerissen. Elfi präsentierte sich ihm lächelnd und mit weißer Servierschürze, hieß ihn wortlos aber mit großer Geste und Verbeugung willkommen und führte ihn in ein Zimmer, das zwei rechte, einen spitzen und einen stumpfen Winkel besaß, was dem Raum etwas Bewegliches gab. Rechts des stumpfen Winkels stand eine grüne Samtcouch mit einladend weichen Polsterkissen, darüber der Druck eines Gemäldes von Henri Rousseau, eine Urwaldlandschaft mit roter Sonne, riesigen Blumen und im Vordergrund einem winzigen schattenhaften Menschen, der von einer Raubkatze angesprungen wurde. Orazio bemerkte erstaunt, dass die Bedrohung des Menschen in seinem Kopf stattfand, während bei genauem Hinsehen der Eindruck entstand, als würde der Mensch neugierig beschnuppert, als gehe er unbeirrt seines Weges, während das wilde Tier wie ein Hund an ihm hochsprang.

Elfi bedeutete Orazio, auf dem Sofa Platz zu nehmen. Frau Lorenz kam herein, umweht von einer Melange aus Kaffee- und Kuchenduft.

»Elfi ist vor Aufregung verstummt«, erklärte sie, »das wird sich geben.« Und in Elfis Richtung: »Unser Gast soll also auf Franks Platz sitzen, na schön.«

Genau hier hatte Frank immer gesessen. Orazio strich über die abgerundete Armlehne, ließ dann Unterarm und Hand darauf ruhen. Was er sich zum Auftakt des Gesprächs überlegt hatte, spielte plötzlich keine Rolle mehr. Er wandte sich Elfi zu: »Hat Frank auch gern Kuchen gegessen?«

Sie nickte.

Er zügelte seine Neugier und plauderte mit Frau Lorenz über dies und das, genoss den Rhabarberkuchen und freute sich über Elfis knappe Kommentare. Auf die Frage nach seiner Beziehung zu Frank erzählte er von alten Zeiten, wodurch sein Hirn offenbar auf Hochtouren kam, denn wie von selbst stellte sich die Erinnerung an verschiedene komische Situationen auf dem Tennisplatz oder in ihrer Stammkneipe ein, mit denen er die beiden Frauen zum Lachen brachte. Das Testament erwähnte er nicht, auch nicht, als Frau Lorenz wissen wollte, wie er von Franks Tod erfahren habe.

Später begann Elfi mit dem umständlichen Rücktransport des Kaffeegeschirrs, ließ sich jedoch nicht helfen, und mit den Worten: »Bin gleich wieder da«, verschwand sie für lange Zeit in der Küche.

»Wenn ich Ihnen erzähle, dass er ein besonderer Mensch war, klingt es wie Pflichterfüllung, doch genau das ist es nicht«, sagte Frau Lorenz. »Er fehlt uns sehr, mir wahrscheinlich mehr als Elfi, obwohl er hauptsächlich sie besuchen kam. Er hatte sie wirklich gern, das war leicht zu erkennen an der Art, wie er sich mit ihr beschäftigt hat, oft stundenlang. Aber wissen Sie, die Sache war nicht einseitig. Er brachte immer zwei dicke Skizzenblöcke mit, seinen eigenen und Elfis. Sie zeichnet mit Begeisterung, seit ihrer Kindheit. Und ob Sie es glauben oder nicht, er hat von ihr abgeguckt. Wenn sie zwischendurch etwas gesagt hat, das ihm gefiel, hat er das auch gleich aufgeschrieben. Elfis Skizzenblock war ihm heilig, den hat er am Abend immer mit nach Hause genommen, auch wenn sie deswegen schon mal gejammert hat. Dann hat er erklärt: ›Der kommt in den Safe, dort ist er sicher.‹ Natürlich hat sich das Kind in ihn verliebt.«

»Und wie hat er darauf reagiert?«

»Irgendwie beglückt. Geradezu zärtlich hat er mit ihr gesprochen, ihr auf die nettestmögliche Art erklärt, dass er kein Mann für die Ehe sei, es aber als Ehre empfinde, mit ihr befreundet zu sein.« Sie lächelte. Elfi habe sich zu helfen gewusst, indem sie sich auf seinen Schoß setzte und ihm einen Kuss gab. ›So, jetzt bist du mein Geliebter‹, habe sie gesagt. Und er habe erklärt, dass sie sich nicht einfach auf seinen Schoß setzen und ihn küssen dürfe, er sei der Frank und nicht ihr Geliebter – aber er habe es einfühlsam gesagt und auf eine Art, die sie verstand. Manchmal verstehe sie mehr, als man glaube. Es sei ihre Art von Humor gewesen, ihn immer mal wieder mit ›Frank, mein Geliebter‹ anzusprechen.

»Wann war das?«

»Vor fünf, sechs Jahren vielleicht.«

Eine lange intensive Verbindung also. »War er oft hier?«

»Mindestens zweimal im Monat haben wir uns gesehen, aber nicht nur hier, ab und zu hat er Elfi zu einem Ausflug abgeholt. Erst als seine Krankheit schlimmer wurde, sind wir meistens bei ihm zu Hause gewesen.«

»Wie war das Ende?«

»Hart. Er hat lange durchgehalten, besser gesagt, sein Körper. Er hat nicht zu den Menschen gehört, die bis zuletzt hoffen. Natürlich war er am Anfang geschockt, aber er hatte seine eigene, ich will mal sagen, asketische Art mit sich selbst. Ich glaube, es ist ihm nicht so schwergefallen, dem Leben zu entsagen. Wie den meisten von uns, meine ich.« Sie rang um Fassung. »Wissen Sie, außer Elfi habe ich keine Kinder, aber Frank war für mich fast wie ein Sohn.«

»Hat er Schmerzmittel bekommen?«

»Eben nicht! Die hat er verweigert.«

Orazio glaubte zu begreifen. Freiwilliger Verzicht auf Linderung, damit die Empfindungsfähigkeit erhalten bliebe.

»Die Schmerzen kamen und gingen. Neben seinem Bett stand ein Nachttisch mit den wichtigsten Dingen, die immer griffbereit sein mussten: Laptop, Skizzenheft, ein paar Bücher und ein Heft für seine persönlichen Notizen.«

Orazios Puls kam in Fahrt. »Wo sind diese Dinge jetzt?«

»Im Tresor, auf seine Anweisung hin. Das heißt, das Notizheft hätte ich eigentlich vernichten sollen, aber ich hab's nicht fertiggebracht, es liegt bei den anderen Dingen. Gelesen habe ich selbstverständlich nicht darin.«

»Natürlich nicht ... Wo ist der Tresor?«

»In seinem Haus.«

Elfi erschien ohne Schürze im Türrahmen. Sie hatte ein einnehmendes hübsches Gesicht und eine umwerfende Art, mit beiden Händen durch die blonden Locken zu fahren, sie zu zerwuscheln und danach den Kopf nach hinten zu werfen und die Mähne zu schütteln. »Alles erledigt«, sagte sie, »wollen wir was zeichnen?«

»Klar. Aber ich hab keinen Block dabei.«

»Macht nichts, du kanns einen von mir haben.« Sie lief hinaus und kehrte mit zwei Blöcken und einer Blechdose voller Bleistifte und Rötelstifte zurück.

»Keine anderen Farben?«

Sie schüttelte den Kopf. »Frank sagt, zwei Farben sind genug. Damit kann man ...« Der letzte Satz ging ihr schwer von der Zunge, doch sie gab sich Mühe mit dem Zitat ihres Freundes. »Damit kann man alles ausdrücken.«

Orazio bat sie, einen Blick auf ihre bisherigen Arbeiten werfen zu dürfen. Alle Zeichnungen hatten etwas Kindliches, doch die Vielfalt, sowohl der Themen als auch der Gestaltung, überraschte ihn. Einige waren minimalistisch mit hartem Stift aufs Papier gebracht, manche bewusst humorvoll in ihrer Übertreibung. Es gab auch komplexere Bilder, Schattenspiele, Tiere und Portraits. Auf einem war Elfis Mutter deutlich zu erkennen. Die Selbstporträts der Künstlerin wirkten siegesgewiss durch die Wahl von Accessoires wie Diadem und Krone. Alle hinteren Blätter zeigten das Gesicht eines Mannes mit spitzem Kinn und überdimensionierten Augen.

»Das is Frank.«

Nicht der, den Orazio gekannt hatte, sondern ein magerer Mann mit schütterem Haar und Stirnfalten.

»Elfi hat einen Blick fürs Wesentliche«, sagte Frau Lorenz. »Das war's auch, was Frank in ihren Bildern gefunden hat, die Essenz.«

Nach den Spielregeln für die gemeinsame Zeichenstunde schlugen beide Teilnehmer gleichzeitig ihren Block auf und wählten ihre Stifte. Erst dann durfte einer das Stichwort zum Thema der Bilder geben. Orazio ließ Elfi den Vortritt. Sie überlegte nicht lange: »Mutter.«

Sie arbeiteten schweigend, schauten dabei gelegentlich auf das Blatt des anderen. Zu Orazios Leidwesen gab es keinen Radiergummi. Ein im Voraus festgelegtes Zeitlimit existierte nicht, wer zuerst fertig war, sagte Bescheid und augenblicklich hatte der andere den Stift niederzulegen. Obwohl Elfi als Erste fertig war, hatte der Gast mit seinem Blatt den Vortritt bei der Bildbetrachtung. Orazio hatte seine Mutter dargestellt, wie sie ihm vor Augen stand, der Hut in den Nacken gerutscht, winkend und rufend mit wehenden Kleidern und hochhackigen Schuhen, irgendwohin unterwegs oder irgendwoher kommend. Elfi wollte wissen, ob es sich um Orazios Mutter handelte, und als er bejahte, sagte sie: »Cool.«

Frau Lorenz, die während der kreativen Phase gestrickt hatte, betrachtete die Zeichnungen aufmerksam, bevor sie feststellte: »*Ihre* Mutter kommt besser weg als ich.« Elfi hatte Frau Lorenz porträtiert, wie sie in ihre Strickarbeit vertieft war, ernst und konzentriert, aber die Essenz der Darstellung war, dass sie aussah, als müsse sie ewig weiterstricken. Orazio war perplex, er konnte sich nicht erklären, wie die Wirkung zustande kam.

Frau Lorenz legte ihre Handarbeit zur Seite und stand auf, um aus dem Zimmer zu gehen.

»Beim nächsten Ma sags *tu*, was wir machen – zeichnen, mein ich.«

»Gut, dann kann ich mir schon mal ein Thema überlegen.«

»Falsch. Frank sagt, wichtig is der Augenblick.«

Orazio nickte geistesabwesend. Wenn Frau Lorenz den Schlüssel zu Franks Safe besaß, musste sie auch den Hausschlüssel haben. Er wagte einen behutsamen Vorstoß.

»Ob Frank viele Freunde hatte?«

»Er hatte uns und Seda«, sagte Elfi. »Seda is ausgezogen, wie Frank die ganze Zeit im Bett bleiben musste.« Sie starrte vor sich hin.

»Das war nicht nett von ihr.«

»Sie kann nichts dafür. Sie musste weg. Zu viele Katzenhaare.«

»Hat Seda eine Katze?«

»Seda *is* doch ’ne Katze.«

»Wer wohnt eigentlich jetzt in Franks Haus?«

»Keiner. Steht leer rum und kostet Geld.«

Sicher würde die Stiftung die Villa veräußern, wenn sie keinen firmeninternen Zweck erfüllte. Orazio hatte sich Haus und Straße im Netz angeschaut, ein repräsentativer Bau aus der Zeit zwischen den Kriegen mit Blick auf den Stadtwald.

»Das Haus frisst uns noch die Haare vom Kopf.« Sie nahm eine Locke in den Mund und biss darauf herum.

»Elfi«, ich hab dir doch gesagt, dass es mir nicht recht ist, wenn du von der Erbschaft sprichst.« Frau Lorenz stand im Türrahmen. »Aber jetzt ist es raus. Ja, wir überlegen noch, ob wir nach Lindenthal ziehen sollen, doch ich kann die Entscheidung nicht mehr lange vor mir herschieben und hier unsere Miete zahlen, während dort auch laufende Kosten anfallen. Kennen Sie das Haus?«

Orazio verneinte.

»Es ist traumhaft, aber viel zu groß für uns. Vielleicht könnte man mehrere Wohnungen daraus machen, allerdings wäre ein Umbau für uns unerschwinglich.«

»Und wenn Sie eine Hypothek aufnehmen?«

»Das muss ich schon tun, um die Erbschaftssteuer zu zahlen.«

»Verstehe.« Er holte tief Luft. »Es würde mir viel bedeuten, Franks Haus einmal sehen zu dürfen. Um unserer alten Freundschaft willen. Und vielleicht hätte ich auch eine Idee, wie man mit einfachen Mitteln eine oder zwei Einliegerwohnungen schaffen könnte.«

Skepsis stand in Frau Lorenz’ Gesicht, als sie sagte: »Eigentlich spricht nichts dagegen. Ich wundere mich nur, warum Frank Sie nie erwähnt hat …«, doch dann besann sie sich: »Ach Unsinn, ich sollte mich nicht wundern, er war ja so ein zurückhaltender Mensch.«

Elf

I

Der achtzehnte Tag ohne Nachricht von Ada. Noch vierundzwanzig mal vierundzwanzig Stunden bis zum Stichtag, dann wäre sein Versprechen, das er Valentin gegeben hatte, nicht mehr gültig. Um eine Minute nach zwölf würde er die E-Mail absenden, die er täglich erweiterte, in der er seine Gefühle bis zur Schmerzgrenze und darüber hinaus offenlegte und deren Anhang ein Flugticket nach Florenz enthalten würde.

Bis dahin war noch viel zu tun, zuerst der Termin für die Vorprüfung beim Bauamt heute Nachmittag. Diesmal hatte er seine Hausaufgaben gemacht, die notwendigen Unterlagen steckten in seiner Aktentasche, auch die Kontaktdaten des Architekten, den Valentin aufgetan hatte und den er anrufen würde, falls es Schwierigkeiten geben sollte.

Es war noch früh am Morgen, und so wandte er sich der Vorbereitung seiner jährlichen Sommerexkursion zu, der er ein Thema hinzufügen würde, das sich mit der Wahrnehmung und Wirkung von Architektur der Renaissance beschäftigte. Seit einigen Jahren gab es am kunsthistorischen Institut in Florenz ein Forschungsprojekt zum Verhältnis von Ethik und Architektur, das ihn interessierte. Mit dem geschäftsführenden Direktor hatte er eine Diskussionsrunde zwischen seinen Studenten und Teilnehmern am Projekt in Florenz vereinbart, bei der er Gelegenheit hatte, seine Fähigkeiten unter Beweis zu stellen, natürlich nur, wenn er auf dem neuesten Stand war und auch seine Leute gut informiert ins Gespräch gingen. Er recherchierte im Internet, ohne wirklich Neues zu finden, verbrachte eine Weile in der Bibliothek, zog Bücher aus dem Regal, blätterte darin, stellte sie zurück. Nach der Mittagspause kreisten seine Gedanken mit wachsendem Unbehagen um das bevorstehende Gespräch mit Frau Liebig vom Kölner Bauamt. Warum diese Nervosität? Er war doch gut vorbereitet.

Als er zwei Stunden später das Büro im Bauaufsichtsamt in Köln-Deutz betrat, war er für einen Moment irritiert. Frau Liebig entsprach nicht dem Phantasiebild der resoluten mütterlichen Frau, das während seines inneren Dialogs mit ihr entstanden war. Das Gesicht der jungen Sachbearbeiterin war halb von einer schwarz gerahmten Brille bedeckt, die ihr modische Autorität verlieh, ihre fest geschlossenen Lippen hatten einen Blaustich. Orazio, der neben einem freien Stuhl stehenblieb, fasste sich und brachte freundlich lächelnd sein Anliegen vor. Offenbar waren seine Erläuterungen so klar, dass keine Zwischenfragen nötig wurden. Schließlich übergab er die Dokumente und Frau Liebig sagte: »Dann wollen wir mal sehen.« Nachdem sie eine Weile gelesen hatte, schaute sie kurz hoch und fragte ihn, warum er immer noch stehe. Orazio setzte sich und schaute ihr zu, wie sie zuerst in den Unterlagen blätterte, dann in einem Buch nachschlug und schließlich etwas im Computer suchte, bevor sie feststellte, dass für das Grundstück kein Bebauungsplan existierte. »Außenbereich, Paragraph vierunddreißig Baugesetzbuch. Eine Nutzungsänderung von einem Wohnhaus in eine Einrichtung ist nicht genehmigungsfähig.«

Orazio verstand nicht. »Warum das denn nicht?«

»Das habe ich doch gerade gesagt«, sagte Frau Liebig resigniert. »Weil der Hof im Außenbereich liegt. Jede Nutzungsänderung im Außenbereich kann prinzipiell nicht genehmigt werden. Außerdem schließt das Land ein Stück der Mutzbachaue mit ein, die mittlerweile geschützt ist.«

»Mutzbachaue?«

»Der Bach, der durchs Grundstück fließt. Er soll renaturiert werden. Da müssen Sie sich wohl einen anderen Ort für Ihre Einrichtung suchen.«

»Aber der Ort ist perfekt!«, rief Orazio aus.

»Ich mache hier nur meine Arbeit, tut mir leid, dass ich Ihnen keine positive Auskunft geben kann.« Frau Liebig sah nicht so aus, als täte ihr jemals etwas leid.

Erst vor der Tür traf ihn die Wucht der Niederlage. Auf sechs Spuren steuerten lärmende Fahrzeuge ihren Zielen entgegen, der Gestank von Abgasen stand in der Luft.

Wen sollte er zuerst benachrichtigen, Valentin oder Gregor? Die beiden gingen davon aus, dass er die Angelegenheit problemlos über die Bühne bringen würde. Ohne zu überlegen, wohin er gehen wollte, überquerte er die Straße. Gregors Spott zu ertragen wäre das Geringste, aber Valentins Enttäuschung konnte er nur ungefähr ermessen, zweifellos baute er fest auf ihn. Er wandte sich nach rechts und ging weiter Richtung Rhein. Wieso hatte eigentlich Valentins Architekt nicht sofort Alarm von wegen Bebauungsplan geschlagen? Wie hieß er doch gleich? Er schaute auf seinem Handy nach: Peter Unger. Vor einem Café in der Constantinstraße blieb er stehen. Herr Unger meldete sich sofort. Mit seinem süddeutschen Akzent erläuterte er, dass »prinzipiell nicht genehmigungsfähig« nicht unbedingt bedeutungsgleich sei mit »auf keinen Fall genehmigungsfähig« und schlug einen zweiten Versuch auf Dezernentenebene vor. Ja, ja, der Zeitdruck sei ihm bewusst, dennoch könne es funktionieren, wenn zum Beispiel der Vorsitzende der Althoff Stiftung den Hörer zur Hand nehme. Orazio betrat das Café und bestellte einen Espresso. Ziemlich genau drei Monate war es her, dass er Herrn Klein bei ihrem ersten Termin in der Kanzlei begegnet war. Er rief auf seinem Smartphone die Webseite der Althoff Stiftung auf, tippte auf Kontakt und wählte die Nummer, die er dort fand.

Als Orazio am nächsten Morgen gegen sieben seine Zähne putzte, rief Herr Klein zurück. Orazio schluckte den Schaum und erklärte ausführlich die Idee ihres Projekts, wie weit die Planung gediehen war und warum ihnen das Bauamt Schwierigkeiten machte. Der Stiftungsvorsitzende unterbrach ihn nur einmal: »Nit so schnell, ich schreib mit.« Herr Klein ließ die ihm vorgetragene Angelegenheit unkommentiert, murmelte am Ende lediglich »verstehe« und sagte, Orazio solle erreichbar bleiben. Also ließ dieser sein Handy auch während der Vorlesungen und des Seminars eingeschaltet, was er sonst nie tat, und tatsächlich musste er seinen Vortrag über Donatello unterbrechen. Mit einer kurzen Entschuldigung verließ er den Hörsaal.

»Klein hier, also dat Spitzenjespräch is am Freitag um Punkt zwölf im Bauamt, Zimmer vierhundertzwo.«

»Wer kommt denn?«, fragte Orazio verdattert.

»Ja Sie, nehm ich an, der Baudezernent, die Leiterin vom Bauaufsichtsamt, die Umweltdezernentin, der stellvertretende Leiter vom Umweltamt und meine Wenigkeit.«

»Das ist ja der Hammer!« Orazio war aus der Sprachebene geworfen. Was gab diesem Mann, den man sich gut als Vorsitzenden eines Karnevalsvereins vorstellen konnte, die Autorität, innerhalb weniger Stunden die entscheidenden Personen zu einem Gespräch zu bewegen, bei dem es für die Stadt um wenig mehr als nichts ging? Er jedenfalls würde vorbereitet sein! Valentin und Gregor hatte er gestern

Abend mit einer kurzen E-Mail abgespeist, die endgültige Entscheidung sei vertagt. Erstaunlicherweise hatten beide nicht nachgebohrt. Hoffentlich würden sie ihn bis zum Wochenende in Ruhe lassen.

»Ich möchte Ihnen diesen Herrn hier vorstellen«, begann Herr Klein die Unterredung am Freitagmittag, »dat is der Doktor Fabbro, Dozent für Kunstjeschichte an der Bonner Uni. Er is quasi im Auftrag unseres lieben Verstorbenen Frank Althoff von der ehemalijen Althoff GmbH, der jetzijen Althoff Stiftung hier. Als Stiftungsvorsitzender bin ich auch betroffen, weil dat Jeld für die Pänz von der Stiftung bereitjestellt würde, jedenfalls am Anfang.«

Orazio hatte Herzklopfen. Gleich zu Beginn musste ihm dieser idiotische Fehler entgegenschlagen. Warum bloß hatte er es versäumt, sich mit den Personen vertraut zu machen, die ihm hier gegenübersaßen? Er hoffte inständig, sich die Namen der Anwesenden merken zu können.

Herr Klein fuhr fort. »Also ich fang mal mit unserer Umweltdezernentin, der Frau Weißenberjer, an, die normalerweise sehr aufjeschlossen für neue Ideen is. Sie un der stellvertretende Leiter vom Umweltamt, der Herr Frey, sind alte Freunde, warum soll man dat nit sagen dürfen.« Er zwinkerte den beiden zu, die darauf freundlich nickten. »Un hier hammer die Leiterin vom Bauaufsichtsamt, Frau Klein, leider nit meine Frau.« Frau Kleins Lächeln wirkte ein wenig gezwungen. »Un Dr. Sauer, unseren Baudezernenten.« Damit übergab Herr Klein das Wort an Orazio, der sich beim Stiftungsvorsitzenden bedankte und sagte, dass er sich nach dem niederschmetternden Fazit der Sachbearbeiterin Liebig gleich an ihn gewandt habe, zum einen, weil ihm viel am Vermächtnis seines Studienfreundes

Frank Althoff gelegen sei, und zum anderen aus der Überzeugung, mit der geplanten Einrichtung einen zukunftsweisenden Weg für die Umweltpädagogik einzuschlagen. Er blickte in eine wache Runde. »Frank ist Anfang des Jahres an Leukämie gestorben. Zusätzlich zu seinem Willen, die Maschinenbaufirma zu erhalten, die sein Großvater gegründet hatte, hegte er den Herzenswunsch, eine soziale Einrichtung in Köln zu etablieren, und da ihm selbst nicht mehr genug Zeit dazu blieb, bat er drei seiner Freunde, dies für ihn in die Wege zu leiten. Einer davon bin ich und ich darf Ihnen versichern, dass wir gewissenhaft geprüft haben, welcher Art die Einrichtung sein soll, um in seinem Sinn zu handeln.« Orazio war sich im Klaren, dass er Valentin beschreiben würde, während er von Frank sprach. »Schon als Student war für ihn Lebensfreude eng mit Natur verknüpft, nicht nur mit ihrer Betrachtung, sondern mit dem Tätigwerden in der Natur. Er selbst besaß einen großen Garten, wo er auch Gemüse anbaute. Aber wie vielen Großstadtkindern wird das Privileg eines Gartens zuteil? Welches Kind weiß, wie lange eine Erdbeere braucht, um reif und süß zu werden? Welches Kind weiß darüber hinaus, dass beinahe jedem Genuss Arbeit vorausgeht? Welche Mutter hat heutzutage noch die Zeit, neben ihrer Berufstätigkeit einen Rotkohl in kleine Streifen zu schneiden? Vielleicht sollte ich fragen, wie viele junge Eltern überhaupt noch wissen, wie man frisches Gemüse zubereitet. Ich als Vater wäre froh, wenn es in Bonn eine Einrichtung gäbe, in der meine beiden Töchter sich selbst als Teil der Natur erfahren könnten, begreifen würden, dass man nicht nehmen kann, ohne zu geben, und lernen würden, die eigene Arbeit als Schaffensprozess wertzuschätzen.« Anschließend erläuterte er, wie dieser Schaffensprozess im Einzelnen aussähe.

»Das klingt alles gut und schön«, sagte Dr. Sauer, »aber dass es unbedingt *diese* Örtlichkeit sein muss, leuchtet mir nicht ein.«

Orazio wies auf die verkehrsgünstige Lage des Hofs hin, außerdem hatte er herausgefunden, dass fünf Grundschulen in einem Einzugsbereich von drei Kilometern lagen, damit stelle man praktisch sicher, dass immer genügend Kinder angemeldet wären, wahrscheinlich würde es Wartelisten geben.

»Die Einrichtung als solche ist genehmigungsfähig, keine Frage, aber hier geht es um eine Nutzungsänderung in einem Gebiet, das nicht dafür vorgesehen ist. Das Haus müsste nach dem Stand der Technik umgebaut werden, das bedeutet Schallschutz, Wärmeschutz, Brandschutz, ein zweiter Rettungsweg müsste vorhanden sein. Wenn man das Wohnhaus so lassen könnte, wie es jetzt ist …« Der Baudezernent schüttelte bedauernd den Kopf. Orazio legte ihm den Umbauplan des Architekten vor, den er am Vormittag in dessen Büro abgeholt hatte. Während Dr. Sauer in die Zeichnungen vertieft war, fragte Frau Klein, wie lange er und seine beiden Freunde nach einem Ort für ihre Idee gesucht hätten, bevor sie sich an diesem alten Bauernhof festgebissen hätten.

In den vergangen Tagen hatte Orazio alle möglichen Fragen notiert und sich überzeugende Antworten überlegt, doch auf diese war er nicht gekommen. Notgedrungen sprach er über die Dreimonatsfrist. Jede Lüge wäre plausibler gewesen, aber mit Herrn Klein als Zeugen bei der Testamentseröffnung musste die Sache auf den Tisch.

Nach einem Moment allgemeinen verblüfften Schweigens war es wiederum die Leiterin des Bauaufsichtsamts, die der Sache offenbar auf den Grund gehen wollte. »Sie sagen also, dass ihr *Freund*, Herr Althoff, der Sie um einen außerordentlichen Gefallen gebeten hat, Sie unter Zeitdruck setzt und das ohne ersichtlichen Anlass?«

»Er wird wohl seine Gründe gehabt haben«, sagte Orazio und merkte, wie seine Worte das Gegenteil von dem bewirkten, was sie sollten.

»Gründe, die schwerwiegender sind als die hohe Wahrscheinlichkeit des Scheiterns, die durch eine derart kurze Zeitspanne für die Planung eines komplexen Projekts entsteht? Mir scheint fast, es ist Teil des Programms, dass die Einrichtung *nicht* zustande kommt.«

»Liebe Frau Klein«, mischte sich ihr Namensvetter ein. »Ihr Beamten denkt in längeren Zeitspannen als der Rest von uns. Herr Althoff hat ein Unternehmen mit über hundert Mitarbeitern jeführt. Da zählt jede Minute. Kann sein, dat er sich mit der Frist verkalkuliert hat, aber sonst nix. Dat erjäb ja auch keinen Sinn. Jedenfalls kann ich bezeujen, dat die drei Männer ihr Bestes jeben. Wie ich die Sache sehe, hängt die janze Chose von diesem Treffen hier ab.«

Frau Weißenberger und Herr Frey steckten die Köpfe zusammen, bevor Frau Weißenberger sagte, dass die vorgetragene Idee hervorragend zum Konzept für schulische Umweltbildung passen würde, die übrigens vom Umweltamt gefördert werde. Die Herren hätten gute Vorarbeit geleistet, indem sie ein Grundstück von geeigneter Größe innerhalb der Stadtgrenze aufgetan hätten, was wahrlich nicht einfach sei. Land stehe also zur Verfügung, durch das zwar der Mutzbach fließe, aber das müsse ja der Renaturierung der Aue nicht im Weg stehen. Die Gartenarbeiten sollten lediglich in einem angemessenen Abstand vom Bach stattfinden.

»Im Gegenteil«, sagte Orazio dankbar, »damit hätten wir ein Lernziel mehr.«

»Alle freiwilligen Aufgaben stehen momentan zur Disposition«, sagte Herr Frey, »ich bin sicher, unsere Oberbürgermeisterin wäre glücklich, wenn eine Stiftung solch eine Aufgabe übernähme.«

»Dat wundert mich nit, bei 'ner Haushaltslage von dreihundert Millionen minus im Jahr«, sagte Herr Klein.

»Gegebenenfalls wären trotzdem Fördergelder drin«, erwiderte Herr Frey.

Dr. Sauer schob die Umbaupläne Frau Klein zu. »Ihr Architekt hat gut daran getan, die Planung am Minimum zu orientieren«, sagte er. »Die alte Bauernstube will er als Lernstätte umbauen und einen Durchbruch zur Küche machen, feuerhemmende Türen einbauen, der zweite Fluchtweg würde durch eine Terrassentür zum hinteren Hof sichergestellt. Damit wäre das Nötige getan. Die oberen Räume dürften allerdings nicht von der Einrichtung genutzt werden. Wenn wir die weiterhin zu Wohnzwecken erklären, könnte man die Nutzungsänderung als unwesentlich deklarieren.«

»Du bis ene jute Mann, Heinz«, sagte Herr Klein.

»Du auch, Jupp«, sagte Dr. Sauer.

Die Verabschiedung war herzlich, Orazio bedankte sich bei allen, auch bei Frau Klein, gottlob hatte er sich die Namen gemerkt, man wünschte den treuen Freunden des Verstorbenen weiterhin gutes Gelingen und hoffte auf eine Einladung zur Eröffnung der Einrichtung.

»Wieso haben Sie das für uns getan?«, fragte Orazio Herrn Klein, als sie zu zweit mit dem Aufzug nach unten fuhren.

»Ach, wissen Se, et jibt so wenig Jelejenheiten, mal wat richtich zu machen.«

»Nicht einmal für Sie?«

»Man tut, wat man kann, aber entscheidend is immer de Auftragslage.«

»Wäre es nicht gerade deshalb gut gewesen, das Geld als Rücklage zu haben?«

»Wenn Se mich dat letzten Monat jefracht hätten, hätt ich *ja* jesacht, aber zum Jlück sin die Sanktionen aufjehoben, die uns so lange zu schaffen jemacht haben.«

Orazio wollte nicht weiter in ihn dringen. Und sich schon gar nicht seine Hochstimmung verderben lassen. Nachdem sich die Männer im Parkhaus zum Abschied die Hand gereicht hatten, eilte er fort, um die gute Nachricht zu verkünden, und noch bevor er sein Auto bestieg, wussten Valentin und Gregor von seinem Erfolg.

II

Wieder einmal war er zu früh dran. Die Türglocke der Villa in der Fürst-Pückler-Straße hatte einen eher tiefen Klang, der den Schlag eines Gongs imitierte. Als niemand öffnete, ging er auf die andere Straßenseite, um sich die Füße im Stadtwald zu vertreten, bis Frau Lorenz und Elfi kämen, wahrscheinlich mit der Straßenbahn. Der Park war größer, als er sich vorgestellt hatte, er musste achtgeben, sich nicht zu verlaufen. Es gab einen Tierpark und einen Weiher mit Booten, Kanäle durchquerten weitläufige Wiesen und der Baumbestand war mehr als nur der Abklatsch eines echten Laubwalds. Zwei der vornehmsten Kölner Stadtviertel wurden hier miteinander verbunden, was an Kleidung und Habitus der meisten Spaziergänger deutlich zu erkennen war. Als Orazio nach seinem Rundgang vom Weg abwich und quer über das Gras wieder auf das Anwesen zuging, das die prosperierende Maschinenbaufirma seinem Besitzer in Zeiten des Wirtschaftswunders ermöglicht hatte, leuchtete es ihm selbstbewusst in Gelb und Weiß entgegen als Beispiel für einen gelungenen neoklassizistischen Bau, zwar wuchtig, aber schnörkellos unaufdringlich. Von außen schätzte er die Wohnfläche mit Souterrain und Dachgeschoss auf mindestens fünfhundert Quadratmeter. Und allein der Vorgarten war größer als ein Tennisplatz. Um solch einen Besitz zu erhalten, brauchte man ein üppiges Einkommen, das war klar. Den Frauen würde wohl kaum etwas anderes übrigbleiben, als die Villa zu verkaufen.

Von links kam Elfi ums Haus. Sie hatte ihn zuerst erspäht, winkte mit beiden Armen, als er sie zwischen den Büschen bemerkte. »Hallo, O…raziooo, komm rüber!«

Die Luft im Haus war von jener Stickigkeit, die einem entgegenschlägt, wenn man nach einem mehrwöchigen Urlaub nach Hause kommt. Orazio schaute sich um: In diesem Palast also war Frank aufgewachsen und hier hatte er seine letzten Jahre verbracht. Sie standen im Vestibül, von dem aus eine breite Treppe in die obere Etage führte. Dorthin nahm Elfi ihn mit, während von unten Küchengeräusche zu hören waren. »Hier wohnt Frank«, sagte sie, schloss auf, und als sie den Raum betraten, meinte Orazio, Franks sonore Stimme zu hören, die unvermittelt in seinem Kopf auftauchte, obwohl er noch eine Minute zuvor geschworen hätte, sich nicht daran erinnern zu können. Der Raum war fast völlig von schweren Samtvorhängen verdunkelt. Plötzlich wölbte sich einer auf eine Weise vor, die ihn erstarren ließ in dem Gefühl, der verlorene Freund verberge sich dahinter. Doch gleich darauf hing der Stoff wieder gerade herunter. Jetzt bemerkte er, dass der Fensterflügel dahinter offen stand. Ein Luftzug, mehr nicht. Mein

Gott, Mann, fang bloß nicht an, Gespenster zu sehen wie Gregor.

»Sollen wir Licht reinlassen?«, fragte er Elfi.

»Ja.«

Schnell zog er die Vorhänge beiseite, öffnete die hohen Fenster vollständig und hoffte damit den letzten Rest des Spuks getilgt zu haben. Sonnenlicht flutete den Raum, schien auf Möbel in äußerst schlichtem Stil, deren Ursprung er in Fernost vermutete. Er versuchte, sich Frank, der zu groß für alle genormten Einrichtungsgegenstände gewesen war, auf der zierlichen Couch oder dem schmalen Sessel vorzustellen, wie er seine Teetasse auf dem Tisch abstellte, über dessen Rand seine Knie und die Hälfte seiner Schienbeine hinausschauten. Eigenartig, dass ein Mann von dieser Statur solche Möbel wählen würde. Auch die drei roten Kommoden schienen sich vor der Erhabenheit des hohen Raums mit seinen leeren gekälkten Wänden zu ducken.

»Und wohin geht es dort?« Orazio deutete auf die Zwischentür.

»Weiß nich«, sagte Elfi und senkte den Kopf.

»Wir könnten ja mal nachschauen.«

»Du kanns alleine reingehen, ich muss zu Mama.«

Einen Augenblick stand Orazio unentschlossen, hörte Elfi geräuschvoll die hölzerne Treppe hinabsteigen, ahnte, dass sich nebenan das Krankenzimmer befand.

Richtig, ein Bett, wie er es aus Pflegeheimen kannte, stand dicht beim Fenster, wohl damit Frank dieses öffnen konnte, ohne aufzustehen. Auf der anderen Seite ein Nachttisch mit einem Notebook. An der hinteren Wand zeugte ein mit Seide bedecktes Futon von anderen Zeiten. Orazio horchte, ob er Schritte hörte, und zog dann schnell die Schublade des Nachttischs auf. Leer. Auch im unteren Teil des

Schränkchens fand er nichts. Sein Schamgefühl verlor sich neben der Verärgerung über Frau Lorenz' Gründlichkeit, mit der sie Franks persönliche Dinge vor den Augen anderer bewahrte. Allzu gern hätte er den Laptop eingeschaltet. Neugier und Moral wetzten ihre Messer gegeneinander. Er hob das Gerät hoch, um die Unterseite zu sehen. Bei seinem nächsten Besuch – wenn es einen gäbe – hätte er einen Satz Schraubendreher dabei. In diesem Moment wurde ihm das Ausmaß seiner Lüge bewusst, mit der er an Frau Lorenz' Herz appelliert hatte, um sich Eintritt in dieses Haus zu verschaffen: Um unserer alten Freundschaft willen. Stand er nicht neben dem Bett, in dem Frank gelitten hatte und gestorben war? Er spürte eine Träne, die über seine rechte Wange lief, und hätte sich leicht weismachen können, es sei eine Träne des Mitgefühls mit Frank. Aber weil gerade sein Anstandsgefühl die Oberhand hatte, gestand er sich ein, dass seine Ergriffenheit nur sich selbst galt.

»Wir wollten Sie ein bisschen allein lassen«, sagte Frau Lorenz. Er hatte die Frauen nicht kommen hören. »Vielleicht interessiert Sie Franks Arbeitszimmer?«

»Sicher.«

Sie stiegen ins Dachgeschoss hoch, wo alles deutlich bescheidener war. Einst dürften die Hausangestellten hier ihre Zimmer gehabt haben, immerhin mit dem besten Ausblick.

»Leider ist die Tür nicht verschließbar«, sagte Frau Lorenz beim Drehen des Messingknaufs. Sie ließ Orazio den Vortritt. Hier also! Zwei Wände waren übersät mit Zeichenpapier, das mit Heftzwecken befestigt war. Er trat an die Wand zu seiner Linken, die durch ein zusätzliches Oberlicht ausgeleuchtet wurde.

»Das ist es, womit er sich beschäftigt hat?«, fragte er.

»Hauptsächlich, glaube ich, neben seiner Arbeit für den Betrieb natürlich. Doch die hat er vor Ort erledigt, soviel ich weiß. Die Fabrik ist jetzt eine Stiftung. Einmal war der Vorsitzende hier, der Herr Klein, der Name wird Ihnen nichts sagen. Jedenfalls hat er sich hier gründlich umgesehen und gemeint, es sei nichts mehr im Haus, was die Firma betreffe.«

»Darf ich noch eine Weile hierbleiben? Ich würde mir gern in Ruhe anschauen, was an der Wand hängt.«

Frau Lorenz lächelte. »Was meinst du Elfi, können wir ihm vertrauen, dass er nichts mitnimmt?«

»Nein«, sagte Elfi, ohne zu zögern.

Orazio suchte vergeblich nach einer schlagfertigen Entgegnung.

»Sollen wir ihn trotzdem hier oben allein lassen?«

»Von mir aus«, meinte Elfi arglos.

Aus ein paar Metern Entfernung und bei schummrigem Licht hätte man meinen können, es handle sich um eine weiße Tapete mit futuristischem Design, und auch bei näherer Betrachtung wirkte das Ganze zunächst geheimnisvoll. Auf jedes Blatt waren mit Tusche Linien gezeichnet, gerade, gebogene, manchmal auch verschlungene, die sich zuweilen berührten und kreuzten, als Ganzes jedoch abstrakt blieben. Zwischen den Zeichnungen hingen beschriebene Blätter, manche mit einem kurzen Satz oder einem Satzfetzen, auf den meisten stand jedoch nur ein einzelnes Wort. *Kreislauf* war eines davon, ein anderes *Geste*. Orazio schaute genau hin, so lange, bis er erkannte, dass der Begriff von Zeichnungen umrahmt war, von denen jede wahrscheinlich eine andere Art von Geste darstellte. Genial, wie weniger Linien es für eine Aussage von derartiger Komplexität bedurfte. Er sah eine schalkhafte Geste in Form eines Augenpaars, eine theatralische Geste, ausgedrückt als nach oben gereckter Arm, eine unterwürfige Geste, erratbar durch die Andeutung eines gebogenen Rückens, gerade mal sechs Striche hatten die zynischen Lippen auf dem Blatt darunter, daneben die zärtlichen Hände einer Frau. Beim letzten Bild überlegte er lange. Es wollte sich ihm nicht erschließen, bis er merkte, dass es offenbar auch Teil eines anderen Themas war, das schräg darunter haftete. *Eine Welt ohne Sinn.* Wie könnte eine Geste aussehen, die eine Welt ohne Sinn beschrieb? Er überlegte, ob er es tun oder lassen sollte, dann machte er ein Foto von der Zeichnung, der kurz darauf ein weiteres folgte und dann noch eins, und kurze Videos, um Zusammenhänge besser erfassen zu können, bis beide Wände vollständig auf seinem Handy gespeichert waren. Elfi hatte recht gehabt.

»Bestimmt würde man überall im Haus hören, wenn jemand durchs Treppenhaus ginge«, sagte Frau Lorenz. Orazio nickte. Inzwischen hatte er alle Räume der Villa gesehen, die im Ganzen gut in Schuss, allerdings technisch auf dem Stand der Sechzigerjahre war. Ein Mehrparteienhaus aus dem Anwesen zu machen, das den aktuellen Normen entspräche, dafür müsste man Millionär sein.

»Bei der Wohnungsnot in Köln ständen die Leute trotzdem Schlange«, sagte er zu Frau Lorenz, »auch wenn sie sich Küche und Bad teilen müssten. Da könnten Sie fast alles so lassen, wie es jetzt ist, und würden die Teile, die Sie selbst nicht bewohnen wollen, einfach zimmerweise untervermieten.«

»Ein Taubenschlag«, sagte Frau Lorenz, »ich weiß nicht recht …«

»Ich möchte nicht indiskret sein«, sagte Orazio nach einer Pause, »aber darf ich fragen, ob Frank eine Auflage an das Erbe geknüpft hat?«

»Eine Auflage?«

»Eine Bedingung, zum Beispiel, dass das Haus für eine gewisse Zeit nicht verkauft werden darf.«

»Ach so – nein. Wir können damit machen, was wir wollen.«

»Haben Sie schon einmal daran gedacht, es zu verkaufen?«, fragte er weiter. »Ich kenne mich mit Immobilienpreisen nicht besonders aus, aber bestimmt würden Sie in dieser Gegend mindestens zweieinhalb Millionen dafür bekommen.«

Frau Lorenz antwortete nicht. »Ich bin alt«, sagte sie dann unvermittelt. »Was wird aus Elfi, wenn ich nicht mehr kann?«

»Eben«, sagte Orazio. »Sie könnten das Geld für Elfi anlegen. Haben Sie nicht mit Frank darüber gesprochen?«

»Frank sprach nie über solche Dinge, wir hatten auch keine Ahnung, dass er vorhatte, uns etwas zu hinterlassen.«

Elfi hatte lange geschwiegen. Jetzt sagte sie: »Frank will, dass wir bei ihm wohnen.«

Orazio wandte sich ihr zu. »Weißt du noch, wie ihr euch kennengelernt habt?«

»Klar.«

»Erzählst du es mir?«

»Er is mein Lehrer gewesen.«

Nicht weit von ihrer Wohnung in Ehrenfeld gebe es eine ausgezeichnete Malschule, ergänzte Frau Lorenz. Sie hatte Elfi einen Zeichenkurs geschenkt. Und so seien sie an Frank geraten.

»Frank hat unterrichtet?«

»Ich bin die beste Künstlerin«, mischte sich Elfi wieder ein. »Wegen mir isser zu uns nach Hause gekommen.«

»Wie lange haben Sie und Frank sich nicht gesehen?«, fragte Frau Lorenz nun scharf.

Orazio saß auf der Anklagebank. »Vierzehn Jahre«, antwortete er schuldbewusst.

»Wie kommt's, dass Sie nach seinem Tod dieses plötzliche Interesse an ihm entwickeln?«

»Ich habe auch geerbt, aber in meinem Fall sind die Umstände komplizierter.« Und er gab die Geschichte ab dem Tag preis, als Franks erster geheimnisvoller Brief verlesen wurde. Er erwähnte das Wiedersehen mit den beiden Studienfreunden beim Notar und räumte ein, dass er auch Herrn Klein kenne, der ihm kürzlich geholfen habe, die Auflage fristgerecht erfüllen zu können.

»Warum hintergehen Sie mich?«, rief Frau Lorenz, die aufgestanden war und auf ihn herunterschaute, während sie weiter auf ihn einredete. »Sie haben sich bei uns eingeschlichen, den Harmlosen markiert und uns eine Freundschaft mit Frank vorgegaukelt, die es längst nicht mehr gibt. Und jetzt frage ich Sie: Warum das Ganze?«

Elfi war erstarrt und blickte mit großen Augen auf Orazio.

»Genau das fragen wir uns ja auch«, sagte Orazio verschämt. »Wir können uns nicht erklären, was Frank von uns erwartet hat. Da ist dieses Rätsel um ihn. Und durch Sie und Elfi sah ich die Gelegenheit, es vielleicht zu lösen.«

»Wenn ich Sie richtig verstanden habe, steht die Aufgabe, die Frank Ihnen übertragen hat, kurz davor erfüllt zu sein. Welches Rätsel gibt es da noch zu lösen? Und außerdem, selbst wenn es noch was zu entdecken gäbe, wäre das noch lange kein Grund, sich bei Elfi und mir einzuschmeicheln, so wie Sie's getan haben.«

»Nein.«

»Sie können Ihren Freunden von mir ausrichten, dass wir uns nicht für Ihre dubiosen Ziele einspannen lassen.«

»Meine Freunde wissen nichts davon, dass ich hier bin. Sie wissen nicht mal, dass ich Sie kennengelernt habe.«

Die Starre wich aus Elfis Mimik. »Dann hol deine Freunde mal schnell hier…hin.«

Zwölf

I

Gregor hatte vor, eine fette Party zu schmeißen, wenn ihr Abenteuer vorbei wäre und Veith seinen französischen Kollegen beauftragt hätte, die Althoff'sche Ferienvilla auf sie zu überschreiben. »Reservier schon mal den siebten Juli«, sagte er am Telefon, »und richte Miriam aus, sie käme nicht um den Tanz mit mir herum, wegen der alten Zeiten.« Orazio versicherte ihm, sie werde entzückt sein. Doch er dachte, bevor sie sich in die Arme des schlechtesten Tänzers im Land begeben könnte, müsste sich ihr Gesundheitszustand entscheidend verbessern. Inzwischen konnte sie ihrem Magen nur noch sehr kleine Portionen zumuten, und beim geringsten Verstoß gegen die vom Arzt verordnete Diät schlugen Schmerzen und Übelkeit zu. Die Schatten um ihre Augen kamen Orazio grauer vor denn je. Für die letzten Wochen des Schuljahres war sie krankgeschrieben, hatte sich allerdings Tests und Klausuren von einer Kollegin zum Korrigieren nach Hause bringen lassen, damit sie rechtzeitig die Zeugnisnoten eintragen konnte. Notgedrungen und schlecht gelaunt akzeptierte sie Gudruns Unterstützung bei der Versorgung der Kinder, und was die Haushaltshilfe am Dienstag nicht schaffte, blieb für Orazio liegen. Weit schlimmer als Aufräumen, Putzen und Bügeln waren für ihn die Abende, an denen es nichts zu tun gab und sie sich gegenübersaßen. Während sein Glas Rotwein von südlicher Sonne sprach, war ihr Magentee ein Vorwurf gegen jede unbeschwerte Stunde.

Ein paar Tage nach seinem Besuch in der Fürst-Pückler-Straße, dessen peinliches Ende Orazio immer noch verfolgte, entschloss er sich ohne unmittelbaren Anlass, mit Miriam zu reden.

»Ich hab dir doch von meiner Begegnung mit zwei Freundinnen von Frank auf dem Melaten-Friedhof erzählt, Liebes«, begann er. »Sie hatten mich in sein Haus eingeladen, also in sein Elternhaus, ich nehme an, dass er erst nach dem Tod der Eltern wieder dort eingezogen ist, ein riesiger Kasten aus der Zeit zwischen den Kriegen. Frank hat es den Frauen vererbt. Traurig allerdings, dass sie es wahrscheinlich nicht halten können. Zu teuer, zu viel Arbeit, die Mutter ist im Rentenalter und die Tochter ... weißt du ja. Aber zeichnen kann sie, ganz erstaunlich. Sympathische Leute, ich mag sie. Jedenfalls haben sie mir das Haus gezeigt, und in Franks Arbeitszimmer bin ich auf das hier gestoßen.« Er ging um den Tisch herum und hielt ihr sein Handy vors Gesicht. Die Kamera zeigte einen Schwenk über die mit Zeichnungen bedeckten Wände. »Schau mal, hier siehst du sein Konzept. Ein Begriff und drum herum die zeichnerische Umsetzung. Und das ist nicht alles: An den Eckpunkten werden je zwei Ideen, Gedanken oder was auch immer, miteinander verbunden.« Er fand das betreffende Foto und vergrößerte es mit Daumen und Zeigefinger. »Zum Beispiel zu diesem Blatt gehören *Geste* und *Eine Welt ohne Sinn*. Ich sehe allerdings nur die Beine eines Fußballspielers mit Ball. Und du?«

Miriam betrachtete das Bild eine Zeitlang, dann sagte sie: »Das Runde ist die Welt. Der Mensch tritt sie mit Füßen.«

Jetzt sah Orazio es auch. Er fragte: »Weil er sich um den Sinn des Lebens betrogen fühlt?«

»Weil er an ihrer Oberfläche haftet wie eine Fliege am Leim«, sagte sie.

»Ohne Chance auf Entkommen?«

»Man kann nur symbolisch entkommen, aber nicht wirklich.«

Er glaubte zu verstehen: »Also mitspielen im göttlichen Drama?«

Sie nickte.

»Mir scheint, Frank hatte nicht viel Spaß am Mitspielen«, sagte er.

»Doch schon, aber er hat sich seine eigenen Symbole geschaffen.«

»Von uns warst du immer diejenige, die ihn am besten verstanden hat.«

»Kann schon sein.«

Interessiert nahm er ihr selbstvergessenes Lächeln wahr, schaute in ihr Gesicht, bis sie den Blick abwandte. Wieder einmal hatte er ihre Sensibilität unterschätzt. »Ist es Franks Tod, der dir zu schaffen macht?«

Ihre Stimme bebte: »Was denkst *du* denn? Etwa, dass sein Tod mir egal wäre, wie dir und den anderen? Bloß nicht nach hinten schauen, immer nach vorn?«

»Aber das stimmt doch gar nicht«, sagte er irritiert. »Seit Monaten versuchen wir zu begreifen, was Frank uns mitteilen wollte.«

»Als Mittel zum Zweck! Ohne Erbe an der Französischen Riviera hätte keiner von euch jemals wieder einen Gedanken an ihn verschwendet.«

»Warum bist du so ungerecht?«

Sie wurde laut: »Ich kenne dich, das ist alles. Du hast schon immer genau das getan, was du wolltest, es ging immer nur um deine Wünsche, schon damals, als du darauf aus warst, mich Frank wegzuschnappen, genau wie heute, wenn du dich nach Florenz bewirbst und mich mit irgendeiner Tussi aus dem Institut betrügst … wahrscheinlich eine von deinen Studentinnen.«

»Und was tust du?« Auch in seiner Stimme hatte drohendes Unheil Fahrt aufgenommen. »Hast du je drüber nachgedacht, dass zu einer glücklichen Familie eine Frau gehört, die sowas wie Zuversicht hat? Vertrauen in irgendeiner Form? Zum Beispiel, dass die Kinder die nächste Grippewelle überleben? Mit der man sowas wie Spontaneität erleben kann? Die Tasche packen und übers Wochenende verreisen, ohne vorher beim Arzt gewesen zu sein? Die nicht nur das Bekannte will, sondern neugierig ist? Die sich ein Leben auch woanders vorstellen kann? Die …«

»Halt, halt, hör auf!«

»Genau das ist es!« Orazio hatte den Rest seiner Zurückhaltung verloren. »Dein ständiger Boykott *treibt* mich dazu, Dinge hinter deinem Rücken zu tun! Weil du bei allem ›Halt!‹ rufst, was dich aufregen könnte. Und es gibt kaum noch was, das dich nicht in Panik versetzt. Nenn mir irgendwas, das dir keine Sorgen macht, damit ich mein Leben danach ausrichten kann! Damit wir als Familie eine Zukunft haben!« Spöttisch lachte er auf.

Miriam war aufgestanden. Aber nicht, um den Raum zu verlassen, wie er einen Moment lang dachte, sondern um Elena in Empfang zu nehmen, die im Türrahmen stand.

»Ich kann nicht schlafen, ihr schreit so laut.« Sie schlang ihre Arme um den Hals ihrer Mutter, die sie hochgehoben hatte, um sich gemeinsam mit ihr in eine Decke zu kuscheln.

»Entschuldige, Prinzessin«, sagte er beklommen.

»Zankt ihr euch?«

»Ja«, antwortete er, »auch Mama und Papa zanken manchmal, zum Glück nicht so oft wie du und Carla.«

»Lasst ihr euch jetzt scheiden?«

Bestürzt fragte sich Orazio, woher sie das Wort kannte. »Ach, wieso denn, ihr vertragt euch doch auch wieder, wenn ihr euch gezankt habt.«

Als Miriam mit Elena nach oben gegangen war, stand er kurz auf, um sich einen Cognac einzugießen. Auf dem Rückweg zum Sessel schaltete er die Lampe aus. So saß er im spärlichen Licht, das von der Straßenlaterne vor dem Haus ins Zimmer drang, ließ Bilder und Szenen zu, die vor seinen Augen auftauchten, sah Carla, die mit ungläubigen Augen einer Erklärung ihrer Schwester zuhörte, dass Papa nur noch selten oder überhaupt nicht mehr nach Hause kommen würde. ›Auch nicht am Donnerstag?‹, hörte er Carla fragen und sah Elena, die mit verbissener Traurigkeit den Kopf schüttelte. ›Wieso nicht?‹ ›Weil er uns nicht mehr haben will.‹ Er holte sich die Flasche zum Sessel, sah die hohläugige Miriam und sah Ada, die von Valentin schwanger war.

II

Das Wochenende war für Elena und Carla reserviert. Fest stand, dass sie beide Tage zu dritt und möglichst lange außer Haus verbringen würden, damit Miriam ihre letzten Arbeiten für die Schule in Ruhe erledigen könnte.

Als sie sich am Samstag mit gepackten Badesachen von Miriam verabschiedeten, bemerkte er die Fahrigkeit ihrer Bewegungen, während sie zuerst die Kleine, dann die Große umarmte und ermahnte, keinen Schritt ins Tiefe zu tun. Er versicherte ihr, sie jede Sekunde im Auge zu behalten. »Es wird nichts passieren, das verspreche ich dir«, sagte er, während er ein Zucken in ihrem Gesicht bemerkte. Er versuchte, aufmunternd zu lächeln. »Vergiss uns bis heute

Abend und konzentriere dich auf die Notenlisten.« Er warf ihr eine Kusshand zu, die sie nicht erwiderte und die ihm im Nachhinein heuchlerisch vorkam.

Es war das erste Wochenende mit seinen Töchtern seit langem. Außerdem hatte er in letzter Zeit viel zu oft den gemeinsamen Donnerstagnachmittag gestrichen. Da war eine Barriere zwischen sich und den Mädchen, von der Rückbank des Autos drang nur sporadisches Gemurmel, das nicht für ihn bestimmt war. War es das, was ein von seinen Kindern getrennter Vater zu erwarten hatte, wenn er sie zweimal im Monat zum Bespaßen abholte?

Versuchsweise stimmte er ein Lied an. »Probier's mal mit Gemütlichkeit, mit Ruhe und Gemütlichkeit jagst du den Alltag und die Sorgen weg, und wenn du stets gemütlich bist und etwas appetitlich ist, dann nimm es dir, egal von welchem Fleck ...«, und nicht mal eine Minute später herrschte ein ohrenbetäubender Kampf um die lauteste Interpretation des Dschungelbuchhits. Am Ende einigten sie sich darauf, dass Carla gewonnen hatte, obwohl sie, wie Elena nörgelte, nicht mal alle Wörter wusste.

Als sie am späten Nachmittag zu Hause ankamen, die Kinder sich auf ihre Mama stürzten, um ihre Aufmerksamkeit wetteiferten und überquollen mit Erlebnissen, wirkte Miriam fast heiter, und dankbar nahm er wahr, wie sich ihre Nasenwurzel im Lauf des Abends ein wenig glättete.

Den ganzen Sonntag verbrachten sie im Altenberger Märchenwald, in dem trotz seiner Altertümlichkeit ein größerer Zauber wirkte, als Orazio sich hätte vorstellen können. Zu seinem Erstaunen kannte Elena etliche der Grimm'schen Märchen mit Namen und Inhalt und preschte voran zum nächsten Häuschen, während Carla seine Hand fest umklammert hielt und zusammenfuhr, wenn plötzlich eine gruselige hohe Stimme durch den Tann schallte. Auf verschlungenen Wegen gingen sie am Turm vorbei, wo Rapunzel zum Klang einer lieblichen Melodie ihren langen Zopf herunterließ. Offenbar war der Ort beliebt bei Großeltern, die mit ihren Enkeln noch einmal den köstlichen Schrecken erleben konnten, der sie selbst einst durchfahren hatte, und so drängten sie die Kleinen, gleich hier ganz laut »Rumpelstilzchen, komm raus« zu rufen, woraufhin der Bösewicht am Fenster erschien und mit furchterregender Stimme drohte, morgen der Königin ihr Kind zu rauben. Am Ende schafften sie es gerade zur letzten Vorstellung der Wasserspiele im Café, wo bunt beleuchtete Fontänen im Rhythmus der Musik auf- und abschwollen, und mancher Akkord im Plätschern unterging. Elena besah sich das Schauspiel still mit glänzenden Augen und Carla hob und senkte ihre Arme im Takt der Musik wie eine Miniaturdirigentin, während die Limos vor ihnen auf dem Tisch zu prickeln aufhörten.

III

Der Montag begann früh für Orazio. Eine Unmenge an Arbeit erwartete ihn diese Woche, und zusätzlich hatte er mehr als zehn Anmeldungen zu Einzelgesprächen. Er seufzte. Doch er kam schnell in Schwung, alles ging ihm leicht von der Hand, er wurde nicht müde, verzichtete sogar auf die Mittagspause, und es war nach sieben am Abend, als er das Büro verließ. Mehrmals hatte er versucht, Miriam Bescheid zu geben, dass sie mit dem Abendessen nicht auf ihn warten sollten, aber niemanden angetroffen. Dass sie nicht an ihr Handy ging, war normal, meistens lag es ausgeschaltet irgendwo in ihrem Arbeitszimmer. Das

Festnetztelefon zu ignorieren, war ihr dagegen bisher noch nicht eingefallen, außerdem hatten die Kinder inzwischen Spaß am Telefonieren gefunden und oft war es eins der Mädchen, das sich meldete, wenn er anrief.

Die Haustür war doppelt verschlossen. Im Flur rief er laut ihre Namen, aber das Echo blieb aus. Inzwischen war es fast acht. Seltsam, dass sie um diese Uhrzeit noch unterwegs waren. Miriam achtete doch sonst immer peinlich genau darauf, dass die Kinder genug Schlaf bekämen. Er ging in die Küche, öffnete das Gefrierfach, ließ drei Eisstücke in ein Glas fallen und durchquerte das angrenzende Wohnzimmer zum Eckschrank. Kurz überlegte er, welcher Drink angemessen sei, und entschied sich für einen Martini bianco, mit dem er sich in den Sessel setzte, der den besten Blick nach draußen bot. Zart und klar klang das Eis im Glas, der Wermut schmeckte weich und Orazio genoss das Gefühl, wie die Arbeit des Tages von ihm abfiel. Wie wohltuend, einfach nur hier zu sitzen mit dem einzigen Ziel, ab und zu einen kleinen Schluck zu nehmen. Gleich würden sie zu dritt durchs Gartentor kommen, und dann wäre es vorbei mit der Ruhe.

Als sich nach dem zweiten Martini sein leerer Magen meldete und sie immer noch nicht da waren, wurde er unruhig, obwohl klar war, dass es eine simple Erklärung für ihre Abwesenheit geben würde. Sicher schliefen die Kinder bei Gudrun, und Miriam war bei Sonja, in dem Fall würde sie bestimmt nicht vor Mitternacht auftauchen. Trotzdem hätte sie ihm wenigstens einen Zettel auf den Tisch legen können.

In ihrem Arbeitszimmer fiel ihm auf, dass die Klausuren und Notenlisten von ihrem Schreibtisch verschwunden waren. Wahrscheinlich würde Sonja morgen früh alles im

Sekretariat abgeben. Bis auf ein paar Utensilien war ihr Schreibtisch leer, der PC-Tisch war genauso penibel aufgeräumt. Das kam ihm nun wirklich komisch vor. Er wählte ihre Handynummer. Nach langem Klingeln die Nachricht vom Band, dass der Teilnehmer momentan nicht erreichbar sei. »Bitte versuchen Sie es später noch einmal.«

Gudrun ging sofort dran. »Hallo, Gudrun, Orazio hier. Hör mal, sind die Kinder bei dir? Zu Hause ist nämlich alles ausgeflogen.«

»Bei mir? Wie kommst du denn darauf? Hat Miriam dir denn nicht Bescheid gesagt, wo sie hin ist?«

»Nein, sonst hätte ich dich wohl kaum gestört.« Er hörte die Ungeduld seiner eigenen Stimme. »Um diese Uhrzeit«, setzte er hinzu, obwohl es nicht mal halb zehn war. »Hast du vielleicht eine Ahnung, wohin sie gegangen sein könnten?«

»Nein. Ich hab mich nur gewundert, als sie mir heute Mittag gesagt hat, es gehe ihr besser und ich bräuchte mich nicht mehr um die Kinder zu kümmern. Wenn du mich fragst, geht's ihr eher schlechter als besser. Aber davon, dass sie vorhatte wegzufahren, hat sie nichts gesagt. Ist denn das Auto noch da?«

Darauf hätte er auch selbst kommen können. Eilig verabschiedete er sich von Gudrun und lief zwei Straßen weiter, wo sie eine Garage für ihren Zweitwagen gemietet hatten, der selten benutzt wurde.

Die Garage war leer.

»Okay, wo seid ihr?«, sagte er halblaut. »Wohin hat eure beknackte Mutter euch verschleppt?«

Er fand Sonjas Nummer im Festnetzspeicher.

»Hier ist Miriams Mann, Orazio. Das klingt jetzt vielleicht komisch, aber ich suche meine Frau und die Kinder. Sie sind mit dem Auto unterwegs. Sie wissen ja, dass sie krank ist, ich mache mir Sorgen.«

Miriam hatte tatsächlich am Nachmittag die korrigierten Klassensätze und Notenlisten bei Sonja abgegeben, war nicht mal auf eine Tasse Tee geblieben, sondern hatte sich an der Tür umgedreht, weil die Kinder im Auto saßen. Sonja hatte sich nichts dabei gedacht.

Seines Wissens war Sonja die einzige Kollegin, mit der Miriam locker befreundet war, andere Namen hörte er zu selten. Ein paar engere Freunde hatte sie nur in Schleswig-Holstein, wo auch ihre Eltern und Geschwister wohnten. Wo sollte er anfangen? Wenn sie wirklich in den Norden gefahren und ohne Pause durchgebrettert war, wäre sie vielleicht gerade jetzt angekommen. Und was, wenn sie etwas ganz anderes vorhatte? Was um Himmels willen könnte sie vorhaben?

Sein Hungergefühl war einem Durst gewichen, der Mund und Hals verengte. Hastig trank er mehrere Gläser Leitungswasser hintereinander, bevor er sich einen weiteren Martini eingoss, der plötzlich ekelhaft klebrig schmeckte. Er schüttete ihn in den Ausguss und versorgte sich mit etwas Stärkerem. Mit dem Glas in der Hand ging er durch alle Zimmer auf der Suche nach einer Nachricht oder irgendeinem Hinweis. Im Kinderzimmer versuchte er festzustellen, was nicht mehr da war, musste sich aber bald eingestehen, weder die Kleidung noch das Spielzeug seiner Töchter genau genug zu kennen, um sagen zu können, wie viel und was genau fehlte. Mit Sicherheit wusste er nur, dass Carlas Hase und Elenas Lama nicht mehr an ihren Plätzen auf den Kopfkissen waren. Im Schafzimmer ging es ihm ähnlich, jedoch gab es einige leere Stellen auf Kleiderstangen und in Fächern, woraus er schloss, dass sie vorhatte, länger fortzubleiben. Was andererseits beruhigend war, denn großes Gepäck entkräftete seine grausige Befürchtung, Miriam könnte völlig übergeschnappt sein. Der Wandschrank im Flur gab schließlich Aufschluss, dass sie einen Koffer und zwei große Taschen mitgenommen hatte.

Als er nach Mitternacht und zwei weiteren Drinks die Bettdecke zurückschlug, fand er ein Stück Papier auf dem Kopfkissen.

Ich musste gehen, es gab keine Alternative, denn zu Hause werde ich immer kränker. Suche uns nicht, sondern lass mir die Zeit, die ich brauche, um mich zu erholen. Elena und Carla geht es gut, ich habe in der Schule und im Kindergarten eine wichtige Familienangelegenheit als Grund genannt, warum sie die letzten drei Wochen vor den Ferien fehlen müssen, und das ist es ja auch. Was ich tue, geschieht für uns alle. Schreib nicht und versuch nicht uns anzurufen. Ich melde mich bei dir, wenn ich so weit bin.

Orazio war zu benommen, um weitere Überlegungen zu Miriams Botschaft anzustellen. Als sein Kopf das Kissen berührte, schlief er ein.

Am nächsten Morgen erwachte er früher als sonst mit einem leichten Brummton im Schädel. Er machte sich eine Kanne mit starkem Kaffee und aß zwei Spiegeleier auf Toast, danach Käse, Tomaten und ein großes Stück Schlangengurke, ließ das Radio ausgeschaltet, öffnete das Fenster, um die Vögel zu hören, und sah zu, wie im Vorgarten ein Zitronenfalter von Blüte zu Blüte schaukelte. Erst allmählich begann er sich zu fragen, warum er statt Besorgnis eher das Gegenteil empfand, nämlich eine kuriose aber angenehme

Leichtigkeit. Später kam er darauf, dass Miriam wahrscheinlich das Richtige getan hatte, indem sie für eine Weile auf Abstand gegangen war. Sie hatte die Verantwortung für ihre Gesundheit endlich selbst übernommen. Keine vorwurfsvollen Blicke aus hohlen Augen mehr. Er würde seine volle Konzentration im Seminar brauchen, früh zu Bett gehen und am Ende der Woche ein ganzes Stück vorangekommen sein.

Volle Konzentration auf seine Arbeit wollte sich indes nicht einstellen. Pausenlos kreisten seine Gedanken um die Frage, warum sie sich heimlich aus dem Staub gemacht hatte. Noch vergangenen Monat hatte sie zugegeben, Angst vor ihm zu haben, und als Begründung hatte sie etwas in der Richtung gesagt wie, dass er mehr Macht über sie habe, als ihm klar sei. Damals hatte er die Aussage als latente Drohung gedeutet: Du hast mein Glück oder Unglück in der Hand. Wenn du das Falsche tust, wirst du schon sehen, was passiert. Und nun war etwas geschehen, sie war gegangen und hatte die Kinder mitgenommen. Aber was genau bezweckte sie damit? Wollte sie wirklich nur mal für ein paar Wochen die Tapeten wechseln, Urlaub machen, um dann gesund nach Hause zurückzukommen?

Und irgendwann dämmerte es ihm. Ihre Botschaft an ihn war, eher als mit ihm nach Florenz zu gehen, würde sie dorthin zurückkehren, wo sie ihre Kindheit und Jugend verbracht hatte, wo sie ihre Familie hätte, wo sie an alte Freundschaften anknüpfen könnte, wo Elena und Carla unbehelligt von den Wechselfällen seiner Karriere aufwachsen könnten … Sie war in Kiel bei ihren Eltern.

»Wendel?«

»Orazio. Hallo, Irmgard …«

»Falls du Miriam suchst, sie ist nicht hier.«

»Wo ist sie denn?«

»Das darf ich dir nicht sagen.«

»Aber Elena und Carla sind bei euch, oder?«

»Hör bitte auf, Orazio. Du kannst dir denken, auf wessen Seite ich bin. Miriam will im Moment keinen Kontakt mit dir, also lass sie in Ruhe.«

»Keine Ahnung, was sie dir erzählt hat, aber bestimmt weißt du nicht, dass sie ohne ein Wort mit unseren *gemeinsamen* Kindern unser Haus verlassen hat. Ich kam gestern Abend nach Hause und sie waren spurlos verschwunden! Als wär ich ein Tyrann oder Schläger, vor dem man sich in Sicherheit bringen müsste!«

»Ich hab gesehen, in welchem Zustand sie ist, und erzähl mir nicht, das hätte nichts mit dir zu tun.«

Urplötzlich war Orazio nach Weinen zumute. Er musste sich zusammenreißen, um nicht zu schluchzen. »Wie geht es meinen Prinzessinnen?«

»Gut. Sie haben alles, was sie brauchen.« Nach einer Pause setzte sie hinzu: »Wir sind froh, sie mal wieder bei uns zu haben.«

»Ich komme hoch.«

»Tu das nicht, es wäre ein Fehler. Wenn du was gutmachen möchtest, dann respektiere als Erstes, dass Miriam dich nicht sehen will.« Etwas leiser sagte sie: »Wir kennen jemanden, der sie bestimmt wieder auf die Beine bringt. Und dann seht ihr weiter. So, und jetzt mach ich Schluss. Eigentlich hätte ich gar nicht mit dir reden dürfen.«

Im Haus war es totenstill. Orazio machte das Radio an, bereitete sich ein kaltes Abendbrot zu, verzehrte es in Gedanken versunken, setzte sich vor den Fernseher, zappte eine Weile durch die Programme, bevor er das Gerät wieder ausschaltete und mit einem Ruck aufstand. Nach dem Duschen zog er zum ersten Mal sein Gigolo-Outfit an und ging in Pink und Weiß zum Rheinufer hinunter. Dies war der längste Tag des Jahres, weshalb die stinknormale Dienstagsmilonga durch eine zweite am heutigen Donnerstag ergänzt wurde. Er stellte sich Ada und Valentin vor, wie sie eine abendliche Radtour zu einer Sonnenwendparty im Bergischen machten, wo alle um Mitternacht um ein riesiges Feuer tanzten und irgendwelche mystischen Rituale abhielten. Aber auch er würde tanzen und den Abend nicht vor der Glotze verbringen. Er fröstelte in seinem kurzärmligen Poloshirt. Fast alle um ihn herum trugen Jacken. Pünktlich zur Sommersonnenwende verzog sie sich, die Sonne. Er bemerkte eine seiner Studentinnen, die ihm entgegenkam. Sie nickten sich kurz zu, dann lachte sie und sagte etwas zu ihrem Begleiter, der prompt seinen Kopf drehte, um ihn zu mustern.

»Hey, Mann, schicke Kluft, haste 'nen neuen Schneider?« Hartmut klopfte mit der flachen Hand auf seine Schulter.

»So ähnlich«, antwortete Orazio und stellte fest, dass er nicht in Redelaune war. Nur tanzen wollte er. Und es half. Gegen die Kälte in seinen Knochen und gegen alles andere. Er war bei den Letzten, die gingen. Ein feiner Nieselregen setzte ein, doch der störte ihn nicht, er hatte sich warmgetanzt, für den Heimweg reichte das.

Dreizehn

I

Ab wann war man jemand, der erfolgreich gegen einen Impuls ankämpfte? Wenn man der Versuchung, Ada anzurufen, neunundneunzig Mal widerstand und erst beim hundertsten Mal schwach wurde? Oder waren damit alle neunundneunzig Triumphe der Selbstüberwindung ausgelöscht?

Orazio versuchte sich einzureden, dass sie ähnliche Qualen litt wie er, aber was am Ende dabei herauskam war das Gefühl, sie wolle doch lieber zu Valentin gehören.

Außer Gudrun und Sonja hatte er niemandem von Miriams Verschwinden erzählt, weder im Institut noch sonst wo, auch Valentin und Gregor hatten keine Ahnung. Gestern bei ihrem Treffen im Café Feynsinn war er drauf und dran gewesen, sich ihnen zu offenbaren, aber plötzlich hatte er Angst bekommen, dadurch alles nur noch schlimmer zu machen. Vielleicht hatte er auch geschwiegen, weil er den beiden die Feierstimmung nicht verderben wollte, jetzt, da das Projekt unter Dach und Fach war und man nur noch den Stichtag abzuwarten brauchte. Ihm war schmerzlich klar geworden, dass er keinen Menschen hatte, niemanden, mit dem er über das reden konnte, was ihn nicht mehr durchatmen ließ. Ada könnte dieser Mensch sein, wenn sie nicht selbst der Hauptgrund für seine Atemlosigkeit wäre.

Natürlich hatten er und Miriam, was sie leichthin Freunde nannten, andere Paare, manche mit Kindern im Alter von Elena und Carla. Aber mit ihnen über ihre Eheprobleme zu sprechen, wäre Verrat an Miriam, und außerdem würde es nichts bringen als ein paar gut gemeinte Ratschläge zur Rettung des Status quo. Was ihm fehlte, war jemand, auf den er zählen konnte, der ihn gut genug kannte, um ihm ins Gesicht zu sagen, was er dachte … Unvermittelt wurde ihm bewusst, was dies im Umkehrschluss hieß. Er dachte an früher. Hatte er je einen Freund gehabt, der rückhaltlos auf ihn baute? Hatte er sich schon mal als bester Freund ausgezeichnet? Er überlegte lange, aber er konnte sich an keinen bemerkenswerten Vertrauensbeweis erinnern … Doch, anfangs vielleicht hatte es zwischen ihm und Frank eine besondere Verbundenheit gegeben. Sie teilten dieselbe Leidenschaft für philosophischen Streit, diskutierten nächtelang über den Sinn und Unsinn der Dinge, über die Frage, ob Liebe und Freiheit zwei Seiten derselben Medaille oder doch eher unvereinbar seien. Wenn sie verabredet waren, war er es meistens, der auf Frank wartete, und wenn der endlich auf seinen langen Beinen um die Ecke bog, dann erfüllte ihn eine Freude, die prall gefüllt war mit Zuversicht. Alles war sagbar – bis Miriam kam.

Die Leere im Haus hatte sich durch seine Haut ins Gewebe gefressen und war nun dabei, die Muskeln zu lähmen. Es war Sonntag. Sein Frühstück hatte er noch verzehren können, jetzt saß er in T-Shirt und Unterhose auf der Couch, bereit, den Tag reglos vorübergehen zu lassen. Die dunkel glänzende Oberfläche des Tischs, auf den seine Augen gerichtet waren, überzog eine dünne Staubschicht. Auf dem kleinen Vogelbuch, das darauf lag, konnte er keinen Staub erkennen, doch er war da, das wusste er. Sie hätte das Büchlein und die CD mitnehmen sollen, Elena und Carla machten große Fortschritte im Erkennen der Vogelstimmen. Er wollte sich vorbeugen, um die Fotos der Vögel zu betrachten, rührte sich jedoch nicht. Er blieb sitzen, während sein Gesicht feucht und wieder trocken wurde, sah zu, wie Sonnenstrahlen über den Tisch krochen und das Buch streiften. Er dachte an den Frühlingstag, als er es gekauft hatte, um selbst mehr über diese wundervollen Wesen zu erfahren. Nicht *eine Zeile* hatte er darin gelesen.

Mit einem Mal hatte er auch die Gewalt über seine Gedanken verloren, war nur noch willenloser Zeuge seiner alten und neuen Vergehen, Nachlässigkeiten und Lügen, er wurde durch ein Labyrinth gestoßen, das alle Sünden versammelte vom ersten Tag seines kindlichen Unrechtbewusstseins bis heute.

Es dämmerte bereits, als er sah, dass sich sein rechter Mittelfinger bewegte. Er streckte die Hand aus, danach die andere und reckte beide Arme über den Kopf, dehnte seine Wirbelsäule, fühlte, wie Leben in seine Glieder zurückströmte, und stand auf. Kurz vor zehn am Abend. Sein Mund war staubtrocken. In der Küche trank er aus der Leitung, stieg anschließend die Treppe hinauf und ließ sich aufs Bett fallen.

Am nächsten Morgen rief er von seinem Büro aus Frau Lorenz an, bat darum, sie und Elfi noch einmal besuchen zu dürfen. »Ich möchte mich persönlich bei Ihnen entschuldigen.«

Nachdem sie sich mit Elfi beraten hatte, rief Frau Lorenz zurück: »In Ordnung. Wir erwarten Sie heute Abend.«

Wieder durfte er auf Franks altem Platz unter dem Urwaldbild sitzen. »Ich will gern alles erzählen, was ich bei unserem ersten Treffen hätte sagen sollen … Nicht um mich zu rechtfertigen«, sagte er.

»Dann mal los.« Frau Lorenz musterte ihn distanziert.

»Hau rein«, rief Elfi und lachte.

»Im August werden es vierzehn Jahre«, sagte Orazio. »Wir haben zusammen Urlaub in der Ferienvilla von Franks Eltern gemacht. Wir, das waren Frank, Gregor, Valentin, ich und Miriam. Gregor und Valentin sind übrigens die beiden anderen Beteiligten an Franks Vermächtnis. Und Miriam – die ist heute meine Frau.

Anfangs lief alles super, das Wetter war genial, tagsüber amüsierten wir uns am Pool und abends setzten wir uns ins Auto und klapperten die Küste ab, Monte Carlo, Cannes, Saint Tropez ... Aber nach einer Woche oder so wurde es mit jedem Tag schwieriger uns zu einigen, Kleinigkeiten führten zu Streit, bis jeder dem anderen derart auf den Wecker ging, dass wir vier Jungs keine Lust mehr auf gemeinsame Aktionen hatten. Und Miriam stand dazwischen als Objekt unserer Begierde. Als Juwel. Heute denke ich, dass wir sie mit unserem Gehabe um sie vielleicht bedrängt haben. Ich glaube, Gregor war der Einzige, der nie in sie verliebt war, der nur aus Spaß am Wettbewerb mitspielte, aber Frank hatte es total erwischt.«

»Au«, sagte Elfi und bekam so große Augen, dass Orazio sich unterbrach.

»Frank hatte sich also in Miriam verliebt«, stellte Frau Lorenz fest. »Aber Sie waren es, den sie erhörte.«

»Viel später. In jenen Wochen hat sie meines Wissens niemanden von uns erhört. Trotzdem gab uns dieses Theater um sie den Rest. Am Ende hat Frank in seinem Frust unsere Ferien vorzeitig für beendet erklärt. Wir reisten in unterschiedliche Richtungen ab, ich fuhr nach Italien. Wo die anderen hin sind, weiß ich nicht. Tja, das war das Ende unserer Freundschaft. Frank wollte nichts mehr mit uns zu tun haben, er hat sich völlig zurückgezogen. Und damit war auch für Valentin, Gregor und mich der Zauber vorbei. Anfangs hier und da noch ein Treffen, ab und zu mal ein Anruf und dann nichts mehr.«

Frau Lorenz schaute nachdenklich vor sich hin. »Vor vierzehn Jahren … Und Sie und Miriam, wenn ich fragen darf?«

»Ich habe mich bei ihr gemeldet, als ich zurück in Köln war. Damals ging es ihr sehr schlecht.« Er schluckte.

»Hast du Miriam geholfen?«, fragte Elfi.

»Ich glaub schon. Ich hab mich um sie gekümmert.«

»Und dann habt ihr geheiratet«, ergänzte sie.

Orazio nickte. Er dachte an die erste Zeit ihrer Ehe, als er jedes Wort, das er zu ihr sagte, sorgsam wählte, als er sich bei jedem Geschenk fragte, ob es gut genug für sie sei.

»Das ist also die Vorgeschichte«, sagte Frau Lorenz.

Orazio fuhr fort: »Das wäre die ganze Geschichte gewesen, wenn Frank uns nicht mit einem Vermächtnis bedacht hätte. Damit hätte niemand von uns im Traum gerechnet.«

»Gibt es einen Hinweis, wieso er Miriam ausgeschlossen hat?«

Orazio war baff. So hatte er die Sache bisher nicht betrachtet. Miriam ausgeschlossen vom Vermächtnis? Er dachte nach. »Vielleicht trug er ihr nach, dass sie mich geheiratet hatte. In seinem Brief schrieb er von Erkundigungen, die er eingeholt habe. Jedenfalls wusste er von unserer Ehe, vielleicht auch aus dem Internet. Sie hat meinen Familiennamen angenommen, also musste er nur ihren Vornamen in Kombination mit ›Fabbro‹ eingeben, und schon hatte er es raus.«

»Wie durchsichtig die Menschen doch geworden sind«, sagte Frau Lorenz. »Zu meiner Zeit konnte man noch Dinge tun, von denen nicht jeder Wind bekam. Und heute erfährt man alles im Internet. Wer weiß, vielleicht steht da ja auch was über Elfi und mich.« Sie lachte über ihren Scherz.

»Frank jedenfalls kommt man im Internet nicht auf die Spur«, sagte Orazio.

»Das kann ich mir vorstellen. Folglich haben Sie ein düsteres Geheimnis gewittert und sind auf dem Friedhof zufällig auf uns zwei gestoßen.« Wieder lachte sie und wandte sich ihrer Tochter zu. »Wir sind die Hüterinnen von Franks Geheimnis.«

Elfi blickte ihre Mutter fragend an, die lächelnd den Kopf schüttelte zum Zeichen, dass ihre Bemerkung nicht ernst gemeint war.

Orazio richtete sich auf, atmete durch und dann tief ein für seine kleine Rede. »Frau Lorenz und Elfi, ich weiß, wie falsch es war, das alles nicht gleich zu erzählen. Aber es schien mir einfacher so, zumal mir selbst einiges daran ein Rätsel ist. Frank war der einzige wirkliche Freund, den ich je hatte. Und nun hat er sich uns wieder zugewandt. Ich habe gehofft, ihm näherzukommen, wenn ich wüsste, wie er gelebt hat, was er dachte und wem er verbunden war. Deshalb bin ich so froh, euch begegnet zu sein. Hintergedanken gibt es keine. Ich bitte um Entschuldigung«, fügte er hinzu.

»Ent...schuldigung angenommen«, sagte Elfi ernst.

Orazio wunderte sich über seine Ergriffenheit.

Wie es nun mit dem Vermächtnis weitergehe, wollte Frau Lorenz wissen, und Orazio erklärte, dass ihr gemeinsamer Part erfüllt und ihre letzte Aufgabe sei, am Donnerstag die Ergebnisse ihrer Arbeit dem Notar zu präsentieren. Wenn der mit allem einverstanden sei, würde Franks Ferienvilla in Nizza auf sie überschrieben, so wie es im Testament stand.

»Das Haus, aus dem Frank Sie rausgeworfen hat?«, fragte Frau Lorenz ungläubig. »Ein eigenartiges Vermächtnis.«

Das Urwaldbild an der Wand wurde lebendig, und das wilde Tier fauchte über Orazios Kopf. Jeden Moment könnte es neben ihm auf dem Sofa landen und ihn mit einem Biss in den Hals erledigen. »Meine Frau will nichts mit dem Erbe zu tun haben«, sagte er hilflos. »Sie wollte, dass ich es ausschlage. Um ehrlich zu sein, war ich viel zu fasziniert von der Sache, um abzulehnen. Nicht viel später ist Miriam krank geworden. Und jetzt ist sie mit den Kindern zu ihren Eltern nach Kiel. Einfach so. Als ich nach Hause kam, war sie weg.« Er horchte dem jämmerlichen Klang seiner Stimme hinterher.

»Wann war das?«

»Letzte Woche.«

»Wie lange ist sie schon krank?«

»Seit sechs Wochen. Mindestens. Gastritis. Aber schon lange vorher ging es ihr nervlich nicht gut. Dass sie sich Sorgen macht, ist normal bei ihr, doch um den Jahresbeginn herum wurde es auffällig und dann langsam immer extremer.«

»Kein gutes Jahr für manche von uns«, sagte Frau Lorenz. »Sie haben erzählt, dass Frank damals sehr verliebt in sie war. Ich frage mich, ob das ein Grund für seinen Rückzug gewesen sein könnte. Eine unerfüllte Liebe …«

Orazio begann, seine Offenheit zu bereuen.

»Haben sie ein Foto von Ihrer Frau dabei?«

Widerstrebend suchte er ein Bild und fand eins vom vorigen Jahr, das Miriam auf der Kinderschaukel im Garten zeigte und auf dem sie um einiges jünger aussah als heute. Er schob sein Handy über den Tisch den beiden Frauen zu.

»Das is die!«, rief Elfi.

Frau Lorenz nickte. »Möglich – in seinem letzten Skizzenheft sind Porträts, die vielleicht Ihre Frau darstellen.«

Das konnte nicht sein. Eine zufällige Ähnlichkeit ... Oder war es denkbar, dass er sie nach all den Jahren noch aus dem Gedächtnis zeichnen konnte? Unsinn, es gab ja alte Fotos, von denen er sie abgezeichnet hatte. Wenn überhaupt. »Kann ich das Heft sehen?«

»Es liegt im Tresor in Lindenthal. Er wollte, dass ich es vernichte. Das sollte ich wohl auch tun.«

»Bitte, Frau Lorenz, wenn die Zeichnungen wirklich Miriam zeigen, möchte ich das wissen.«

»Reden Sie doch lieber mit Ihrer Frau«, riet sie ihm.

»Sie will nicht mit mir sprechen. Ich weiß nicht mal, ob sie zu mir zurückkommt.«

II

Stichtag. Der Biergarten auf dem Rathenauplatz war schon am frühen Nachmittag heillos überfüllt. Man saß unter Bäumen, die deutlich von Regenmangel gezeichnet waren. Der Boden war mit Borkenstücken der Platanen übersät, die unter seinen Schritten krachend nachgaben, abgelöste Fetzen hingen an gescheckten Stämmen. Orazio entdeckte Valentin auf dem Bouleplatz nebenan, wo er sich auf einer Bank breitmachte.

Ob seine beiden wohl gerade draußen spielten? Welch grausamer Schachzug von Miriam, sie zu verschleppen. Bildete sie sich etwa ein, dass daraus irgendwas Positives entstehen könnte?

»Hey, was guckst du so düster?«, begrüßte ihn Valentin. »Ist heute nicht der beste Tag überhaupt?«

Er sah verdammt gut aus, braun gebrannt und athletisch.

Orazio registrierte die weißen Zähne, die Valentin ihm entgegenbleckte. »Hast du dir die Zähne bleichen lassen?«

»Quatsch, die sind immer so. Aber ich war beim Friseur.« Er lachte sein kindliches Lachen.

Wenn er jetzt noch anfängt zu nicken, schlag ich ihm eine rein.

Orazio setzte sich.

»Übrigens danke, dass du dein Versprechen gehalten hast.« Valentin legte die Hand auf seinen Arm.

Orazio hielt die Luft an. Sein Impuls war, diese aufdringliche Hand abzuschütteln, aber das wäre zu auffällig. Er wurde sie los, indem er aufstand. Prompt stellte sich Valentin neben ihn. »Obwohl ich im Nachhinein beknackt finde, wie eifersüchtig ich war, ich meine, ist Eifersucht nicht was total Beknacktes?«

»Sowas sagt nur einer, der keinen Grund dazu hat.«

»Hm …«

Gregor tauchte am Eingang Roonstraße auf und sie gingen ihm entgegen.

»Gibt's noch was zu bekakeln?«, fragte er. Sie verneinten. »Dann auf zur letzten Instanz. Bin gespannt, welche Überraschung das Team Frank und Veith heute für uns hat.«

Orazio dachte an ihre Wiederbegegnung im März zurück, als einer dem anderen vor Verlegenheit nicht in die Augen gucken konnte. Trotzdem hatten sie die Aufforderung, sich zusammenzuraufen, angenommen und mitgeholfen, dass etwas von Frank bleiben würde.

Der Aufzug trug sie ihrem Ziel entgegen. In der verspiegelten Rückwand sah er, umhüllt von kaltem Neonlicht, drei nicht mehr ganz junge Männer in froher Erwartung, ihre Prüfung bestanden zu haben.

»Willkommen, willkommen«, rief Veith von seinem Schreibtisch aus. »Nehmen Sie Platz, ich bin sofort bei Ihnen.« Und tatsächlich ließ er sie diesmal nicht warten. »Nun denn«, sagte er im Heranrollen, »unser Abschlussgespräch. Ich habe mir erlaubt, zur Feier des Tages ein wenig üppiger aufzutischen.« Er sprach in sein Telefon: »Frau Wojciechowska, die Herren sind da und dürsten nach Kaffee. Danke.« Wenig später erschien die Sekretärin mit einer großen Kanne Kaffee und einer kleinen mit Milch. In der Mitte des Tischs stand eine Etagere voller Törtchen, die, was ihr Aussehen betraf, gut und gern mit denen von Le Nôtre in Paris konkurrieren konnten. »Greifen Sie zu, die Leckereien halten ihr Versprechen.«

Der Notar hatte durch Herrn Klein vom Spitzengespräch im Bauamt erfahren, wodurch er »höchst zuversichtlich bezüglich des glücklichen Ausgangs ihres Abenteuers« gestimmt war.

»Wie soll sie denn nun heißen, die Einrichtung?«, fragte er.

Ratlos blickten sie einander an.

Dann lachte Valentin auf: »Nicht zu fassen, über all dem formalen Kram haben wir den Namen fürs Baby vergessen.«

»Kein Problem, das kriegen wir hin«, sagte Veith enthusiastisch. »Kommen Sie, Frau Wojciechowska, setzten Sie sich zu uns und schnappen Sie sich eine von diesen Köstlichkeiten nebst Papier und Stift. Und schreiben Sie jeden Namen mit, den wir in die Runde rufen.«

Orazio sah Gregor an, dass er mit dem schokoladigen Inhalt seines Mundes eine giftige Bemerkung hinunterschluckte. Während Frau Wojciechowska tat wie geheißen, hatten sie einen Moment zum Überlegen.

»Althoffs Garten«, rief der Notar und gleich darauf: »Franks Garten.«

»Garten Eden«, sagte Valentin.

»Hofgarten«, murmelte Orazio im Bewusstsein seiner akuten Phantasielosigkeit.

»Dann schon eher Bauerngarten«, kritisierte Valentin.

»Bitte keine Kommentare, nur die Namen«, mahnte Veith.

»Gartenpänz.« Orazio war eingefallen, dass Herr Klein von Kindern als Pänz gesprochen hatte und unmittelbar danach erinnerte er sich an den Namen des Bachs, der durch das Grundstück floss. »Garten am Mutzbach.«

»Spaten und Harke«, rief Veith, womit er eine neue Kategorie der Namensgebung anregte.

»Spitzhacke«, sagte Gregor mit Blick zum Notar.

Dieser brach das Brainstorming ab, indem er seine Sekretärin bat, alle Namen noch einmal vorzulesen. Dann fragte er sie nach ihrer Meinung als potentielle Mutter, die von einer neuen Einrichtung erfahren habe, in der ihr Kind spielerisch und praktisch den Umgang mit der Natur erfahren würde. Sie dachte kurz nach, bevor sie sagte, einen Namen müsse man sich immer im Zusammenhang vorstellen. Zum Beispiel im Gespräch zwischen Eltern und Kind, wie: Hast du nicht auch Lust, bei … mitzumachen, wie die Paula? Oder wenn zwei Kinder miteinander redeten, wie: Okay, dann bis später in … »Ich glaube, der Name sollte kurz und einprägsam sein«, sagte sie.

»Hast du nicht Lust, bei den Gartenpänz mitzumachen?«, fragte Orazio.

Sie schüttelte den Kopf. »Welches Kind will zu den Gartenpänz gehören, wenn man riskiert, deswegen ausgelacht zu werden?«

»Also doch Spitzhacke«, grinste Gregor.

»Sicher reicht auch Hacke«, meinte sie.

»Oder Harke«, sagte Valentin.

Gregor fand, Hacke sei das kindgerechtere Wort. »Ey, was war das gestern geil in der Hacke, ich war sowas von hackebreit …«

Man einigte sich darauf, die endgültige Entscheidung zu vertagen. Gregor erläuterte den Kaufvertrag zwischen der Althoff Stiftung und Herrn Kurt, und der Notar gab sein Einverständnis. Valentin begründete schließlich, warum ihre Wahl auf das Architekturbüro Unger und Ebert gefallen war, und auch hiermit war Veith zufrieden. Sie gingen hinüber zum Schreibtisch, jeder setzte sich auf denselben Stuhl, wie bei den vier vergangenen Terminen und eine erwartungsvolle Pause entstand. Orazio erinnerte sich noch genau an das mulmige Gefühl, das ihn bei ihrem ersten Zusammentreffen beschlichen hatte, als sei das alles gar nicht echt, was er erlebte, und als sei er damit beschäftigt, seine Rolle zu erfinden. Und tatsächlich hatten auch die späteren Treffen etwas von dieser Unwirklichkeit behalten. Woran das wohl lag? War es dieser runde Raum? Das gleißende Tageslicht? Die akustische Isolation? Die exquisite Einrichtung bis hin zum Briefmesser, mit dem der Notar die Botschaften seiner Klienten ihrer Privatheit beraubte? Oder war es der Doktor selbst, sein Auftreten, das in so auffallendem Gegensatz zu seiner Behinderung stand? Seine gedrechselten Sätze, seine nuancenreiche Stimme und die Selbstsicherheit, mit der er hier oben über den Dächern Regie führte?

Die Sekretärin überreichte dem Notar einen Umschlag und das bekannte Kästchen.

»Es freut mich außerordentlich«, deklamierte er, »die Ihnen von Herrn Frank Althoff posthum übertragene Aufgabe in vollem Umfang im Sinne des Erblassers als ausgeführt anzuerkennen, womit die Bedingungen für die Wirksamkeit des Vermächtnisses als erfüllt zu betrachten sind. Hieraus ergibt sich Ihre Erbberechtigung der aus seinem Privatbesitz stammenden Villa de la Croix, 570 Avenue de Gairaut, 06100 Nizza, Frankreich, und dem dazugehörigen Grundstück von zweitausendachthundert Quadratmetern. Haus und Grundstück gehen zu drei gleichen Teilen in Ihren Besitz über. Ich bitte Sie nunmehr, die Zustimmung zur Eigentumsübertragung zu unterzeichnen.«

»Dann wollen wir mal«, sagte Gregor, griff nach dem Stift und reichte ihn mit einem zufriedenen Seufzer an Valentin weiter. »Komm, Tintin, die Hacke ist deine Idee, du sollst als Erster unterschreiben.«

Während er den Stift führte, regten sich Zweifel in Orazio, ob ihnen das Erbe zustehe. Sicher, sie hatten ein paar Monate auf Freizeit verzichtet, ihre Arbeit vernachlässigt, gegrübelt, gestritten und Ausgaben gehabt. Aber deswegen gleich ein Haus?

»Ich würde Ihnen gern noch eine Frage stellen, Herr Dr. Veith«, sagte er, als er das Dokument zurückgab.

Der Notar nickte ihm auffordernd zu.

»Durch Ihre Freundschaft mit der Familie Althoff kannten Sie Frank wahrscheinlich wesentlich besser als wir. Was für ein Mensch war er aus Ihrer Sicht?«

»Das ist eine sehr persönliche Frage. … Ob ich ihn besser kannte, sei dahingestellt. Meine Frau und ich waren schon Gäste im Hause Althoff, als er noch zur Schule ging. Er war ein schlaksiger, sehr sensibler Junge, der sich nie länger als nötig unter uns Erwachsenen aufhielt. Nach seinem Zivildienst bezog er sein eigenes Apartment, obwohl im Haus seiner Eltern mehr als genug Platz war. In jenen Jahren sah ich ihn kaum, wurde allerdings indirekt Zeuge des Familienstreits um seine Weigerung, für die Firma zu arbeiten. Vor allem sein Vater war sehr enttäuscht, als er sein BWL-Studium kurz vor dem Examen an den Nagel hängte. Es brach ihm das Herz, seinen Nachfolger außerhalb der Familie suchen zu müssen. … Es dürften an die fünf Jahre gewesen sein, in denen Vater und Sohn getrennte Wege gingen. Marga – Frau Althoff, also Franks Mutter – litt sehr darunter, auch weil sie sich Sorgen um ihren Sohn machte. Sie befürchtete, eines Tages würde er untergehen. Anscheinend war er in eine intensive Phase der Selbstfindung eingetreten, experimentierte mit Halluzinogenen, bereiste Amerika und Asien. Was genau er dort suchte, kann ich Ihnen nicht sagen, nur, dass er sehr lange unterwegs war. Wie seine Mutter berichtete, lebte er unter Indios in Brasilien, buddhistischen Mönchen in Burma, zuletzt in Japan, glaube ich. Bis sein Vater ihm den Geldhahn zudrehte. Damals habe ich Alfred verstanden, offen gesagt hatte ich lange vorher damit gerechnet. Frank schien es nicht weiter zu stören, wahrscheinlich hielt er die Entscheidung seines Vaters sogar für angemessen. Um das Jahr 2014 traf ich ihn überraschend auf einer Vernissage im Ostasiatischen Museum. Er hatte sich verändert, auch äußerlich. Alles Jugendliche an ihm war verschwunden …«

Eine Pause entstand, die sich hinzog. Veith schien völlig in Gedanken versunken. Dann schreckte er auf. »Worüber sprachen wir noch gleich? Ach ja, es kam mir komisch vor, wie lange er jedes Mal überlegte, bevor er auf eine Frage antwortete, so als habe er Probleme, etwas in Worte zu fassen. Er erzählte, dass er Jahre zuvor in Asien begonnen hatte zu zeichnen. Wir gingen gemeinsam durch die Ausstellung und er erläuterte anhand der Bilder, die wir genauer betrachteten, dass ein Objekt niemals fertig sei. Über seine Arbeiten sagte er sinngemäß, dass er sich beim Zeichnen seiner eigenen Existenz bewusst werde, der Art, wie er den Stift ansetze, der Bewegung und der Spur, die er hinterlasse. Er meinte, es sei wichtig, sich der Bewegung zu öffnen, damit Wahrheit entstehen könne, und andere Dinge, die mir ein wenig abgehoben erschienen. Jedenfalls hatte er keine eigene Ausstellung geplant und ich habe nie eine Zeichnung von ihm gesehen ... Ja, und das nächste Mal sind wir uns im Krankenhaus begegnet, wo er mich nach dem Unfall besuchte ... Zweifellos hat er schwer am Tod seiner Eltern getragen, vor allem seine Mutter hat er vermisst. Warum er die Firmenleitung übernahm? Aus Pflichtgefühl? Sicher nicht aus Freude am Unternehmertum. Aus internen Quellen weiß ich, dass ihm jedes Verhandlungsgeschick abging. Aber er schlug sich durch, so gut er konnte, und verstand es, kompetente Berater wie Herrn Klein hinzuzuziehen, wenn eine wichtige Entscheidung anstand. ... Mehr kann ich Ihnen nicht sagen.«

»Meinen Sie, dass die Einrichtung ihm gefallen würde?«, fragte Valentin.

»Ich bin überzeugt, dass sie ihm sogar sehr gefallen würde ...« Der Notar zog das Kästchen zu sich heran, öffnete es, entnahm ihm den erwarteten letzten Brief, schlitzte den Umschlag auf, entfaltete das Blatt, legte es vor sich auf die Schreibtischunterlage, strich es glatt, hob es mit beiden Händen an und begann zu lesen.

Lieber Orazio, Valentin und Gregor,

dies wird mein letzter Brief, und danach seid ihr frei von mir mit meinem Ideal von Aufrichtigkeit und der Vorstellung, ihr könntet an unsere alte Freundschaft anknüpfen.

Nur allzu gern möchte ich glauben, dass es euch gelungen ist. Auf jeden Fall habt ihr eine gute Verwendung für mein Geld gefunden. Dafür danke ich euch von ganzem Herzen, denn ich bin sicher, dass ihr euch die Sache nicht leicht gemacht habt.

In meinem ersten Brief schrieb ich von unserem gemeinsamen Glauben an die Einfachheit der Dinge. Diese Idee hat mich nie ganz losgelassen. Damals war es wohl unsere Sehnsucht nach einem mühelosen, beschwingten Leben, die uns verband. Jahre später habe ich in der Kunst versucht zu realisieren, was mir im Leben nicht gelang: Eine Form zu finden, einfach, offen und flüchtig, wie alles Lebendige.

Ich werde mich nicht der verstiegenen Hoffnung hingeben, dass mein baldiges Ende in Wirklichkeit keines sei, sondern der Anfang von etwas Neuem. Aber für euch hoffe ich, dass ihr eure Lebendigkeit für das nutzen könnt, was euch wichtig ist.

Mein Wunsch wäre es, noch einmal mit euch gemeinsam zu essen und anzustoßen. Gönnt mir diese letzte Geste und lasst euch zu einem Willkommensmahl in Nizza einladen. Ich stelle mir eine große Tafel im Garten der Villa vor, wo ihr zusammen mit euren Frauen und Kindern das Leben feiert, unter der Sonne und unter Sternen.

Euer Frank

Veith räusperte sich. »Herr Althoff – Frank – hat mich angewiesen, den Termin mit Ihnen zu vereinbaren. Selbstverständlich werden sämtliche Kosten aus seinem Nachlass bestritten. Die Schlüsselübergabe findet vor Ort statt. Wann möchten Sie fliegen?«

Überrumpelt blickten sie einander an. Wer hätte das gedacht? Gregors rechte Hand bewegte sich zur linken Brust. Er machte sich nicht mal die Mühe, seine Rührung zu verbergen, zog die Nase hoch, als wäre er allein. Man konsultierte den Kalender und einigte sich nach einigem Hin und Her auf die vorletzte Ferienwoche. Veith notierte sich die Namen und Geburtsdaten der Flugteilnehmer.

»Frau Remers Geburtsdatum simse ich Ihnen gleich morgen«, versprach Valentin.

Zwölfter Juni neunzehnhundertdreiundachtzig, dachte Orazio.

Für Elena und Carla würde es die erste Reise über den Wolken sein.

Beim Abschied überreichte der Notar Gregor einen Umschlag. »Die Briefe des Erblassers«, sagte er, »damit alles seine Ordnung hat.«

Gregor nickte ihm zu und gab das Kuvert an Orazio weiter. »Du bist der Wächter, bewahre sie gut auf.«

An diesem Abend las Orazio noch einmal den Entwurf seiner E-Mail an Ada, der über den Juni hinweg immer länger geworden war und dem er das Flugticket nach Florenz angehängt hatte. Er klickte nicht auf Senden. Stattdessen schrieb er eine E-Mail mit nur vier Wörtern: *Ich will dich sehen.*

Vierzehn

I

Sie kam am nächsten Tag. Vom Fenster aus sah er sie mit langen Schritten den Vorgarten durchqueren. Er lief zur Tür, doch statt ins Haus zu gehen, blieb sie unmittelbar vor der Schwelle stehen. Orazio verhinderte das Zittern seiner Hand, indem er den Türgriff festhielt. Schließlich ließ er ihn los, um sich ihr zuwenden zu können, verringerte jedoch nicht den Abstand zwischen ihnen, sah zu, wie sich ihr Brustkorb hob und senkte, stark und schnell, wie damals, als sie durch den Hofgarten auf das Universitätsgebäude zugelaufen war.

Sie trug ihr Haar offen, neigte den Kopf zur Seite, lächelte mit geschlossenen Lippen, trat ein wenig näher. Er streckte die zitternde Hand aus, strich über ihre Wange. Als sie den Kopf senkte, berührte er ihren Scheitel. Ihre Haare fühlten sich fest und rau an unter seiner Handfläche, als er sie bewegte, um der anderen Platz zu machen und mit beiden langsam darüber zu fahren, entlang des Halses über Schultern und Arme bis fast zu den Ellbogen, wo die Spitzen endeten. So standen sie eine Weile auf beiden Seiten der Schwelle. Wie dünn ihre Arme waren, mit denen sie seine Taille umschlang, und ihn nun so unerwartet heftig zu sich hin zog, dass er einen Schritt tun musste, um nicht vornüber gegen sie zu prallen. Sein Lachen erschien ihm unangemessen laut. Sie gingen ins Haus. Er drehte den Schlüssel im Schloss, was er sonst nie tat. Im Wohnzimmer zog er die Vorhänge zu.

Als er sich ihr wieder zuwandte, saß sie auf dem Teppich, ihre Schuhe hatte sie abgestreift. Eine wilde Lust überkam ihn, die ihn zwang, ihren Fuß zu berühren und das Fußgewölbe zu küssen. Dann griff er nach dem anderen Fuß, spürte ihre Erregung, tastete sich mit der Vorhut seiner Hände an ihren Beinen entlang unter ihren Rock. Als er hochschaute, war ihre Bluse offen. Er richtete sich auf und berührte mit beiden Händen ihre kleinen festen Brüste, sein Tasten ging in Reiben über und dann in Kneten, bis ihr Kopf zur Seite glitt und unter ihrem Profil ihren Hals feilbot, über den er sein Gesicht neigte, Zunge und Zähne gleiten ließ, bis er es nicht mehr aushielt und ihrem Zuruf folgte.

Irgendwann später setzten sie sich auf. Während sich hinter den geschlossenen Vorhängen das Tageslicht verlor, holte Orazio etwas Essbares aus der Küche. Kommentarlos griff sie danach und verzehrte es auf dem Boden.

Heute Morgen am Telefon hatte er nur gesagt, dass Miriam mit den Kindern bei ihren Eltern war. Nun berichtete er, wie sich alles abgespielt hatte, versuchte, nichts von Belang auszulassen, und während er erzählte, kamen ihm Miriams Krankheit und ihr Verhalten weniger bizarr vor als bisher. Gleichzeitig fragte er sich, was er da eigentlich tat, indem er Ada von seiner verkorksten Ehe erzählte, als bräuchte er keine Angst zu haben, sie damit in die Flucht zu schlagen, und als hätten sie alle Zeit der Welt und nicht nur diese wenigen kostbaren Stunden. Doch Ada saß auf dem Teppich, die Arme um ihre Knie geschlungen, unterbrach ihn nicht. Nach und nach zog sich Orazios innerer Zensor zurück und überließ das Feld dem Verrückten, der ohne Rücksicht auf eigene Verluste ausplauderte, was ihm auf der Seele lag. »Sie hatte die Nase gestrichen voll von mir«, schloss er.

»Und was willst du jetzt tun?«

»Weiß nicht ... Vielleicht erwartet sie ja, dass ich nach Kiel fahre und sie hole.«

»Ich hab gefragt, was *du tun willst.*«

»Ich will die letzten Stunden wiederholen, hunderttausend Mal und dann sterben. Und du?«

Ihr Gesicht war halb von verschwitzten Haaren verdeckt. »Ich will sie *variieren* und dann weitersehen.« Sie strich die Strähnen nach hinten, lächelte ihn an.

»Machen wir.« Er holte das Flugticket, wirbelte es mit einer theatralischen Verbeugung in der Luft herum, bevor er es ihr in die Hand drückte. »Überraschung.« Dabei war ihm die Entscheidung, Ada nach Florenz einzuladen, wesentlich leichter gefallen als die Auswahl der geeigneten Verpackung des Tickets. Nach zwei farbenfrohen Fehlversuchen hatte er sich für eine Ansicht der Stadt aus dem Internet entschieden und den Farbdruck auf eine Blankokarte geklebt, auf der er seine Ideen für ihre Ferien in möglicherweise etwas zu blumigen Worten schilderte, aber sei's drum. Nun sah er zu, wie sie die weiße Schleife löste und das blaue Seidenpapier öffnete.

»Florenz?« Irritiert schüttelte sie den Kopf, als sie die Details erfasste. »Aber das ist ja schon bald!«

»Ja, gleich im Anschluss an die Sommerexkursion. Ich will dir die hellsten und dunkelsten Geheimnisse der Toskana zeigen.«

»Glaubst du, ich stehe einfach so auf Abruf bereit? Nächsten Freitag fliegt das Team für drei Wochen nach Myanmar. Sorry.« Sie griff nach ihrem Slip.

»Ach so – war ja auch nur ein Versuch, eine Hoffnung.« Orazio beeilte sich, in seine Hose zu schlüpfen.

Unvermittelt sagte sie: »Dir ist schon klar, dass irgendwelche Nachbarn in dieser gutbürgerlichen Straße jetzt vermutlich ihre Beobachtungen austauschen.«

»Muss mich das interessieren?«

»Weiß ich nicht, aber wenn jemand unsere Begrüßung mitgekriegt hat, wird die Info den Weg zu Miriam finden, darauf solltest du gefasst sein.«

Verdammt, wie hatte er auch so blöd sein können, sie nach Hause einzuladen? Andererseits war er sowieso entschlossen, die Ära der Heimlichtuerei hinter sich zu lassen, was natürlich nicht bedeutete, Miriam mit unnötigen Details mehr Leid als nötig anzutun. Warum hatte Valentin ihn gestern eigentlich nicht gefragt, ob er vorhatte, Ada wiederzusehen? Was sollte dieses alberne Statement über die angebliche Beknacktheit von Eifersucht, nachdem er ein paar Wochen vorher am liebsten einen Killer auf ihn angesetzt hätte? »Was ist denn überhaupt mit dir und Valentin? Seid ihr nun zusammen oder nicht?«

Sie hätten eine lockere Beziehung – seit Jahren –, daran habe sich in den letzten Wochen nichts geändert und morgen würden sie gemeinsam auf Gregors Party gehen.

»Heißt das etwa, du willst heute Nacht noch zu Valentin fahren und dich neben ihn ins Bett legen?«

»Nur, wenn du mich rausschmeißt.«

Nach der kalten Dusche von eben durchfuhr ihn nun eine glühende Freude über die Aussicht auf eine ganze Nacht mit ihr. Wo würden sie schlafen? Wohl kaum im Ehebett. »Du kannst bleiben, wenn du willst … Wirst du es ihm sagen?«

»Klar.«

»Wann?«

»Wahrscheinlich nicht morgen, aber bald.«

»Lass mich wissen, wenn du's ihm gesagt hast.«

II

Schon die Einfahrt vermittelte Feierstimmung mit einer Luftballongirlande und Disney-Figuren in schrillen Farben. Orazio fragte sich, ob er überhört haben könnte, dass Marko Geburtstag hatte, aber als er den Wagen neben der Terrasse abstellte, war alles still und kein Kind zu sehen. Jetzt fiel ihm ein, dass Vicky erwähnt hatte, Marko hätte Ende Juli Geburtstag. In den Bäumen rund um den Freisitz hingen Lampions, auf dem von einer Markise beschatteten Tisch standen abgedeckte Schüsseln und Teller. Die Glastür zum Haus war von innen verschlossen, Orazio sah, dass der Schlüssel steckte. Er klopfte und legte sein Ohr ans Glas. Aus dem Inneren hörte er Gregors wütende Stimme und gleich darauf Vicky, die sich offenbar um Deeskalation bemühte. Was sie sagten, war nicht zu verstehen. Orazio rückte sich einen Stuhl zurecht und wollte sich setzen, als er schnelle leichte Schritte wahrnahm. Er schaute um die Ecke und erkannte Markos blonden Freund, der die Einfahrt hinunterkam.

»Hey.«

»Hey.«

»Keiner da?«

»Doch, drinnen.«

»Stress?«

»Könnte sein. Ich heiße Orazio, und du?«

»Leo.«

»Du willst sicher zu Marko.«

»Ich kann warten.«

»Ich auch.«

»Marko ist jetzt bestimmt am Heulen.«

»Glaubst du?«

»Isser meistens, wenn sein Vater sauer auf ihn ist.«

»Ist der oft sauer auf ihn?«

»Andauernd.«

»Wieso?«

»Keine Ahnung. Der kann den Marko nicht leiden.«

Sie saßen noch einen Moment still da, bis ein Geräusch in ihrem Rücken sie aus ihren Gedanken riss. Orazio drehte sich um zu Gregor, der ein Fünfzehn-Liter-Fass ins Freie brachte.

»Hallöchen, die ersten Gäste sind schon hier! Dann kann ja angezapft werden.«

Marko erschien. Sein verweintes Gesicht hellte sich auf, als er Leo sah, der ihn mit einer Kopfbewegung aufforderte, zu ihm hinauszukommen. Bevor er über die Schwelle ins Freie trat, warf Marko einen unsicheren Seitenblick auf seinen Vater, der noch mit dem Fass beschäftigt war. Schnell huschte er in die Obhut seines Freundes und die beiden verschwanden in den abschüssigen Teil des Gartens.

»Was ist denn mit Marko?«, fragte Orazio.

»Ach, Scheiße«, sagte Gregor, »der Junge ist 'ne Memme ... Ich weiß nicht, von wem er diese Überempfindlichkeit hat, jedenfalls nicht von mir. Sobald man ihn *etwas* härter anpackt, fängt er an zu flennen.«

Orazio war alarmiert. Was das heißen solle, härter anpacken.

Ob er jetzt seinen Anwalt anrufen müsse, fragte Gregor. Niemand schlage in diesem Haus, falls er darauf hinauswolle, aber es könne eben nicht nur Blümchenpädagogik geben. Er bemühe sich, Marko gegenüber einen realistischen Ton anzuschlagen. »Im Gegensatz zu dir hab ich 'nen Jungen zu erziehen.«

Orazio fragte, ob er etwa immer noch an die Mär vom harten Mann glaube, was Gregor mit einem mitleidigen Lächeln beantwortete und dem Hinweis, dass ein Geschäftsmann, der nicht in der Lage sei, Härte zu zeigen, schneller weg vom Fenster sei, als er gucken könne. Er hatte zwei Kölsch gezapft und reichte Orazio eines davon. Sie prosteten sich zu.

Ein guter Zeitpunkt, das Thema zu wechseln, doch Orazio wollte unbedingt hören, auf welche Realität sich der zukünftige Geschäftsmann Marko denn einzustellen habe.

Zunächst mal müsse er seine Gutgläubigkeit über Bord werfen, alles infrage stellen, was ihm die Leute erzählten. Er müsse genau wissen, was er wolle, ohne rumzukaspern wie ein Politiker. Wer nicht auf seiner Seite sei, sei potentiell gegen ihn. Er müsse wissen, wen er in den Griff kriegen könne, und dann müsse er seine Aufgabe zu Ende führen. Marko solle seinen Weg gehen, und er als Vater habe die Aufgabe, ihn so zu erziehen, dass er dazu imstande sei und kein Weichei, das man bei der ersten Gelegenheit in die Pfanne hauen würde.

»Dein Vater scheint dich jedenfalls in die gewünschte Richtung erzogen zu haben.«

»Mein Vater ...«, stieß er höhnisch aus.

Trotzdem sei er erfolgreich, meinte Orazio, und Frank, der in einer Unternehmerfamilie groß geworden sei, habe dort einfach nicht hineingepasst. Hätten seine Eltern das akzeptiert, hätte er sich nicht erst jahrelang durch das BWL-Studium quälen müssen, sondern wäre vielleicht Künstler geworden.

Als Kunsthistoriker müsse *er* doch eigentlich wissen, dass die Welt der Kunst eine der härtesten sei, in die man das Pech haben könne, hineinzugeraten, entgegnete Gregor und zapfte sich noch ein Kölsch.

Vicky sah super aus in ihren Leggins und dem halbtransparenten Kleidchen. Beim Begrüßungskuss stieg Orazio ihr Sommerparfum in die Nase. Schade. Warum vertraute kaum eine Frau dem natürlichen Duft ihres Körpers?

So dumm, dass Miriam und die beiden Engel nicht auch hier sein könnten, sie habe es kaum glauben wollen, als Gregor ihr sagte, sie seien in Urlaub, zumal die Sommerferien nicht mal angefangen hätten, sei Miriam nicht Lehrerin, und Elena gehe doch in die erste Klasse, oder?

Er sagte das Nötigste über Miriams Gastritis und tat so, als wäre er angetan von der Idee, den Kindern mal wieder Ferien bei den Großeltern zu ermöglichen.

Vicky erkundigte sich nach seinen Eltern und Orazio kehrte in sicheres Fahrwasser zurück, als er die Vergötterung schilderte, die Elena und Carla durch seine Eltern widerfuhr, in Italien ein völlig normaler, ja, der einzig mögliche Umgang mit den Enkeln.

Ein Jammer, dass Marko ohne Großeltern aufwachsen müsse, sowohl ihre Eltern als auch Gregors Mutter seien früh gestorben. Wie dem auch sei, sie gehe fest davon aus, dass sie Miriam und die Kleinen spätestens in Nizza wiedersehen werde. Am heutigen Abend würde zum Glück Ada als weibliche Verstärkung mit von der Partie sein.

Hatte Orazio den Gedanken an Adas nahende Ankunft bisher halbwegs unterdrücken können, war es nun mit seiner Ruhe vorbei. Er erhob sich, um sein Glas nachzufüllen, trank im Stehen kleine Schlucke, hoffte, sie hätte es sich anders überlegt und würde im letzten Moment absagen.

Unterdessen steuerte der jeansblaue Citroën die Einfahrt hinab und parkte neben seinem Wagen. Diese Selbstsicherheit, mit der sie in die Runde blickte, so, als gebe es nichts zu verheimlichen oder zu bezweifeln, weder die letzte Nacht noch das Gelingen des heutigen Abends. Nachdem sie Gregor die Hand entgegengestreckt hatte, ließ sie sich von Vicky umarmen, die gleich eine Plauderei mit ihr anfing. Zwischendurch drehte sie ihm ihr Gesicht zu und bedachte ihn mit einem Röntgenblick, dem er keine Entsprechung entgegenzusetzen wusste. Nun kam Valentin auf ihn zu. Orazio war überzeugt, die Vehemenz seines Herzschlags trete sichtbar am Hals hervor, und wünschte sich, statt des T-Shirts, sein Oberhemd mit dem hohen Kragen zu tragen.

»Hi. Auch ein Bier?« Orazio wartete die Antwort nicht ab, wandte sich dem Fass zu und zapfte zwei Stangen.

»Heute werd ich wohl kaum drum herumkommen.« Valentin nahm seufzend das Getränk entgegen. Ihre Blicke begegneten sich. Ach Valentin, dachte Orazio, der beste von uns vieren. Ganz und gar ohne Bosheit und Hinterlist, nicht mal dreist hab ich dich je erlebt. Danke, Ada, dass du den Mund gehalten hast. *Klack* machten ihre vollen Gläser, als sie anstießen.

Marko kam aus dem Garten, bemerkte Valentin, steuerte geradewegs auf ihn zu und schob seine Hand in die des erwachsenen Freundes. Der stellte sein Glas ab und strich ihm über den Kopf. »Da bist du ja, Marko, ich hab dich schon vermisst.« Sie begannen ein ernsthaftes Gespräch über die weltweite Bedrohung der Bienen. Leo, der hinzugestoßen war, fragte: »Kann ich auch 'n Kölsch?« Orazio gab ihnen Limo mit einem Schuss Bier, was im Prinzip das Gleiche sei nur angenehmer im Geschmack, worauf Valentin sein halb geleertes Glas mit Limo auffüllte. Wieder prostete man sich zu. Nun rief Gregor zu Tisch. Ada platzierte sich ans Kopfende, Valentin und Orazio setzten sich einander gegenüber, sodass Orazio mit seiner rechten

Hand Adas linke und Valentin mit seiner linken ihre rechte greifen könnte, wenn es sich ergäbe. Alberner Gedanke. Instinktiv stand er auf und tat so, als suche er etwas in seinen Hosentaschen. Es war zu spät, sich umzusetzen. Marko ergatterte den Platz neben Valentin, und wenn er geradeaus über den Tisch schaute, sah er ins Gesicht seiner Mutter, die sich zwischen Orazio und Gregor niedergelassen hatte, der nun mit der Gabel ein Glas zum Klingen brachte. Marko streckte seinen Rücken durch und Orazio sank resigniert auf den Stuhl zurück.

»Es gibt Grund zu feiern«, sagte Gregor, »denn wir haben jetzt eine Adresse am Mittelmeer. Demnächst heißt es rein in den Flieger und runter in die Sonne und sei's nur für ein Wochenende mit der heimlichen Geliebten.« Er lachte und gab Vicky einen Schmatzer. »Und wem haben wir das zu verdanken? Uns selbst – uns gegenseitig – aber an erster Stelle unserem lieben Freund aus alten Tagen, der uns mit seinem Vermächtnis überrascht hat: Frank Althoff. Er lebe hoch!« Ada prustete los. Gregor verbesserte sich: »Er lebe weiter in unserer Erinnerung.«

Sie erhoben ihre Gläser auf Franks Vermächtnis. Orazio, der den Effekt des Alkohols zu spüren begann, war froh, dass endlich die Schüsseln und Platten aufgedeckt wurden. Augenblicklich erfüllte ein Duft nach frischen Sommertrüffeln die Luft. Die Salate sahen herrlich aus – weißes und grünes Gemüse mit Walnüssen, Tomaten mit Burrata, Geflügel in bunte Blätter eingebettet, eine üppige Käseplatte und Vicky, die mit Wein in drei Farben erschien. Leo teilte mit, er bleibe bei Bier. Marko und Valentin schlossen sich an, der Rest stieg für ein Intermezzo um. Solange Valentin Marko und Leo von seinem Garten für Kinder vorschwärmte, würden Orazio und Ada ein paar harmlose

Worte und vorsichtige Blicke austauschen können. Doch ihre Nähe hatte alles Harmlose aus Orazios Wortschatz getilgt. Er konnte nur stumm dasitzen, während sie über ihren Auftrag in Asien redete, bis er durch Marko abgelenkt wurde, der seine Mutter bat, beim Garten in Köln mitmachen zu dürfen. »Vielleicht, nur Köln ist weit weg ...«, überlegte Vicky, aber Gregor unterbrach: »Na sowas, die Zielgruppe sitzt uns gleich gegenüber. Marko und Leo, wie würdet ihr den Laden nennen? Die Erwachsenen sind sich nämlich nicht einig geworden. Was haltet ihr von Hacke?«

»Hacke? Das ist doch kein Name«, sagte Leo.

»Hast du 'ne bessere Idee?«

»Nö, ich interessier mich nicht für Gartenarbeit.«

»Kann ich verstehen«, sagte Gregor.

»Und du, mein Schatz?«, fragte Vicky. »Fällt dir ein Name ein?«

Marko überlegte. Schließlich schaute er zu Valentin hoch. »Wir passen auf, dass keine von den kleinen Milben in den Garten kommen. Und dann machen wir, dass ganz viele verschiedene Blumen und Sträucher wachsen. Und Obstbäume. So wie bei dir. Und wir versprühen kein Gift, damit alle Bienen zurückkommen können. Dann kann der Name Bienengarten sein.«

Valentin nickte und zwinkerte Marko zu.

»Nicht schlecht«, sagte Gregor. »Das heißt aber noch nicht, dass die Mama dich jede Woche nach Köln karrt und wieder abholt.«

Markos Schultern sackten nach unten.

»Wir schauen mal«, sagte Vicky. Ihre sonst so muntere Stimme klang flach. »Wann soll denn der Bienengarten eröffnet werden?«

»Zum Schuljahresbeginn in einem Jahr«, sagte Valentin.

»Hast du vor, die Leitung der Einrichtung zu übernehmen?«

»Das wär genial, aber mir fehlt die Quali.«

»Dann mach sie verdammt noch mal nach, Tintin«, donnerte Gregor, »oder willst du für den Rest deines Lebens Fahrräder reparieren und dem Staat auf der Tasche liegen?«

Markos Blick war erwartungsvoll auf Valentin gerichtet.

»Ich liege dem Staat nicht auf der Tasche, Greg.«

»So? Wie viel Steuern hast du letztes Jahr gezahlt, wenn ich fragen dürfte?«

»Ich trage meinen fairen Teil bei, da kannst du beruhigt sein.«

»Und im Alter? Wovon willst du dann deine Brötchen bezahlen, wenn du so weiter machst? Leute wie Ratio und ich zahlen für Leute wie dich mit, die lieber in den Tag hinein leben und keine Verantwortung übernehmen wollen.«

Ada beugte sich nach vorn, öffnete den Mund, um etwas zu sagen, schloss ihn jedoch wieder, als sie Valentin sah, der sich mit der Serviette die Lippen abwischte.

»Okay, Greg, dann will ich dir mal sagen, wofür ich die Verantwortung übernehme. Anders als du glaubst, lebe ich nicht in den Tag hinein, sondern denke nach, auch über Dinge, die ich zu verantworten habe. Zum Beispiel sehe ich zu, dass ich mich so wenig wie möglich am Verschwendungswahn beteilige, der die Welt verpestet, und das meine ich nicht bloß ökologisch. Ich frag mich nicht nur, ob ich genug, sondern auch *was* ich schaffe und wofür es gut oder schlecht ist. Auch wenn ich nicht jede Woche vierzig oder fünfzig Stunden arbeite, habe ich immer Geld, weil all die Dinge, die ich nicht gebrauchen kann, mich nichts kosten. Deshalb kann ich es mir leisten, den Garten meiner

Nachbarn in Ordnung zu halten, ohne zu erwarten, dass sie mir dafür was zahlen. Und wenn ich irgendwann selbst zu alt bin, um meine Ernte einzufahren, wird es hoffentlich auch jemanden geben, der's für mich tut.«

»Mach dir keine Sorgen, ich helf dir, wenn du alt bist«, sagte Marko.

»Und wer hilft mir im Alter, wenn mein Sohn sich anderweitig verpflichtet?«, fragte Gregor.

Leo machte den Vorschlag, eine Krankenschwester zu beauftragen, die sich gleichzeitig um Markos Vater und Mutter kümmern könnte.

Gregor stand auf und zündete die Kerzen in den Lampions an, schüttete den schalen Rest aus seinem Kölschglas ins Blumenbeet und zapfte eine frische Runde.

Vicky räumte mit Adas und Orazios Hilfe den Tisch ab, Leo wurde nach Hause geschickt, weil es spät war, und Marko sollte sich schon mal die Zähne putzen. Der enge Durchgang zwischen Küchenzeile und Theke gab Orazio Gelegenheit, Adas Körper mit seinem zu berühren, während sie Töpfe und Schüsseln spülte und er beim Abtrocknen auf und ab ging, in alle Schränke schaute, um herauszufinden, was wohin gehörte. Jenseits der Glasfront sah man Valentin und Gregor gestenreich diskutieren. Vicky hielt es anscheinend für eine gute Idee, die beiden Männer eine Weile allein zu lassen. Dann stieg sie vor Ada und Orazio die Treppe hinauf, wo hinter sechs Türen der uneinsehbare Bereich des Hauses lag. In zwei Gästezimmern waren Betten für sie bezogen, bei deren Anblick Orazio vor Verlangen zu brennen begann. Vicky verließ sie, um Marko gute Nacht zu sagen. Kaum war sie weg, befühlte Ada unverschämterweise seine Erektion, was die Sache natürlich noch schlimmer machte. Er wolle es, flüsterte er ihr zu, aber nicht so, nicht unter diesen Bedingungen und nicht auf diese Weise. Ada wandte sich von ihm ab und ließ ihn stehen. Gleich darauf kam sie zurück, bat ihn um Verzeihung und sagte, sie wolle es auch lieber anders, vielleicht sollten sie jetzt wieder nach draußen gehen, das sei ja wohl die einzige Möglichkeit, den Abend einigermaßen anständig über die Bühne zu bringen.

Die Lampions streuten sanftes Licht zwischen Äste und über Büsche. Man trank Bier, verlor sich in Anekdoten und schmiedete Pläne für die gemeinsamen Tage in Nizza. Orazio fühlte sich gut, so gelöst und klar … Wie viel hatte er eigentlich getrunken? Egal, er musste ja nicht mehr fahren. Hier am Tisch war definitiv niemand mehr nüchtern, am ehesten vielleicht noch Valentin.

»Dass du keine Kinder hast …«, sagte Vicky zu Valentin.

»Dazu gehören zwei«, sagte er nickend.

»Ein Mann, der Kinder verzaubert wie du – Marko würde morgen seine Tasche packen und in dein Zaubererhäuschen umziehen.« Sie kicherte ein bisschen.

»Marko bleibt hier«, sagte Gregor.

»Klar, wir sind ja seine Eltern. Aber ich wünschte, du würdest dir 'ne Scheibe von Valentin abschneiden. So liebevoll, wie er auf Marko eingeht …«

»Valentin is die Güte selbs«, artikulierte Ada undeutlich.

»Was soll der sein? Die Güte selbst?«, hörte Orazio sich fragen. »Etwa sowas wie Mutter Theresa?«

»Ich weiß, was du meinst, Ada«, stimmte Vicky ihr zu. »Wenn Gregor wenigstens richtige Eltern gehabt hätte und nicht diese Hippiemutter und den Sintivater, dem Marko aus'm Gesicht geschnitten ist …«

Gregor saß regungslos da und stierte in sein Glas. Vielleicht war er zu abgefüllt, um zu merken, dass es um ihn ging.

»Klingt doch spannend«, sagte Ada.

Nun hob Gregor den Kopf. »Spannend? Wenn es spannend ist, in Abbruchbuden zu hausen, ständig damit zu rechnen, dass der Strom wieder abgestellt wird, nie was für dich allein zu haben, nicht mal Klamotten, weil du deinen Schrank mit den Halbbrüdern und Cousins teilst, die sich aus deinem Regal bedienen – wenn dir in der Schule gesagt wird, du stinkst, weil deine Mutter zu faul ist, die Wäsche zu waschen, weil sowieso alles nach Knoblauch und Schweiß stinkt in der Bude – wenn dir klar ist, dass du da nicht hingehörst, deine Mutter aber nicht auf die Reihe kriegt, sich mit dir abzusetzen – und wenn sie nie hinter dir steht, wenn du was verbockt hast …«

Stille.

Bis Ada betreten zugab, das sei sicher nicht spannend gewesen. Doch schon Sekunden später siegte ihre Neugier: »Und wann hast du den Absprung geschafft?«

Mit dreizehn sei er zum Jugendamt gegangen. Die seien ziemlich geplättet gewesen, dass ein Kind freiwillig ins Heim wollte. Und dann habe er zum ersten Mal in seinem beschissenen Leben Schwein gehabt, als man ihm einen IQ-Test vorlegte. Danach habe er einen Freiplatz im Internat bekommen, aber keinem erzählt, woher er kam, auch nicht, wenn einer von seinen Kumpeln ihn mit Fragen löcherte, warum er an den Wochenenden und in den Ferien nie nach Hause fahre. Manchmal habe ihn jemand in sein geschniegeltes Elternhaus eingeladen, wo er bemuttert worden sei, bis ihm die Kotze hochkam.

Ada wollte wissen, ob er seine Eltern je wiedergesehen habe.

Anfangs seien sie ständig im Internat aufgetaucht. Es sei nicht einfach gewesen, ihnen klarzumachen, dass er mit der Sippe gebrochen habe. Aber am Ende hätten sie's kapiert und ihn nicht weiter belästigt. Irgendwann während seines Wehrdiensts habe er manchmal an früher denken müssen, und sei auf die Idee gekommen rauszukriegen, was aus ihnen geworden war. Es habe sich herausgestellt, dass die beiden nicht mehr zusammenlebten. Mittlerweile teilte sich seine Mutter mit zwei anderen Frauen eine Wohnung in Duisburg und sein Vater war mit seinem Anhang nach Spanien gezogen, wo er mit irgendwas maggelte. Aus reiner Neugier sei er dann mal nach Duisburg gefahren … Gregor unterbrach sich, um ein Bier zu zapfen. Er musste das Fass hinten anheben, um noch was herauszubekommen. Als er sich ihnen wieder zuwandte und schwankend zum Tisch zurückging, schluchzte er heiser auf. »Alles war sauber, tipptopp, wie geleckt, und gerochen hat es nach Kräutern, ich seh noch heute die Gläser mit Dill und Minze auf der Fensterbank in der Küche. Warum hat sie das nicht gepackt, als *ich* bei ihr war?« Er schlug mit der Hand auf den Tisch.

»Hast du ihr damals die Frage gestellt?«

»Ach Blödsinn, was hätte das gebracht? Ich war froh, dass sie sich gefangen hatte, jetzt, wo der Alte sie nicht mehr unter der Fuchtel hatte … Und fünf Jahre später war sie tot, elend verreckt wie Frank.«

»An derselben Krankheit?«

Er nickte. »Das Perverse war, dass sie vorher unbedingt noch mal die Sippe um sich versammeln wollte. Also schickt sie mich nach Spanien, um ihn zu suchen und nach Duisburg zu bringen. Sie hat keine Adresse von ihm, keine Telefonnummer, nichts. Am Ende find ich ihn über 'ne Zigeunervereinigung in Córdoba. Das Dreckschwein lässt sich alles von mir bezahlen, Reise, Unterkunft und Essen für sechs Leute, fast zwei Monate lang. Erst nach der Beerdigung sind sie abgereist.«

Valentin fragte, ob er dafür Franks Geld gebraucht habe.

Gregor nickte.

Vicky lächelte ihm zu. Sie beugte sich vor, um ihn zu küssen, doch er entzog sich, begrub sein Gesicht in den Händen und stieß einen langen kehligen Ton aus.

Fünfzehn

I

Orazios Gedanken zirkulierten durch zahllose Pfade seiner Gehirnwindungen, trafen hie und da auf alte Bekannte, bei denen sie räsonierend verweilten, um kurze Zeit später ohne Ergebnis die Richtung zu wechseln, einem Ziel entgegen, das sie schon nach der nächsten Biegung aus den Augen verloren. Er war zu Hause, saß abgespannt vom Tag und noch angeschlagen vom vorherigen Abend in seinem Sessel am Fenster. Ein paar Stauden vor dem Haus ließen schon wieder die Blätter hängen, obwohl er sie erst gestern ... nein ... vorgestern auch nicht ... er würde später noch gießen müssen.

Die Planung der Exkursion war so gut wie abgeschlossen, morgen würde er mit der Studentengruppe die letzten Details besprechen und am Donnerstagmittag wären sie schon in Florenz, während Ada den Auswirkungen des Tourismus in Myanmar nachginge. Wie dumm von ihm, ohne ihr Wissen ein Ticket für sie zu kaufen, wie sinnlos sein Kopfkino ihrer gemeinsamen Streifzüge durch entlegene toskanische Landschaften.

Miriam ließ nach wie vor nichts von sich hören. Die Erinnerung an ihr unheilvolles Gespräch über seine Bewerbung nach Florenz stieg in ihm hoch. Wenn man ihm heute die Stelle anböte, könnte er nicht einmal sagen, ob er sich darüber freuen würde. Im Moment wusste er nur, dass er nichts weiter wollte, als sich treiben zu lassen und abzuwarten, was der Sommer für ihn bereithielt.

Gregor – Sohn eines Sinti. Fast konnte er einem leidtun, aber Marko, der war wirklich zu bedauern, wahrscheinlich hatte er nicht mal eine Ahnung, an wen er seinen Vater tagtäglich erinnerte. Beim Frühstück hatte Gregor dann völlig verunsichert vom einen zum anderen geguckt, als erwarte er, ab sofort bei ihnen unten durch zu sein. Auch Marko hatte mit seinen feinen Antennen die Veränderung gespürt, aber natürlich nicht deuten können. Ob Vicky wirklich davon ausgegangen war, dass er und Valentin über Gregors Elternhaus Bescheid wussten, oder ob sie sein Geständnis provoziert hatte?

Vergeblich sein Wunsch, Ada wenigstens ein paar Minuten für sich allein zu haben. Das heißt, Möglichkeiten hätte es gegeben, wenn sie mal zu ihm herüber geschaut hätte, anstatt auch noch die Stunde zwischen Frühstück und Aufbruch an Valentins Seite zu kleben. Dann Tschüss und Handschlag, steifer ging's nicht. Inständig hoffte er, dass dies nicht der letzte Abschied vor ihrer Abreise am Mittwoch gewesen war. Und hoffentlich wäre *sie* es, die es nicht mehr aushielt.

Von Overath aus war er gleich nach Köln gefahren, wo Elfi und ihre Mutter schon am Zoo auf ihn warteten. Elfi hatte darauf bestanden, Orazio den Affenfelsen zu zeigen, und nun hatte sie nur Augen für die Paviane, stand ewig vor dem Gehege und beobachtete, was die Bande trieb, das Spiel der Kleinen, das gegenseitige Lausen und Schmusen der Haremsmitglieder, die wie aus dem Nichts entstehenden Verfolgungsjagden und den von lautem Geschrei und Zähnefletschen begleiteten Zank, während Frau Lorenz ihm die Lebensgeschichte von Jean Vanier erzählte, dem Gründer der Arche-Gemeinschaften, den sie offenbar sehr verehrte. Vom Offizier auf einem britischen Flugzeugträger zum Schüler der Theologie und Philosophie bei einem französischen Dominikanermönch. Später Philosophiedozent in Toronto. »Und dann hat er seine Berufung zu einem erweiterten Leben ohne Dogmen erkannt.« Originalton Frau Lorenz.

Er hatte gar nicht erst versucht, sein Desinteresse zu verbergen, aber sie erzählte und erzählte. Von der Hausgemeinschaft in der Nähe von Paris, wo er sich Anfang der Sechzigerjahre ein paar Leuten mit und ohne geistige Behinderung angeschlossen habe, das erste Haus seiner Art, die erste Arche, wo er mit fast neunzig noch lebe. Mehr als dreißig Bücher habe er geschrieben und jahrzehntelang sei er auf allen Kontinenten unterwegs gewesen, um die Idee der Arche bekannt zu machen. Inzwischen gebe es weit über hundert solcher Gemeinschaften in der Welt. Sogar den Templeton-Preis habe er bekommen, wie zuvor der Dalai Lama. Orazio musste zugeben, nie von der Arche-Gemeinschaft gehört zu haben. Vom Templeton-Preis hatte er einen Begriff, vor allem wegen der Höhe der Dotierung von mehr als einer Million Pfund und seiner kritischen Wahrnehmung unter Naturwissenschaftlern.

Müde hievte Orazio sich aus dem Sessel, setzte sich an seinen Laptop und rief die Homepage der Arche auf. Gleich im ersten Abschnitt stieß er auf das Postulat der Einfachheit. Er holte den Umschlag mit Franks Briefen, las zum zigsten Mal den Satz: *Glaubten an die Einfachheit der Dinge, im Kleinen und im Großen*, dann im letzten, als Frank von seinem Versuch schrieb, in der Kunst eine Form zu finden *...einfach, offen und flüchtig, wie alles Lebendige*. Und nun die Arche mit ihrem Geist der Gastfreundschaft, des Miteinanderteilens und der Einfachheit. Schwachsinniges Spiel, das er da betrieb, als ob ihm nicht klar wäre, dass ein Abstraktum wie Einfachheit so unfassbar war, dass es, wenn überhaupt, nur im eindeutigen Zusammenhang Sinn ergab.

Und doch hatte das Wort ihn an der Angel. Einfach im Gegensatz zu mehrfach, vielschichtig, schwierig oder komplex ließ sich zusammenfassen unter durchschaubar. Einfach im Gegensatz zu problematisch, verwirrend, anstrengend oder mühevoll bedeutete auch leicht. Einfach im Gegensatz zu eitel, überheblich, selbstgefällig oder eingebildet hieß bescheiden. Er schrieb *Bescheidenheit* auf das Whiteboard an der Wand, das Gleiche tat er mit *Leichtigkeit* und *Durchschaubarkeit*. Dann vertiefte er sich in den Text auf dem Bildschirm, den er mit einem gewissen Unbehagen las, obwohl er nichts Falsches darin fand. Es ging um die Vision einer wahrhaft humanen Gesellschaft, die auf der Akzeptanz und Achtung ihrer schwächsten Mitglieder gegründet sein müsse. Menschen mit einer geistigen Behinderung wurden als das Herz der Arche-Gemeinschaft bezeichnet mit ihrer Not, ihren Bedürfnissen nach Freundschaft, Nähe und geistigem Leben wie auch mit ihren besonderen Gaben der Herzlichkeit, der Fähigkeit zu staunen, direkt und spontan zu sein. Es war die Rede von der weltweiten Arche-Familie, die durch Solidarität und Engagement zusammengehalten werde und die Schaffung von Orten unterstütze, wo Menschen mit ihrer Behinderung vorbehaltlos angenommen würden. Woher kam also sein Unbehagen? Von der religiösen Ausrichtung der Gemeinschaft? Immerhin wurde die Berufung zur Ökumene betont und es gab auch interreligiöse Häuser, ebenso wie Gläubigkeit keine Bedingung für die Aufnahme in die Gemeinschaft war. Nein, es war nicht der Aspekt des Glaubens, der ihn störte, sondern der direkte oder mittelbare Appell an ihre Mitarbeiter, die *Werte des Herzens* in sich zu stärken. Er mochte diese Sprache nicht, sie rief Widerwillen in ihm hervor. Aber weil er nichts anderes zu tun hatte, druckte er die Seiten aus und markierte im Text, was als Wert des Herzens durchgehen konnte: Glaube, Liebe, Hingabe, Treue, Beständigkeit, Hoffnung, Versöhnung, Freundschaft.

War der Glaube an etwas Falsches ein Wert des Herzens oder Dummheit? War die Treue des Soldaten bis in den Tod ein Wert des Herzens oder das Resultat gnadenloser Manipulation?

Zweifellos war der abstrakteste dieser Begriffe die Liebe. Was war Liebe? Fühlten alle etwas Ähnliches, wenn sie liebten? War bedingungslose Liebe wertvoller als andere? Wer bestimmte den Wert des Subjekts oder Objekts, dem sich das Herz zuwandte? War er, der untreue Ehemann, es überhaupt wert, von Miriam geliebt zu werden? War er es wert, einen Freund wie Valentin zu haben, der es womöglich fertigbrachte, in ihm seinen Feind zu lieben? Was für eine lächerliche Wortmaskerade!

Das Handy holte ihn vom Schreibtisch weg zurück ins Wohnzimmer. »Ada!«

»Kann ich noch kommen, oder ist es zu spät?«

Sie fielen übereinander her und all seine Fragen über Werte und Tugend waren vergessen. Hinterher informierte sie ihn, dass sie mit Valentin gesprochen habe, er wisse nun alles.

Gespannt hörte er ihrer Schilderung zu, bemüht, seine Euphorie zu verbergen. Ihn, Orazio, hatte sie gewählt, sonst wäre sie nicht hier.

Nach dem Dreh werde sie erst mal auf die Suche nach einer eigenen Bleibe gehen, sagte sie. Valentin würde sie zwar nicht sofort vor die Tür setzen, aber es sei eine Frage des Anstands, ihr Bündel zu schnüren.

Er stimmte ihr zu und bot ihr seine Hilfe bei der Wohnungssuche an, doch sie schüttelte den Kopf. Er solle sich lieber darum kümmern, sein eigenes Haus instand zu setzen, damit sie wisse, woran sie bei ihm sei.

II

Gierig sog Orazio die staubtrockene Sommerluft mit ihrem Beigeschmack von Kerosin ein, als er die Gangway hinunterstieg. Er griff in seine Jacketttasche und holte die Sonnenbrille heraus, die er sogleich aufsetzte. Jeder, der hier lebte, nahm die Sonne nicht nur als Lebensspender, sondern gleichzeitig als versengende Kraft wahr. Einzig Besuchern aus nördlichen Ländern begegnete man zu jeder Tageszeit auf der Sonnenseite der Straße und auf Wanderungen in den Hügeln um Florenz.

In der Innenstadt herrschte der unvermeidliche Hochbetrieb, ein Freilichtmuseum, in das sich endlose Menschenströme ergossen. Alles war auf die sechzehn Millionen Touristen eingestellt, die die Stadt jährlich besuchten, was zu einer beträchtlichen Abwanderung frustrierter Florentiner geführt hatte. Besorgte Bewohner hatten in einer Petition gefordert, die Altstadt wegen ihrer Touristenplage in die Liste der gefährdeten Orte des UNESCO-Weltkulturerbes aufnehmen zu lassen.

Gleichwohl kannte Orazio keinen Ort, an dem er sich seiner Lebensaufgabe bewusster war. Allein die Uffizien waren ein unerschöpflicher Quell für Kunsthistoriker und jede Exkursion, die er als Dozent leitete, unterschied sich in wesentlichen Punkten von allen vorherigen. Dieses Mal ging es um die Frage der Ethik in der Renaissance und ihre Bedeutung für die damalige Baukunst. Wenn sie vor einem Palazzo standen, fragte er seine Studenten, was sie wahrnahmen, und gab bewusst nur sparsame Erklärungen über die moralischen Vorstellungen der florentinischen Elite vor fünfhundertfünfzig Jahren. Zur Vorbereitung hatten sie einige berühmte Texte jener Zeit erarbeitet, wie Giovanni Pico della Mirandolas nie gehaltene Rede *Über die Würde des Menschen*, die heute als Programmschrift der humanistischen Anthropologie galt. Wenn Orazio sich auf eins verstand, dann darauf, seine Leute zum Denken zu bringen. Gezielt Input geben, provokativ formuliert, und dann kommen lassen. Beim Abendessen wurde immer noch heftig diskutiert, emotional und intuitiv zwar, aber egal, sie hatten ja ganze drei Tage zum Vertiefen und Korrigieren. Und dann war da noch die Diskussion mit einer hiesigen Studentengruppe, bei der auch sein Freund Massimo anwesend sein würde. Für morgen Abend hatte dieser ihn in sein Haus eingeladen.

Massimo und seine Frau Stella, die aus Neapel stammte, liebten üppiges Essen, was man ihnen erstaunlicherweise nicht ansah. Nachdem sie sich mehrere gewaltige Portionen einverleibt hatten, eröffnete Massimo ihm bei der Zabaione, dass seine Bewerbung erwartungsgemäß zu den interessantesten gehöre. Seiner Meinung nach könnte das Institut sich glücklich schätzen, einen Mann wie ihn als Juniorprofessor verpflichten zu dürfen. Der einzige gefährliche Mitbewerber sei übrigens vorgestern abgesprungen, und da Orazio schon einmal hier sei, wolle er gern das entscheidende Gespräch kurzfristig ansetzen. In seinem schalkhaften Lächeln schien der Junge durch. »Deine Entscheidung«, sagte er.

»Du meinst, das Bewerbungsgespräch findet in den nächsten Tagen statt?«

»Wann fliegt ihr zurück?«

»Die Studenten fliegen am Montag, aber ich will noch zu meiner Schwester nach Mailand.«

»Ist das Semester bei euch in Bonn denn schon zu Ende?«

»Nein, aber Jakob, mein Hiwi, vertritt mich. Allerdings kommt das jetzt ein bisschen plötzlich, ich meine, es ist toll, ich freue mich, bloß bin ich überhaupt nicht vorbereitet, und was Passendes zum Anziehen hab ich auch nicht dabei.«

»Unsinn. Du kannst das Gremium auch in Jeans überzeugen. Morgen Nachmittag sage ich dir den Termin.«

Seit der Aussicht auf eine schnelle Entscheidung in der Florenz-Frage lief Orazios Adrenalinproduktion auf Hochtouren. Obwohl er kaum geschlafen hatte, und seine Beine nach mehreren Stunden in den Uffizien müde waren, fühlte er sich geistig hellwach. Frau Schäfer hielt sich meistens an seiner Seite auf, stellte hundert Fragen und lobte selbstbewusst seine Kleidung. Allerdings hätte er ihre Bestätigung nicht gebraucht, es war offensichtlich, dass man sich als Mann in Weiß und Pink in Florenz weniger allein fühlte als in Bonn.

»Danke noch mal, Herr Fabbro, dass ich dabei sein darf. Ich meine, alles hier ist einfach megainteressant.«

»Das freut mich, Frau Schäfer.«

»Wir haben Sie gestern Abend vermisst.«

»Ich war eingeladen.«

»Natürlich, als Italiener im eigenen Land ... Ich liebe Italien. Schon immer. Alles ist so lebendig. Und schick.

Aber das Geilste ist die Sprache, fast könnte man sagen, erotisch.« Sie warf ihm einen vielsagenden Blick zu.

Orazio verkniff sich ein Lachen.

»Ich würde gern in Italien wohnen«, fuhr sie fort. »Schon wegen des Klimas. Ein ganz anderes Lebensgefühl.«

Das Klingeln seines Telefons beendete das Gespräch, ehe es für mindestens eine Seite unangenehm werden konnte. Es war Massimo, der ihm mitteilte, dass das Bewerbungsgespräch am nächsten Vormittag sei. Kurz überlegte er, ob er die verbleibenden Nachmittagsstunden für den Kauf eines Anzugs nutzen sollte, entschied sich dann aber dagegen und verbrachte den Rest der Zeit mit seinen Studenten.

Nach weiteren architekturphilosophischen Rundgängen durch die Renaissance endete ihre Wanderung in der Gegenwart. Als Orazio den Schatten des Fakultätsgebäudes betrat, setzte er seine Sonnenbrille ab und nahm einen tiefen Atemzug ähnlich dem bei seiner Ankunft in Florenz. War dies der Ort, an dem er bald unterrichten und forschen würde?

Im Seminarraum standen alle Fenster weit offen. Von draußen drang der Lärm der Straße, der, anders als in Deutschland, hauptsächlich aus dem Knattern von Rollern und der Vielfalt dessen bestand, was man ohne motorisierte Hilfsmittel an Geräuschen zustande brachte.

»Welche Behausung braucht der Mensch für ein gutes Leben?«, fragte er die Studenten zur Einstimmung.

Pflanzen und Holz solle sie haben, man müsse Fassaden, Balkone und Dächer begrünen. Freiraum zum Nachbarn sei wichtig, aber auch gemeinsamer Raum mit dem Nachbarn, zum Beispiel ein Dachgarten, den man sich teile.

»Was hat Vorrang?«, fragte er weiter. »Funktionalität oder Schönheit?«

Eine lebhafte Debatte entwickelte sich, die er mit dem Hinweis beendete, dass immerhin Einigkeit über die Erbarmungslosigkeit des Perfektionismus bestand, und darüber, dass Schönheit in der Architektur seit langem zu kurz komme. Sie diskutierten über den Stellenwert der Harmonie in der heutigen Architektur und schlugen eine Brücke zur Renaissance, sprachen weiter über die Außenwirkung des Stils, verurteilten Prunk, machten sich lustig über Kitsch, lobten gesunde Materialien, Umweltschutz und Nachhaltigkeit.

Zu viel Einigkeit, dachte Orazio. »Definieren Sie Einfachheit in der Architektur«, sagte er. »Nicht mehr als nötig zu bauen«, sagte eine Doktorandin vom hiesigen Institut. »Material benutzen, das zum Klima des Ortes passt, wenn möglich aus Beständen der dortigen Natur.« »Minimalismus ohne dekorative Elemente«, sagte jemand aus seiner Gruppe. Orazio fragte, ob eine solche Architektur zukunftsfähig sei. Nun wollte jeder etwas zur Zukunft des Wohnens sagen, von Wohntürmen mit bepflanzten Außenwänden und eigener Müllrecycling-Anlage über schwimmende Städte und Inseln bis zu Möbeln, die aus Algen und Pilzen gezüchtet wären. Schließlich griff Orazio systematisierend ein, verglich Ideen der organischen Architektur, des Dekonstruktivismus und des Minimalismus im Hinblick auf ihre zukünftige Bedeutung. Die vereinbarte Zeit war abgelaufen, doch er stellte noch eine letzte spontane Frage: »Kann völlige Schmucklosigkeit Kunst sein?« Die Doktorandin meldete sich zu Wort: »Absolut. Manchmal haben spärliche Mittel eine große Reichweite. Zum Beispiel, indem ein Bauwerk meisterhaft in die Umgebung passt. Man steht in einem Raum, der sich optisch nach außen öffnet. Oder man steht draußen und sieht, dass die Silhouette des Hauses Teil der Landschaft ist, man erkennt die Ästhetik des Baumaterials, wenn es zur natürlichen Umwelt gehört. Es gibt keine Ablenkung außer dem Spiel von Licht und Schatten. Die Kunst besteht auch darin, einen Ruhepol zu schaffen, ein Refugium, das gleichzeitig eine Verbindung zur Außenwelt herstellt.«

Sie kam aus Berlin und ihre Augen hatten unterschiedliche Farben. Anfangs wusste Orazio nicht, ob er zum braunen oder doch lieber zum blauen Auge Blickkontakt halten sollte, als sie sich nach der Veranstaltung noch eine Weile auf dem Flur unterhielten. Der Klang ihrer tiefen Stimme war voll und weich zugleich. Wenn sie sprach, hatte er das Gefühl, einer Melodie in Moll zu lauschen.

»Ich hatte einen Freund, der in seinen Zeichnungen mit wenigen Linien viel ausdrückte«, erzählte er ihr.

»Ist er tot?«

Er nickte.

»Es gibt ein Buch, an dem eine Freundin mitgearbeitet hat, *The Power of Line*. Es steht in der Bibliothek. Ich habe auch ein Exemplar.«

»Was halten Sie davon, wenn ich Sie gegen acht zum Essen abhole und wir werfen vorher gemeinsam einen Blick ins Buch?«

»Wir treffen uns im Restaurant und ich bringe das Buch mit«, entschied sie.

»Es lebt sich gut in Florenz«, antwortete sie auf seine Frage. Die Trattoria am Arno hatte die Ausmaße einer Halle, und alle Gäste schienen gleichzeitig ihre Aussage zu bestätigen. »Ich bin im letzten Jahr mit einem Stipendium gekommen, ein Privileg, ich weiß. Die Arbeitsatmosphäre könnte nicht besser sein, die Unterbringung, naja … falls ich länger bleibe, such ich mir was anderes. Zum Glück verbringe ich wenig Zeit in meinem Zimmer, meistens übernachte ich bei meinem Freund.«

»Dann wird Florenz vielleicht Ihre Wahlheimat?«

»Heimat ...«, wiederholte sie. »Ich bin ein unruhiger Geist, wahrscheinlich werde ich mich nirgendwo endgültig niederlassen.«

»Was spricht dagegen?«

»Neugier? Ehrgeiz?« Ihre Antwort klang wie eine Frage. Beim Abschied überreichte sie ihm einen Beutel mit dem Buch, und bevor er protestieren konnte, machte sie ein paar Schritte nach hinten, winkte ihm zu und sang mit ihrer weichen tiefen Stimme, während sie sich immer weiter von ihm entfernte: »Ain't no sunshine when she's gone, It's not warm when she's away, Ain't no sunshine when she's gone, And she's always gone too long any time she goes away.«

Am nächsten Morgen ging Orazio mit einer Gelassenheit ins Bewerbungsgespräch, die ihm selbst unheimlich war. Er berichtete über seine bisherige Laufbahn, seine Publikationen und beschrieb seine Ambitionen. Man unterhielt sich und scherzte abwechselnd auf Italienisch, Deutsch und Englisch. Er wurde aufgefordert, Fragen zu stellen, und erhielt Auskunft über die Arbeitsweise am Institut. Massimo war es, der schließlich auf seine Familie zu sprechen kam. Im vorletzten Sommer hatten Stella und er ihn auf ihrer Rundreise durch Deutschland zu Hause besucht. »Und was meint deine wunderbare Frau zu der Aussicht, hierher zu kommen?«

»Sie ist begeistert von der Idee.« So mühelos war ihm eine Lüge selten über die Lippen gegangen.

Sechzehn

I

Dunstglocke über Mailand und eine Affenhitze. Kein Lüftchen rührte sich. Orazio suchte in seiner Jacke nach einem Taschentuch, mit dem er sich den Schweiß von der Stirn wischen konnte.

Lia kam ihm auf halbem Weg in den vierten Stock des Altbaus entgegengeflogen und umarmte ihn so stürmisch, dass beide fast das Gleichgewicht verloren. In der Wohnung roch es nach gebratenen Zwiebeln, Knoblauch und Salbei. Elisabetta stand in der Küche, schwenkte den Kochlöffel in der Luft zum Gruß, wischte sich dann die Hände an ihren Shorts ab und schloss Orazio in die Arme. »Der kleine Bruder. Wegen dir herrscht hier seit Tagen der Ausnahmezustand.«

Lia zog ihn neben sich auf den alten Diwan, über den ein Perserteppich gebreitet war. Er nahm zwei der weinroten Kissen und stopfte sie sich in den Rücken. Elisabetta brachte große Gläser Chinotto mit Eiswürfeln und ging sofort wieder hinaus.

»Erzähl!«, sagte Orazio. Lia gefiel ihm mit ihrer neuen Frisur, einem Bubikopf, mit dem sie mondän und zugleich kess aussah … »Alles gut«, sagte sie, »könnte nicht besser sein. Wir wissen uns vor Aufträgen kaum zu retten, wenn es so weitergeht, wird Paola eine zusätzliche Architektin einstellen.«

»Noch immer die Nachwirkungen der Weltausstellung?«

»Oder schlicht eine Glückssträhne. Jetzt schwimmen wir zur Abwechslung mal oben mit.«

Er lächelte, spürte, wie ihn eine Welle der Zärtlichkeit durchflutete, und strich ihr übers Haar. »Und sonst?«

»Im satt grünen Bereich.« Sie erzählte von kleinen und großen Ereignissen in letzter Zeit, von Leuten, die Orazio kannte, von Tanten und Onkeln, Cousins und Cousinen und deren Kindern, von Mamma, die immer abstrusere Ideen entwickle, und Papà, der ihr bei allem zustimme, nur um seine Ruhe zu haben. »Schade, dass sie gerade jetzt in Berlin sind, sie hätten dich so gern gesehen. Mamma sagte gestern am Telefon, dass sie sich entschlossen haben, auf der Rückreise den Umweg über Bonn zu machen.«

»Wann ist das?«, fragte er erschrocken.

»Weiß nicht genau, übernächste Woche, glaub ich. Was ist denn los mit dir?«

»Essen ist fertig!«, rief Elisabetta von nebenan.

Lia ließ nicht locker. »Raus damit«, kommandierte sie, kaum dass sie am Tisch saßen.

Er überlegte, was er sagen sollte.

»Ungefiltert. Spuck's einfach aus. Fang irgendwo an, egal wo.«

Und er fügte sich dem Willen seiner großen Schwester, wie früher. Er begann mit Miriams wachsenden Ängsten, sprach über ihre Traurigkeit, die er jetzt erst als solche erkannte, und seinen Verdacht, dass alles irgendwie mit Franks Tod zusammenhing, von dem sie vielleicht vor ihm erfahren hatte. Während er die Veränderung in ihrer Beziehung beschrieb, dachte er, dass Miriam seine Indiskretion abscheulich finden würde, aber nun, da er einmal begonnen hatte, machte er weiter, schilderte ihre Gewohnheit, das Zimmer zu verlassen, wenn sie sich von ihm unter Druck gesetzt fühlte. Als er sagte, dass sie gedroht habe, sollte er die Stelle in Florenz bekommen, mit den Kindern in Deutschland zu bleiben, rief Lia: »Nein, das geht doch nicht!« Elisabetta legte ihren Zeigefinger an die Lippen und Lia ließ Orazio weitersprechen, der seine Bestürzung beschrieb, als ihm klar wurde, dass Miriam die Mädchen heimlich nach Kiel zu den Großeltern gebracht hatte. Er musste schlucken, bevor er sagen konnte, dass er seit drei Wochen keine Nachricht habe, weder wisse, was mit Elena und Carla sei, noch, was ihre Mutter mit ihnen und sich selbst vorhabe. Lia konnte nicht mehr an sich halten: »Die ist ja völlig durchgedreht! Wieso bist du nicht nach Kiel gefahren und hast sie zurückgeholt?« Er erzählte von dem Zettel, den er in der Nacht auf seinem Kopfkissen gefunden hatte und dem Telefonat mit seiner Schwiegermutter. Lia fragte ihn, ob er sich noch einen anderen Anlass für Miriams Flucht vorstellen könne, denn für sie höre es sich ganz nach einer Flucht an.

Natürlich konnte er. »Sie fühlte sich wohl von mir im Stich gelassen.«

Lia kräuselte die Stirn. »Zu Recht?«

Schweigend wandte er sich seinem Teller zu. Ihm stand nicht der Sinn nach Inquisition.

»Warum fängst du erst an, wenn du mittendrin aufhörst?«, fragte sie, stand abrupt auf und fing an, das Geschirr zusammenzuräumen, obwohl Orazio vor lauter Erzählen kaum zum Essen gekommen war. Doch Elisabetta stand schon neben ihr, nahm ihr die Teller aus den Händen, stellte sie auf dem Tisch ab, schlang ihre Arme um sie, hielt sie fest und wartete, bis Lia die Umarmung erwiderte. »Ihr geht jetzt nach nebenan und ich füttere die Spülmaschine.«

»Glaub mir, Lia, ich kann Miriam nicht helfen«, beteuerte er, als sie wieder auf dem Diwan saßen. »Außerdem habe ich mich verliebt.« Er zeigte ein Foto von Ada, sagte, er denke Tag und Nacht an sie.

»Ich würde mich gern für dich freuen.«

»Dann tu's doch.«

»Aber du siehst doch selbst, was du anrichtest! Was soll aus Elena und der kleinen Carla werden?«

»Glaub mir, Lia, ich liebe die Kinder über alles.«

»Glaub mir, Lia, glaub mir, Lia, das ist ja nicht zum Aushalten! Wie viele Affären hattest du eigentlich, seit sie auf der Welt sind?«

»Ach hör doch auf! Ich hatte nicht eine einzige *Affäre*, wie du das nennst. Da war höchstens mal ein winziger Seitensprung, nie der Rede wert, und nicht zu vergleichen mit dem, was jetzt ist.«

»Du willst also wegen dieser Frau deine Familie kaputtmachen?«

»Du redest wie Mamma.« Er begann, seinen Abstecher nach Mailand zu bereuen.

Elisabetta kam mit Kaffee. »Lia, wo hast du deine Augen? Siehst du nicht, dass sich dein Bruder selbst genug quält?« Sie setzte sich zu ihnen und für eine oder zwei Minuten herrschte Schweigen. Dann sah sie Orazio an: »Familie, Karriere, Leidenschaft – was ist dir am wichtigsten?«

»So einfach ist das nicht.«

»Und doch wirst du dich entscheiden müssen. Fürs Erste musst du dir überlegen, was du sagst, falls man dir die Stelle in Florenz anbietet.«

Sie diskutierten über Notwendigkeiten und Entscheidungshilfen, bis es Zeit war, zu schlafen. Er träumte, dass er mit Elena und Carla im Auto saß, eine abschüssige Straße hinunterfuhr. Die beiden spielten und lachten auf dem Rücksitz. Die Straße, die geradewegs zum Meer führte, wurde immer steiler, und als er auf die Bremse trat, stellte er fest, dass sie nicht funktionierte. So raste er in Panik auf die Klippe zu und der Wagen stürzte ins Wasser. Zu seinem

Erstaunen landeten sie weit draußen hinter der Brandung. Die Kinder ließen sich von dem Geschehen nicht stören, spielten und lachten weiter, während das Auto durch das halb offene Fenster volllief und unterging. Im Gegensatz zu ihm konnten die Mädchen unter Wasser atmen. Erst als es keine Luft mehr gab, stellte er fest, dass er es auch konnte. Wie Fische schwammen sie zu dritt davon. Durchdrungen von Erleichterung und Glück wachte er auf.

II

Am Tag nach seiner Heimkehr machte er sich auf den Weg nach Kiel. Genauso unangekündigt, wie ihr Fortgang gewesen war, würde sein Auftauchen dort sein. Er wollte die Kinder sehen. Er hatte ein Recht darauf! Außerdem musste er mit Miriam sprechen, bevor Massimo ihm die Entscheidung des Gremiums mitteilen würde.

Miriams Eltern lebten im nördlichsten Vorort, der an die Ostsee grenzte. Als er die Siedlung mit ihren Einfamilienhäusern durchfuhr, die allesamt rot verklinkert und von akkuraten Gärten umgeben waren, wich sein Mut einer unguten Ahnung.

Irmgard öffnete die Tür. »Orazio, du?«

»Darf ich reinkommen?«

Sie schüttelte den Kopf. »Tut mir leid.«

Er stieß sie zurück und trat ins Haus. »Elena! Carla! Papa ist da. Wo seid ihr?«

»Sei doch still, sie sind nicht hier«, zischte seine Schwiegermutter. Schnell schloss sie die Haustür. »Rolf ist mit ihnen am Strand.«

Er lief die Treppe hinauf, riss jede der drei Schlafzimmertüren auf, traf aber nur auf gemachte Betten und die

Plüschtiere, die zu Hause fehlten. Irmgard trat ins Zimmer. Die Peinlichkeit seines Auftritts stand ihr ins Gesicht geschrieben, was ihn mit hässlicher Freude erfüllte. »Wo ist Miriam?«

»Komm erst mal mit nach unten. Wo du nun schon mal da bist, kannst du auch auf einen Kaffee bleiben.« Sie bugsierte ihn zur Sitzgruppe, die den Blick auf den Garten freigab, und ging in die Küche. Er trat ins Freie, stieß auf eine Spielzeugkiste mit Federballschlägern und einem Boccia-Spiel, nahm einen Ball in die Hand, der auf dem Rasen lag, ging bis zum hinteren Zaun und zurück. Neugierige Blicke des Nachbarn. Keine Spur von Miriam.

»Wo ist meine Frau?«, wiederholte er, als Irmgard das Tablett abgestellt hatte.

Sie goss ein und schob ihm einen Teller mit garnierten Käseschnitten herüber. »Trink und iss, dein Leid vergiss.« Sie lächelte hilflos.

»Ist Miriam mit Rolf und den Kindern unterwegs?«

Ihr rechtes Auge zuckte.

»Wenn du mir nicht antwortest, werden es die Kinder tun. Ist dir das lieber?«

»Ich wünschte, du würdest deinen Kaffee austrinken und gehen. Schau mal, Orazio, wir haben nichts gegen dich, und wir wollen auch gar nicht wissen, was zwischen euch passiert ist. Im Moment weiß ich nur, dass Miriam selbst bestimmen will, wann sie den Kontakt zu dir wieder aufnimmt.«

Orazio stand auf. »Okay, dann packe ich jetzt die Sachen der Kinder zusammen, sie kommen mit nach Bonn.«

»Das kannst du nicht tun!«

»Und ob ich das kann!« Mit einem Mal war er völlig ruhig und siegesgewiss. »Im Gegensatz zu dir und Rolf habe *ich* das Sorgerecht für Carla und Elena. Ich bin sogar verpflichtet, sie mitzunehmen, denn ihre Mutter ist offenbar nicht auffindbar.«

»Warte«, sagte Irmgard, griff nach dem Telefon und wählte eine Nummer. »Ich bin's, Kind. Wie geht's dir heute? ... Das ist schön. ... Sie sind mit Vater am Strand. Hör mal, Kind, dein Mann sitzt hier bei mir. ... Nein, überraschend. ... Ja. ... Er will mit dir sprechen. ... Nein, hab ich nicht ... Ach, Kind, ich weiß nicht, was ich tun soll, er will die Mädchen mitnehmen. ... Ist gut.« Sie gab den Hörer an Orazio weiter.

»Miriam«, sagte er und augenblicklich war es mit seiner Ruhe vorbei.

»Hallo, Orazio.« Ihre Stimme klang bemüht.

»Wo bist du denn?«

»Ich dachte, es wäre eine gute Idee, die Gastritis im Krankenhaus behandeln zu lassen – es ist auch schon besser.«

»Ich möchte dich sehen.«

»Lass bitte die Kinder bei meinen Eltern, ich bin Anfang nächster Woche wieder bei ihnen.«

»Miriam, ich finde auch so raus, in welcher Klinik du bist.«

»Uniklinik. Mutter sagt dir, wie du mich findest.«

Sie sah aus, als habe sie sich gerade für einen Konzertabend in der Beethovenhalle geschminkt, und trug den indigofarbenen Morgenmantel, den er ihr zu Elenas Geburt geschenkt hatte. Sie lächelte entschlossen. Widerstandslos ließ sie sich von ihm umarmen. Auf seine Nachfrage erklärte sie ihm, dass man dabei sei, herauszufinden, um welche Art der Gastritis es sich bei ihr handle, erst wenn die Ursache bekannt sei, könne man mit der gezielten Behandlung beginnen. Er wollte wissen, warum das nicht längst geschehen sei. Bisher sei sie von einer akuten Entzündung ausgegangen, keiner großen Sache, aber Dauer und Heftigkeit der Beschwerden hätten ihr Sorgen gemacht und deshalb sei sie hier.

Orazio hatte sich fest vorgenommen, ihr keine Vorwürfe zu machen, also fragte er, womit sie und die Kinder sich bisher die Zeit vertrieben hätten.

Sie seien viel im Garten und am Strand.

Ob sie glaube, dass die beiden ihn vermissten?

»Am Anfang haben sie jeden Tag nach dir gefragt.«

Ein Ring legte sich um Orazios Brustkorb. Und was ist mit dir?, wollte er fragen, ließ es dann aber, erzählte stattdessen von der Exkursion, bis Miriam ihn unterbrach. Sie nehme an, er habe sich auf die Juniorprofessur beworben, was daraus geworden sei?

»Ach so, ja, Massimo und Stella lassen dich herzlich grüßen … Hm, ja, das Bewerbungsgespräch war am Dienstag. Massimo ruft an, wenn die Wahl getroffen ist.«

»Du hast dich also dafür entschieden.« Es war, als hätte sie gesagt, er habe sich also gegen sie und die Kinder entschieden.

»Auch deshalb bin ich hier«, sagte er, »ich wollte zuerst mit dir reden. Liebevoll – freundschaftlich.«

»Liebevoll oder freundschaftlich?«

»Offen und ehrlich. Meinst du, dass wir das hinkriegen?«, fragte er.

»Es wäre das erste Mal«, sagte sie.

»Was soll ich Massimo sagen, wenn er mir die Stelle anbietet?«

Ihre Antwort kam schneller als erwartet. »Sag ihm, dass du sie annimmst.«

»Und du?«

»Ich weiß jetzt, dass ich zur Not auch ohne dich klarkomme.«

»Ich verstehe. Wann kommt ihr nach Hause?«

Plötzlich sah sie erschöpft aus. »Sobald ich mich der Situation, die mich dort erwartet, gewachsen fühle.«

»Es gibt so vieles …«

»Ja, aber nichts davon eilt«, unterbrach sie ihn.

Er widersprach nicht, obwohl er fand, dass sie unrecht hatte. »Nur eins noch«, sagte er. »Frank hat uns alle für die vorletzte Ferienwoche zur Schlüsselübergabe nach Nizza eingeladen. Der Notar hat die Flüge gebucht, auch für dich und die Kinder, für Vicky und Marko – und Ada. Am ersten Tag wird eine Art Gedenkessen für Frank stattfinden.«

Ihre Augen waren starr auf einen Punkt an der Wand hinter ihm gerichtet. »Wer hat sich das ausgedacht?«

»Frank selbst. Er bezahlt alles. In seinem letzten Brief hat er die Anweisung gegeben.«

»Den Brief möchte ich lesen.«

»Ich habe ihn zu Hause zusammen mit den anderen drei Briefen, die er beim Notar für uns hinterlegt hat.«

III

Während Orazios Abwesenheit hatte Jakob hervorragende Arbeit geleistet, sämtliche Verwaltungsarbeiten erledigt, seine Proseminare vertreten und alles sauber dokumentiert. In der letzten Woche vor den Semesterferien blieb ihm neben dem Unterricht nicht viel mehr zu tun, als Klausuren durchzuackern. Das allerdings war die geisttötendste aller Beschäftigungen. Fünfzig Mal das Gleiche aufmerksam lesen zu müssen, konnte den diszipliniertesten Menschen fertigmachen. Er schwenkte den Schreibtischstuhl nach links und rechts und gleichsam schweiften seine Gedanken ab. Miriam hatte sich verändert – oder machte sie ihm etwas vor? Nach seinem Besuch in der Klinik war er plötzlich willkommen gewesen im Haus der Schwiegereltern, durfte sogar dort übernachten. Das Wiedersehen mit den Kindern – er seufzte. Wie sie zuerst abwartend an der Tür stehen geblieben waren und ihn angeschaut hatten, als sei er eine Fata Morgana. Wie er den ganzen Samstag über um ihr Vertrauen gerungen hatte. Wie sie gestern enttäuscht Abstand von ihm nahmen, als er sich auf den Heimweg machte. Wie gern er sie mitgenommen hätte! Doch am Ende hatte er eingesehen, dass sie einstweilen besser in Kiel aufgehoben waren.

Von Ada kamen unregelmäßig knappe Nachrichten, oft war sie in Gegenden ohne Funkverbindung unterwegs. Das Wort Liebe kam in keiner ihrer Botschaften vor. Trotzdem spürte er in jeder einzelnen ihre Nähe und ihr Verlangen. Nicht mehr lange, dann würde er am Flughafen vor der Schiebetür stehen, durch die sie und ihr Team zurückkämen.

Orazio besann sich wieder auf seine Arbeit und schlug die nächste Klausur auf. Er war fast durch, als sein Handy eine SMS meldete. Hatte Ada gespürt, dass er an sie dachte? Nein, es war Valentin, der ihn zu einer Wanderung im Nachtigallental einlud. Er könne in einer Stunde in Königswinter sein.

Orazio war überrascht über diesen Vorschlag aus heiterem Himmel, sagte aber zu. Was hätte er sonst tun sollen? Er entschied sich, den Zug zu nehmen, um diese Uhrzeit das einzig Vernünftige, und hoffte, Valentin nicht zu begegnen, bevor seine Verteidigungsstrategie stand.

Am Ende der kurzen Fahrt hatte er immer noch keine, die halbwegs plausibel gewesen wäre. Er ging durchs Bahnhofsgebäude nach draußen, um zu sehen, ob Valentin schon da war, dann wieder zum Bahnsteig, setzte sich auf eine Bank, stützte seine Ellbogen auf die Knie, seinen Kopf auf die Handflächen und ergab sich in sein Schicksal.

Valentin stieg aus der übernächsten Bahn. »Ratio. Hat doch ein bisschen länger gedauert, tut mir leid.«

Jetzt entschuldigte er sich schon für zehn Minuten Verspätung. »Hallo, Tintin.« Er sah dünn aus.

Sie machten sich gleich auf den Weg ins Tal, einem kühlen Ort mit hohen Bäumen und den steilen Hängen des Drachenfels. Sie zogen an vielen Spaziergängern vorbei bergauf, bis Orazio nicht mehr mit Valentin Schritt halten konnte. Er blieb stehen und fragte: »Was tun wir eigentlich hier?«

»Wir machen eine Wanderung über Drachenfels und Petersberg und werden gegen acht wieder am Bahnhof sein. Aber wenn du eine Pause brauchst, können wir im Milchhäuschen Rast machen, es ist nicht mehr weit.«

Orazio ärgerte sich über das absichtliche Missverständnis, stieg dennoch darauf ein. »Und warum laufen wir gerade hier durch die Gegend, wo alle Welt unterwegs ist?«

»Alle Welt stört mich nicht. Stören dich die anderen? Wärst du lieber allein mit mir? Weißt du, einsame Wege sind schwer zu finden, wenn man kein Auto hat. Aber vielleicht sollte ich doch noch den Führerschein machen, jetzt, wo meine Chauffeurin gekündigt hat.«

»Ist klar, du gibst mir die Schuld, aber ...« Orazio wusste nicht, wie er den Satz zu Ende bringen sollte.

»Kein Aber. Es gibt kein Aber, genau, wie es keine Schuld gibt, du Schwachkopf.«

»Ich fühle mich aber schuldig – irgendwie.«

»Erwarte jetzt nicht, dass ich dich tröste. Und verschon mich mit Geschwafel nach dem Motto ›Ada ist die Frau meines Lebens‹. Zwischen euch hat's gefunkt, da konnte ich nicht mehr mithalten und Miriam wohl auch nicht.«

»Du sagst das so, als wär's okay für dich.«

»Hör bloß auf, Mann, ich bin … Ada war das Beste in meinem Leben! Auch, wenn sie zwischendurch immer wieder gegangen ist. Aber ich wusste ja, dass sie wiederkommen würde. Das hat mir gereicht. Es war gut so.«

Orazio fragte sich beklommen, ob Ada in den Zeiten zwischendurch auch mit anderen Männern geschlafen hatte, doch dann besann er sich auf seine Aufgabe, die, wie er nun begriff, im Zuhören bestand.

Sie hätten sich ergänzt, er hätte sie geerdet, wenn sie mal wieder kurz vor dem Durchdrehen gewesen sei, und sie hätte ihn davor bewahrt, sich mit allzu wenig zufriedenzugeben. Doch jetzt sei ihm klar, dass, indem er für Ada seinen Wert verloren habe, alles andere für *ihn* wertlos geworden sei, der Garten, in dem die Ernte verkomme, das Haus, das kein Zuhause mehr sei, die Nachbarn, die er nicht mehr sehen mochte, die Geschehnisse in der Welt, die ihn nichts mehr angingen. Alles habe mit einem Schlag seine Bedeutung verloren. Außer sie selbst … Sicher hätte er gern Kinder gehabt, aber sie sei geradezu panisch geworden beim Gedanken an eine eigene Familie. Jetzt sei er froh drum. Außerdem werde es immer schwieriger, aus seinen Kindern zufriedene Menschen zu machen.

In Sichtweite lag nun der Petersberg, auf dessen Kuppe das ehemalige Gästehaus der Republik stand, wo bis zum Ende des Bonner Regierungssitzes die hohen Staatsgäste beherbergt worden waren. Heute konnte dort jeder übernachten, der eine gut gefüllte Brieftasche besaß.

»Genau das ist es«, sagte Valentin und zeigte hinauf zum Luxushotel. »Konsum verklärt zum Lebensziel. Oder denkst du, auch nur einer unter den Gästen ist zufrieden mit dem, was er hat?«

Orazio wusste es nicht. Sollten alle dort oben konsumbesessen sein, nur weil sie teure Hotels mochten?

Valentin versuchte es anders. Vielleicht solle er besser sagen, dass den Menschen die Fähigkeit abhandengekommen ist, es genug sein zu lassen.

Orazio entgegnete, man brauche gute Gründe, um zu verzichten.

»Und man muss seine Gier im Griff haben«, sagte Valentin. »Wie geht es übrigens Miriam?«

Orazios Hände ballten sich zu Fäusten.

Valentin blieb am Ball. »Lasst ihr euch scheiden?«

Die gleiche Frage hatte Elena gestellt, als Miriam und er sie vor ein paar Wochen mit ihrem Streit aus dem Schlaf gerissen hatten.

»Miriam geht es nicht gut«, sagte er.

»Hast du was anderes erwartet?«

»Bitte sei ehrlich, Tintin, hast du Miriam von Ada und mir erzählt?«

»Nein.« Plötzlich griff er nach Orazios Arm, erwischte ihn an der Jacke und riss ihn herum. »Heißt das etwa, du treibst ein doppeltes Spiel, du Schwein?«

Wieder beschrieb Orazio den Niedergang seiner Ehe und merkte selbst, dass er heute behutsamer klang als bei Lia.

Als er geendet hatte, sagte Valentin: »Wär besser für alle gewesen, wenn sie sich damals für Frank entschieden hätte.«

»Dann wär sie jetzt Witwe«, sagte Orazio.

»Es geht ihr also richtig dreckig?« Trotz seiner Beteuerung, sich für nichts und niemanden mehr zu interessieren, drückte Valentins Miene jetzt Sorge aus.

Orazio nickte. »Eigentlich schon lange, aber es ist so schleichend schlimmer geworden, dass ich's wohl unterschätzt habe.«

»Wieso unterschätzt?«

»Ich hab alles auf ihre Ängstlichkeit geschoben, sie war ja ständig gestresst, dass den Kindern was passieren könnte, ich hab einfach nicht drüber nachgedacht, ob noch was anderes dahinterstecken könnte.«

Valentin nickte und sie wanderten weiter, jeder in seine Gedanken versunken.

Nach einer Weile fragte Valentin unvermittelt, ob Orazio sich an Franks dritten Brief erinnere.

»Wie könnte ich den vergessen.«

Valentin atmete hörbar aus.

»Willst du mir was sagen?«

»Ja, ähm, die Frau, die ich damals geschwängert habe, war Miriam.«

Ein Stromschlag traf Orazio mitten ins Herz. »Was? Warum erzählst du mir das? Soll das so 'ne Art Rache sein?«

»Ich hätt's nicht getan«, Valentin beschrieb mit dem Fuß Kreise im Sand, »aber wenn sie so daneben ist, wie du sagst, könnten auch Dinge eine Rolle spielen, die lange her sind.«

»Warte mal, damit wir uns richtig verstehen: Wann und wo genau ist das passiert?«

»In Köln, im April vor vierzehn Jahren. An dem Abend sind wir in irgendeiner Südstadtkneipe hängen geblieben und ihr drei habt fürchterlich gesoffen. Gregor hat sich beizeiten verabschiedet, aber du und Frank habt wie meistens um Miriam gebuhlt, ohne sie dabei großartig zu beachten.

Frank tat geheimnisvoll, faselte unverständliches Zeug und du hast einen auf Intelligenzbestie gemacht und ihn mit dem attackiert, was du in deinem Suff für Logik gehalten hast. Miriam hatte auch einiges zu viel getrunken ... Ich weiß noch, dass ich gerade aufbrechen wollte, als sie sich über den Tisch beugte und mir ins Ohr flüsterte: ›Wenn zwei sich streiten, freuen sich die anderen beiden.‹ Dann sind wir zu ihr gegangen. Wahrscheinlich habt ihr nicht mal bemerkt, dass wir weg waren. So ist es passiert ... Am nächsten Tag war es ihr nur noch peinlich – schade. Es ist das einzige Mal geblieben.«

Erfolglos versuchte Orazio, sich den Abend ins Gedächtnis zu rufen. Es gab Fragen, die er Valentin stellen wollte, aber der redete schon weiter.

Im Monat darauf habe sie Bescheid gewusst. So verzweifelt habe er nie wieder einen Menschen erlebt. Er selbst sei auch nicht gerade begeistert gewesen von der Idee, mitten im Studium Vater zu werden. Trotzdem habe er ihr angeboten, gemeinsam mit ihr für das Kind sorgen. In den nächsten Tagen sei sie durch die Vorhölle gegangen – die wahre Hölle habe nach der Abtreibung begonnen.

Eine Hölle, die sie ihm all die Jahre verschwiegen hatte, dachte Orazio. Er fragte, wer von ihnen Frank ins Vertrauen gezogen habe.

Valentin schüttelte den Kopf. Miriam und er hätten sich direkt an seine Mutter gewandt, sicher erinnere Orazio sich, dass sie Gynäkologin war. Irgendwann mal habe Frank erzählt, dass sie auch Schwangerschaftsabbrüche mache. Natürlich sei alles in ihrer Praxis abgelaufen. Er wäre nie auf den Gedanken gekommen, dass sie ihr Arztgeheimnis verletzen und es Frank sagen würde.

Siebzehn

I

»Bitte, Mamma, misch dich da nicht ein!« Orazios Flehen blieb wirkungslos. Ihm war nach Fortlaufen zumute, aber sich als Gastgeber zu verdrücken, war nicht so leicht, zumal wenn einem die eigenen Eltern gegenübersaßen.

Jetzt könne sie ja aussprechen, was sie schweren Herzens mehr als ein Jahrzehnt habe für sich behalten müssen, nämlich dass er Miriam nie hätte heiraten dürfen. Es sei von Anfang an offensichtlich gewesen, dass sie nicht zusammenpassten. Als agiler lebensbejahender Mensch habe er sich mit dieser überempfindlichen schwermütigen Frau doch nur seinen eigenen Käfig geschaffen! Das Leben könne schließlich nicht allein aus tiefsinnigen Gesprächen bestehen. Oder ob er etwa für möglich gehalten habe, Miriams Melancholie mit Fröhlichkeit bekämpfen zu können? Wahrscheinlich hätten seine Zuversicht und sein Tatendrang eher das Gegenteil bewirkt, weil seine hervorstechenden Eigenschaften Miriam immer wieder mit ihrer eigenen unüberwindbaren Freudlosigkeit konfrontiert hätten.

»Carissima, ich bitte dich!«, sagte sein Vater. »Wir wissen doch noch gar nicht, wie es mit den beiden weitergeht.« Was seine Mutter auf die armen Kinder brachte, ihre geliebten Enkel, und sie verkündete ihre Bereitschaft, Elena und Carla jederzeit bei sich aufzunehmen, sie könnten bei ihnen wohnen, bis die Wogen sich geglättet hätten, wobei sie ihrer Hoffnung vehementen Ausdruck verlieh, dass Orazio das Sorgerecht für seine Töchter zugesprochen würde.

Orazios Handy vibrierte in seiner Hosentasche. Massimo! Er schnellte aus dem Sessel hoch und schnitt seiner Mutter das Wort ab, indem er den Zeigefinger gegen seine Lippen drückte. Sein Puls raste, als er den grünen Hörer berührte, und zwei Sekunden später wusste er Bescheid, noch bevor Massimo den ersten Satz zu Ende gesprochen hatte. Die entscheidende Hürde sei genommen, das Institut würde ihn zum nächsten Sommersemester anfordern, alles andere sei praktisch eine Formsache. Was er dazu sage?

»Wunderbar, ich bin überglücklich.«

»Meinen Glückwunsch, Orazio, und die besten Grüße an Miriam. Richte ihr aus, dass Stella und ich es kaum abwarten können, bis ihr hier seid.«

Sein Vater schloss ihn in die Arme und klopfte ihm kräftig auf den Rücken. »Du tust das Richtige, mein Sohn.«

Das müsste sich erst noch herausstellen.

Die Semesterferien hatten begonnen, was zwar nicht gleichbedeutend war mit Freizeit, aber die Verpflichtungen hielten sich in Grenzen und einige Aufgaben konnte er schieben. Übermorgen um zehn Uhr abends würde Ada glücklich gelandet sein. Diesmal hatte er ein Hotelzimmer gebucht, denn mit schwerem Gepäck würde sie in der Nachbarschaft noch mehr Aufmerksamkeit erregen, als sie es vermutlich schon getan hatte. Außerdem war es jederzeit möglich, dass Miriam und die Kinder heimkämen, sie mussten sich ja nicht bei ihm ankündigen.

Orazio hatte sich entschieden, den Tag in Köln zu verbringen. Seinen Kaffee würde er heute in der Fürst-Pückler-Straße trinken. Frau Lorenz hatte sich nun doch bereit erklärt, ihm Franks letztes Skizzenheft zu zeigen. Am Abend wollte er zuerst ins Kino und dann vielleicht noch tanzen gehen.

II

Bei seinem ersten Besuch im ehemaligen Domizil der Althoffs war er derart fixiert darauf gewesen, Hinweise auf Franks Leben und Denken zu finden, dass er außerhalb des Hauses kaum etwas wahrgenommen hatte. Dieses Mal führte Elfi ihn gleich zur Hintertür und ins Freie. Der Zustand der Gartenmöbel belegte ihr langes Dasein bei Wind und Wetter. Vermutlich bestanden sie aus edlem Holz, dafür sprach schon ihr außergewöhnliches Design, vielleicht würde man sie noch retten können. Jenseits der Terrasse erkannte er eine libanesische Zeder, überhaupt wirkte das Grundstück wie ein botanischer Garten mit einem alten Bestand an exotischen Laub- und Nadelhölzern.

»Hier isses schön«, sagte Elfi, die ihm beim Schauen und Staunen zusah. »Aber wir können uns den Kasten leider nich leisten.«

Frau Lorenz kam aus der Küche, um ihn zu begrüßen. Sie hielt ein schwarz eingebundenes Skizzenheft, eigentlich eher ein Buch, in der Hand, das sie ihm überreichte. »Es bleibt hier«, sagte sie, »und ich möchte auch nicht, dass Sie Fotos von den Zeichnungen machen.«

»In Ordnung.«

»Sie schulden mir einen Gefallen«, ergänzte sie.

»Jeden.«

Zusammen mit Elfi setzte er sich auf die Bank. Er zwang sich zur Ruhe, soweit das möglich war, blätterte nicht hektisch durch die Seiten auf der Suche nach dem verräterischen Portrait, sondern sah sich Blatt für Blatt an, wartete jedes Mal Elfis Kommentar ab, bevor er eine Seite umschlug. Anders als die minimalistischen Zeichnungen an den Wänden in Franks Zimmer waren diese Arbeiten in seinem letzten Heft vereinfacht naturalistische Abbilder. Eine Spinne im Netz, eine Fliege am Fenster, eine linke Hand, Dahlien, Elfi auf einem Stuhl sitzend, Frau Lorenz ein Buch lesend, verdorrtes Laub, das Portrait eines alten Mannes, »Frank«, sagte Elfi.

Orazio konnte sich lange nicht von den Augen abwenden, die ihm aus der Zeichnung entgegenblickten. Er ging zurück durch die Schicht des Schmerzes, bis er die Entschlossenheit sah und darin seinen Freund erkannte.

Er blätterte um. Miriam. Unverkennbar. Miriam heute, nicht damals. Dann wieder Blumen, ein weiteres Selbstbildnis, und noch einmal Miriam, diesmal mit Aura, strahlend ohne zu lächeln. Danach nur noch leere Blätter.

»Kennst du die Frau auf dem Bild?«, fragte er Elfi und tippte mit dem Finger auf Franks letzte Zeichnung.

»Klar, das is doch deine Frau.«

»Hast du sie mal mit Frank gesehen?«

»Nein, nur in deim Handy. Ohne Frank.«

Frau Lorenz trat hinzu. »Wir sind ihr nie begegnet.«

Während er zwei Zitronenrollen verzehrte und sich scheinbar angeregt mit den Frauen unterhielt, ersetzte er sein Bild von Miriam durch die Vorstellung von einer Frau, die nicht nur abgetrieben, sondern ihn seit Jahren betrogen hatte. Und was wusste er schon über die Art und Weise, wie sie sich vielleicht gerade jetzt in Kiel von den Strapazen ihres Ehelebens erholte?

Indessen hatte sich das Tischgespräch in eine Richtung entwickelt, die nun wieder Orazios ganze Aufmerksamkeit beanspruchte. »Ich dachte mir, Sie könnten uns vielleicht beraten, wenn wir das Anwesen verkaufen«, sagte Frau Lorenz gerade.

»Wir sollen aber hier wohnen«, widersprach Elfi trotzig.

Orazio fragte, ob Frank das gesagt habe.

»Nich gesagt, aber ich weiß das«, antwortete sie.

»Wir waren genauso überrascht von unserer Erbschaft wie Sie von Ihrer. Nur, dass Frank uns keinen Brief hinterlassen hat. Vor zwanzig Jahren, vielleicht auch noch vor zehn hätte ich mir zugetraut, etwas Sinnvolles mit dem Haus zu machen.«

»Mama will 'ne Arche bauen, aber jetz isses zu spät.«

Die Frauen erwiesen sich als Expertinnen in allem, was Vaniers Lebenswerk betraf. Sie hatten die drei Wohngemeinschaften besucht, die es in Deutschland gab, und Frau Lorenz erklärte ihm, der Unterschied zu anderen Einrichtungen bestehe darin, dass alle dort ein Zuhause hätten, die Bewohner und auch die Assistenten, wie die Mitarbeiter sich nannten. Viele Entscheidungen würden demokratisch getroffen, man rede in einfacher Sprache oder nehme Bilder zur Hilfe, auch wenn Diskussionen und Abstimmungen dadurch länger dauerten.

Im Grunde gehe es in den Gemeinschaften um gelebte Gleichberechtigung, sagte Frau Lorenz, wo doch heutzutage unablässig von der Einbindung aller in die Gesellschaft geredet und gleichzeitig ignoriert werde, dass man dafür vor allem gegenseitiges Vertrauen brauche.

Orazio wusste nicht, ob er sie richtig verstand.

»Jeder nimmt und jeder gibt, unabhängig von seinen geistigen Fähigkeiten. Erst wenn ich erlebe, dass die mir anvertrauten Menschen mich bereichern mit dem, was sie mir geben, wächst mein Vertrauen in sie als Gleiche unter Gleichen, was wiederum ihr Vertrauen in mich stärkt. Ich teile meine Kraft und meine Zeit mit anderen, die es genauso machen, auf die Art bin ich Teil der Gemeinschaft.

Sowas funktioniert nicht, wenn ich nur meinen Dienst ableiste.«

Orazio dachte an seine Lektüre der Charta, die kaum zwei Wochen zurücklag und in ihm eine Mischung aus Beifall und Abwehr hervorgerufen hatte. Ob es nicht ein wenig hochgegriffen sei, Wörter wie Hingabe ins Spiel zu bringen und von den Mitarbeitern zu erwarten, dass sie sich darin verbesserten?

Frau Lorenz lachte. Wenn sie sich recht erinnere, gehe es nicht um eine Erwartung, sondern um Ermutigung. Was er sich denn unter Hingabe vorstelle?

Spontan sagte er, für ihn bedeute Hingabe, sich einer Aufgabe oder einem Menschen ganz zu widmen, sich rückhaltlos auszuliefern.

Wieder lachte sie. Und davor müsse man sich schützen, oder? Und wenn Hingabe nichts weiter wäre, als sich fallen zu lassen, seinen im Lauf des Lebens erworbenen Rettungsring wegzuwerfen, um wieder all die Feinheiten wahrzunehmen wie in der Kindheit?

Im Zusammenhang mit sozialer Arbeit jedenfalls habe der Begriff für ihn den Beigeschmack von Ausbeutung oder Selbstausbeutung, sagte Orazio und Frau Lorenz gab zu, dass dies ein Problem sei, vor allem bei besonders engagierten Mitgliedern.

Elfi verschwand im Gebüsch, von wo man kurz darauf ein rhythmisches Quietschen hörte.

»Sie schaukelt so gern«, sagte ihre Mutter. »Auch das wird Vergangenheit sein, wenn wir verkauft haben … Die Arche in Ravensburg hat genauso eine Schaukel im Garten.«

»Und wenn Sie dorthin gingen?«

»Wir sind beide hier geboren und passen nirgendwo anders hin.«

»Sicher gibt es auch in Köln Wohngemeinschaften, wo Elfi ein selbstbestimmtes Leben führen könnte«, sagte er.

Sie nickte. »Natürlich gibt es die. Aber will eine Mutter nicht immer das für ihr Kind, was sie selbst für das Beste hält?«

»Nicht anders als ein Vater.«

Er würde sich heute weder auf den Kinofilm noch aufs Tanzen konzentrieren können. Aber jetzt nach Bonn zu fahren und den Abend allein zu verbringen, war ein schier unerträglicher Gedanke.

III

Orazio ging in der Ankunftshalle auf und ab, las Werbetafeln diverser Leihwagenanbieter, zählte die Farben, die ihm neonaufdringlich ins Auge sprangen. Grün und Gelb dominierten, danach kamen Orange und Blau, alle Hinweisschilder waren zweigeteilt, oben schwarz und unten rot. Er schaute auf die Uhr, ging zurück zu der Stelle, von der aus er die Tür im Blick hatte, durch die sie kommen würde, und lehnte sich an eine Säule. Die Nacht war kühl, seit ein paar Tagen herrschte Schauerwetter, sie würde frieren, nachdem sie wochenlang in tropischem Klima herumgelaufen war.

Die ersten Passagiere eilten mit ihren Rollkoffern durch die sich öffnende Schiebetür, gingen zügig weiter zu ihren geparkten Autos oder zum unterirdischen Bahnhof. Nur ein alter Mann blieb gleich hinter dem Ausgang stehen, wo er mit seinem Koffer den Weg für Nachkommende versperrte, und schaute sich suchend unter den wenigen Wartenden um, bis sich Erkennen in seinem Gesicht abzeichnete, als diesseits des Geländers ein Mann um die fünfzig, vielleicht sein Sohn, auf ihn zuging und ihm liebevoll über die Wange strich, den Koffer nahm und damit den Weg wieder frei machte.

Ada und ihr Team kamen als Letzte, vermutlich wegen des ganzen Gepäcks, das sie mit sich herumschleppten. »Du bist tatsächlich da«, sagte sie in sein Ohr und küsste seine Stirn. »Gleich geht's weiter«, flüsterte sie noch, bevor sie ihn mit ihren Kollegen bekannt machte. Sie war die einzige Frau unter drei Männern, von denen auch der älteste noch attraktiv aussah mit seinem wettergegerbten Gesicht, das zur Hälfte von einem braunen Vollbart verdeckt war, und buschigen Brauen, unter denen stahlblaue Augen leuchteten.

»Wie war's?«, fragte Orazio in die Runde.

»Wir haben 'ne ganze Menge gutes Material zusammengekriegt«, sagte der Hüne, der jetzt breitbeinig neben dem bärtigen Rolf stand, »daraus könnte man was machen.«

»Könnte?«

»Wenn's um was anderes ginge als die Bedürfnisse der reise- und bildungshungrigen TV-Glotzer.«

»Vorsicht!« Ada stieß scherzhaft ihre Faust in seine Rippen. »Man beißt nicht die Hand, die einen füttert.«

Orazio hatte das dringende Bedürfnis, die drei Typen sich selbst zu überlassen, sich auf dem Absatz umzudrehen und Ada hinter sich her zum Auto zu ziehen.

»Möchte jemand mit nach Bonn?« Kopfschütteln – Gott sei Dank.

»Wollen wir dann, Ada?« Er griff nach ihrem Rucksack, noch während die letzten Verabschiedungsschmatzer ausgetauscht wurden.

»Du hast es ja eilig«, sagte sie munter, als sie endlich im Aufzug standen.

Sie hatte erwartet, zu ihm nach Hause zu fahren, und er spürte den Anflug von Irritation, den seine Erklärung verursachte. Er hoffe, sie würde seine Einladung so verstehen, wie sie gemeint sei, als wohlverdienter Urlaub nach ihren zweifellos harten Arbeitswochen. Was ihn betreffe, könnten sie die ganze Zeit zusammen verbringen. Sie sagte nichts dazu, schaute ihn nur von der Seite an, während er nach Bad Godesberg fuhr, und erst, als er vor der Jugendstilvilla hielt, wandte sie den Blick von seinem Gesicht ab, dem Haus zu.

Sie hatten ein Erkerzimmer mit einem großen Bett, auf das sie sich gleich fallenließen, doch nach nur einer Minute sprang Ada hoch, sie sei seit vierundzwanzig Stunden nicht aus ihren Klamotten gekommen, jetzt bräuchte sie erst mal eine Dusche, ließ ihn allein und zog sich im Bad bei weit geöffneter Tür langsam aus. Nie zuvor hatte eine Frau für ihn einen Striptease hingelegt. Die Intensität seines Verlangens, während er ihr vom Bett aus beim Duschen zusah, kam ihm übernatürlich vor, gleichzeitig hatte er das Gefühl, dass sein Körper aus der Zeit heraus glitt, so als würde dieser wunderbare Zustand ganz ohne sein Dazutun endlos aufrecht erhalten.

Ihre Leidenschaft war ungezügelt und ziellos. Ohne jede Anstrengung ließen sie sich überschwemmen von einer unerschöpflichen Energie. Ob es noch andere gab, die so etwas erlebten? Egal, sie waren hier, wurden nicht müde, und wenn sie doch einmal schliefen, dann nur, um nach dem Erwachen zu erkennen, dass der Zustand anhielt.

Niemand sonst wusste, wo sie waren. Ihre Handys hatten sie ausgeschaltet. Zwischendurch gingen sie nach draußen, um etwas zu essen, spazierten am Rhein entlang, bis der orgasmische Kontext sie in ihr Zimmer zurückführte. Auch nach einer Woche war das Gefühl so stark wie am Anfang. Orazio verlängerte ihren Aufenthalt um zwei Tage, danach war das Hotel ausgebucht, also fügten sie sich in die Tatsache, dass es außerhalb ihres Refugiums auch für sie Arbeit gab, die erledigt werden musste.

»Ich sollte mein Handy wieder einschalten, bevor Rolf einen Suchhubschrauber über Bonn losschickt«, sagte Ada. »Es gibt jede Menge zu tun. Außerdem fällt mir just ein, dass ich ja obdachlos bin.«

»Steht dein Auto noch bei Valentin?«

»Nein, ich hab's in Köln geparkt. Geheimtipp – zentral und umsonst.«

»Ich fahr dich hin – später. Aber noch sind wir hier.« Eine sachte Berührung genügte, um das Feuer erneut anzufachen.

Beim Abhören der Mailbox erfuhr Ada durch ihren jüngsten Bruder vom Schlaganfall ihrer Mutter. Sie suchte ihre Sachen zusammen, begann mechanisch zu packen und nach wenigen Minuten stand der fleckige verstaubte Rucksack verschnürt neben der Tür. Dann setzte sie sich auf den Boden und schlug rhythmisch mit den Handflächen gegen ihre angewinkelten Beine. »Ich hatte ihr versprochen, dass wir uns gleich nach den Dreharbeiten treffen würden. Das wär letzte Woche gewesen. Hab's total vergessen.«

»Vielleicht hat sie ja auch nicht mehr dran gedacht.«

»Doch. Sie hat dreimal versucht, mich zu erreichen.«

»Hat sie dir eine Nachricht hinterlassen?«

Sie schüttelte den Kopf. »Fährst du mich zum Krankenhaus?«

Auf dem Weg nach Solingen erzählte sie ihm, dass sie ihre Mutter stets im Café traf, um ihrem Vater nicht zu begegnen. Möglicherweise wusste er nichts von diesen Verabredungen, andererseits könne sie sich kaum vorstellen, dass ihre Mutter ihm etwas verschwieg, schon aus Angst vor seiner Wut, falls es irgendwann mal rauskam, denn in den Augen des Vaters war Verheimlichen gleichzusetzen mit Lügen. Ob sie ihm aber jedes Mal von ihren Treffen erzählt hatte und ihm danach Rede und Antwort stand, wusste sie nicht. Sie habe nie danach gefragt, schon um die gemeinsame Zeit nicht zu vergiften.

Orazio fragte, worüber sie denn für gewöhnlich mit ihrer Mutter sprach.

Über ihre Arbeit in anderen Ländern, über Valentin, ihre Brüder, über früher, den Großvater – nie über den Vater. Es sei für sie beide angenehmer, in den zwei oder drei Stunden ihres Zusammenseins so zu tun, als existiere er nicht.

Vor dem Krankenzimmer flüsterte er ihr zu, dass er im Flur auf sie warten werde, aber nach ein paar Minuten kam sie, um ihn zu holen, offenbar sei es weniger schlimm, als sie befürchtet hatte.

Frau Remer saß aufrecht im Bett. Orazio schätzte sie auf Anfang sechzig. Ihr braunes Haar war nach hinten gekämmt und mitten über der Stirn von einer schmalen grauen Strähne durchzogen. Unter den feinen zur Nasenwurzel hochgezogenen Brauen wirkten ihre großen Augen wie dunkle Zeugnisse vergeblich gestellter Fragen. In Nase, Mund und Gesichtsschnitt ähnelten sich Mutter und Tochter, aber viel auffälliger war der unterschiedliche Augenausdruck.

»Mutti, ich habe jemanden mitgebracht, den ich dir vorstellen möchte«, sagte Ada. »Das ist mein Freund Orazio.«

Frau Remer lächelte ihm freundlich zu. »Bitte … nehmen

Sie … doch Platz.« Das Sprechen fiel ihr schwer. Ada stellte wenige sachliche Fragen zum Geschehen, bevor sie auf die Bitte ihrer Mutter einging und mit sanfter Stimme von Myanmar zu erzählen begann, wobei sie sich vorbeugte und deren linke Hand mit ihrer rechten unablässig streichelte, während sie von Plastikwaren aus China sprach, die nun auch dieses Land überfluteten, und von Handwerkstraditionen, die deshalb ausstarben. Von vermüllten Städten und Landschaften, vom Bauboom in den neuerschlossenen Touristengebieten, dem vorhersehbaren Ende des Zaubers einer Reise in die Vergangenheit. Orazio fragte sich, weshalb Ada nicht lieber von den exotischen Schönheiten des Landes und der Freundlichkeit seiner Menschen sprach und warum ihre persönlichen Erlebnisse und Begegnungen in ihrem Bericht praktisch nicht vorkamen, doch Frau Remer hörte ihr aufmerksam zu, lächelte zufrieden. Schließlich wandte sie sich Orazio zu: »Und Sie sind also … Valentin, ich habe … Sie mir … blond vorgestellt.«

Ehe er antworten konnte, hörte er Schritte hinter sich. Er wandte sich um und sah einen hochgewachsenen Mann, der ihn kurz fixierte, bevor er zu Ada sagte: »So bekommt man dich also auch noch mal zu Gesicht. Da muss zuerst ein Gehirnschlag her.« Ada starrte den Mann an, dessen Blick nicht weniger intensiv war als der ihre. Die beiden taxierten sich wie Tiere vor dem Kampf. Dann sagte sie: »Wenn *du* hier lägst anstatt Mutti, hätte ich uns das Wiedersehen erspart.«

Die Lippen des Mannes verhärteten sich zu einem dünnen Strich. »Du wagst es, im Krankenzimmer deiner Mutter so zu reden?«

Ada sah ihm unverwandt in die Augen und nickte, während ihres Vaters Hals und Gesicht sich mit rötlichen

Flecken überzogen.

»Verschwinde hier«, sagte er, »aber dalli, bevor ich nachhelfe.«

Ada wandte sich wieder ihrer Mutter zu: »Wirf ihn raus, Mutti, bitte, nur ein einziges Mal.«

Wie ein kleines scharfes Messer durchschnitt des Vaters Stimme die Luft: »Lass *sie* gefälligst aus dem Spiel! Dir ist wohl klar, was du hier treibst! Deine Mutter braucht absolute Ruhe. Oder willst du sie auf dem Gewissen haben?«

Ada schaute verzweifelt ins Gesicht ihrer Mutter und ließ dann ihren Kopf aufs Bett sinken.

Frau Remer beugte sich vor, versuchte mit ihrer schlaffen Hand Adas Gesicht zu erreichen. »Ihr wart ja … hier … es ist gut … Ich komm schon wieder … auf den Damm.«

Noch auf dem Parkplatz fühlte sich Orazio benommen. Ada, die auf dem Beifahrersitz Platz genommen hatte, machte keine Anstalten sich anzuschnallen. Ihren Kopf hatte sie an die Fensterscheibe gelehnt, die Augen geschlossen. Sie habe sich idiotisch benommen, sich provozieren lassen, anstatt ihren Ekel zu verbergen wie ihre Brüder.

Nach dem abrupten Ende ihres Krankenbesuchs hatte sie immerhin noch kurz mit dem behandelnden Arzt ihrer Mutter sprechen können, der meinte, bei guter Mitarbeit werde sie sich schnell erholen. Auf der Fahrt nach Köln überlegte Ada laut, wie sie ihre Mutter aus den Klauen des Vaters befreien könne, verwarf anschließend jedoch ihren Plan, und als Orazio den Citroën am Straßenrand erkannte, war ihm klar, dass ihr zehntägiger Zustand vollkommenen Glücks in einer anderen Dimension stattgefunden hatte. Und dann sah er plötzlich Ada im Seidenkleid vor sich, wie sie betörend schön und berauscht von ihrem Triumph in der Nische auftauchte und ihn mit einem einzigen Blick den Flammen auslieferte. *Ganz oder gar nicht*, hieß der Satz, der ihm damals durch den Kopf gegangen war. Ja, er wollte sie ganz, jetzt erst recht.

Indessen wollte sich Ada auf gar keinen Fall »schon jetzt« auf ein nächstes Treffen mit ihm festlegen. »Wir sehen uns bald«, sagte sie, nachdem sie ihr Gepäck verstaut hatte, stieg ins Auto und ließ den Motor an.

Noch einen Moment verharrte Orazio in der blauen Stunde, dann machte er sich auf den Weg nach Hause. Die einsetzende Nacht tilgte nach und nach die Farben des Tages. Als er schließlich in seine Straße einbog, war alles grau, und kurz bevor er den Wagen in die Einfahrt lenkte, sah er, dass im Haus Licht brannte.

Achtzehn

I

Er konnte ihn nicht definieren, diesen vertrauten Geruch, und es war nicht mehr als ein Hauch, der sich im Haus verteilte. Bestimmt setzte er sich aus vielen Elementen zusammen, wie ein Parfum. Seine Abwesenheit hatte er nicht bemerkt, doch nun roch er es in der Luft. Ihm war danach, laut zu rufen, aber er wollte die Kinder nicht wecken, die sicher schon in ihren Betten lagen.

Aus dem Wohnzimmer drang leise Soulmusik. Miriam und Soul? Er war versucht anzuklopfen, ließ es jedoch und öffnete stattdessen vorsichtig die Tür.

Miriam saß im Sessel am Fenster. Sie hatte die Beine hochgelegt und ein Buch in der Hand. Sie sah entspannt aus, geradezu erholt. Ihm fiel nichts ein, was er sagen könnte, und er hoffte, sie würde zuerst sprechen. Doch vielleicht war sie ja genauso ratlos wie er, und da sie einfach ruhig dasaß, ging er auf sie zu und küsste ihre Wange, was sie nicht davon abhielt, weiter in ihre Lektüre zu schauen. Schließlich sagte er: »Du siehst gut aus. Wie geht es dir?«

Sie hob den Kopf. »Besser, viel besser.«

»Seit wann seid ihr wieder hier?«

»Seit Sonntagabend.«

Schon vier Tage also. Er erkundigte sich nach den Kindern.

Die beiden seien ins Haus gestürmt, um ihn zu begrüßen. Carla sei in Tränen ausgebrochen, als sie ihn nirgends fand, und Elena habe den ganzen Abend kaum ein Wort geredet.

Er ging in die Küche.

Sie hatte eingekauft, der Kühlschrank war gut gefüllt. Er

fischte ein paar Gurken aus dem Glas, nahm ein Stück von der Salami und eine dicke Scheibe Brot. Bier war keins da. Er aß im Stehen.

Nach einer Zeit erschien Miriam im Türrahmen und verlangte, Franks Briefe zu lesen. Orazio war nicht überrascht. »Ich müsste zuerst Gregors und Valentins Erlaubnis haben.«

Sie atmete hörbar aus. »Ich weiß sowieso in etwa, was drin steht.«

»Von wem?«

»Valentin.«

»Wann habt ihr telefoniert?«

»Er war in Kiel. Sein Gewissen hat ihm keine Ruhe gelassen.«

Der Sorgsame. Aber warum eigentlich nicht? Ein Geständnis weniger, mit dem sie sich quälen müssten. Oder zwei, bestimmt hatte er sich auch über ihn und Ada ausgelassen. Er fragte, weshalb sie all die Jahre über ihre Abtreibung geschwiegen hatte.

»Das war vor unserer Zeit.«

»Deswegen geht es mich nichts an?«

»So ist es – genau genommen.«

Er drückte sich an ihr vorbei aus der Tür und ging in sein Arbeitszimmer. Als er zurückkam, lehnte Miriam immer noch im Türrahmen. Er hielt ihr die Briefe entgegen.

Sie kehrte damit zum Sessel am Fenster zurück.

Er folgte ihr ins Wohnzimmer und setzte sich auf die Couch, von wo aus er sie beim Lesen beobachtete. Sie verzog keine Miene. Erst als sie das vierte Blatt sinken ließ, schüttelte sie den Kopf. »Die stammen nicht von Frank.«

Orazio war zu perplex, um gleich zu reagieren. Stimmte Miriam jetzt etwa auch Gregors altes Lied an? Dabei hatte spätestens der dritte Brief sie alle überzeugt, dass niemand anderer als Frank ihn geschrieben haben könnte. »Wie kommst du darauf?«

»Frank wusste nichts von der Abtreibung.«

»Seine Mutter wird es ihm hinterbracht haben.«

Wieder schüttelte sie den Kopf, heftiger jetzt, sodass ihre Haare sich im Schwung bewegten.

»Kanntest du sie so gut, dass du dir da sicher sein kannst?«

»Sie kam mir pflichtbewusst vor – und auch diskret.«

»Was sie offenbar nicht war.«

»Er hätte mich darauf angesprochen.«

»Auch wenn das den Eidbruch seiner Mutter bewiesen hätte?«

Miriam zögerte. »Ich denke schon«, sagte sie dann.

Orazio fragte, ob es noch etwas anderes gebe, das sie an der Echtheit der Briefe zweifeln ließ.

»Der ganze Ton – das ist doch nicht Frank!« Miriam griff nach einem der Briefe und las laut: »In meinem Geist, der sich daran macht, die Realität zu überflügeln – *wie poetisch* –, sehe ich euch in einer Kneipe, jeder mit einem Bier in der Hand, sinnieren, warum ich euch nicht zu mir nach Hause eingeladen habe, um dort miteinander zu plaudern, in Ruhe das Testament zu besprechen, gemeinsam zurückzuschauen und am Ende eine klare Vorstellung davon zu haben, was ich mir wünsche und was ihr erfüllen könntet … Sinnieren? Plaudern? Solche Wörter hat Frank nie gebraucht.«

»Du musst es ja wissen.« Er biss sich auf die Lippe. Zu spät.

Erstaunen blitzte auf in ihren Augen und verwandelte sich in etwas, das er an ihr nicht kannte. »Wer auch immer diese Briefe geschrieben hat, scheint erreicht zu haben, was er wollte.« Sie schickte sich an, das Zimmer zu verlassen. »Gib mir eine Viertelstunde.«

Er schaltete das Nachrichtenprogramm im Fernsehen ein. Irgendwann hörte er im Hintergrund das Schnarren des Druckers. Sie kam mit einem Blatt Papier zurück, setzte sich, stand jedoch sofort wieder auf und rückte den Sessel näher zur Couch, sodass sie sich gegenübersitzen würden. Das Blatt legte sie auf den Couchtisch, der zwischen ihnen stand. »Was weißt du über Frank und mich?«

Er räusperte sich. »Ich kenne Franks letztes Skizzenheft.«

»Dann weißt du ja, dass wir in Kontakt standen. Franks angebliche Briefe an euch sollen im Oktober entstanden sein, richtig?«

Er nickte.

»Hier. Das sind fünf Mails, die er mir im Oktober geschrieben hat. Lies selbst.« Sie schob ihm das Blatt mit fünf kurzen Botschaften zu, jede einzelne gewissenhaft mit Eingangsdatum versehen.

Riam, bin gut drauf, am offenen Fenster bei Sonne, mit der Luftnot geht es einigermaßen, unser Gespräch von gestern in der Endlosschleife. Es gibt kein Ende. 2.10.

Scheiße, Riam, einmal Durchzug und schon wieder Lungenentzündung, würde gern noch mal … Ach, was soll's. 9.10.

Alles okay bei dir? Erzähl, erzähl! 17.10.

Verärgert stieß er das Blatt von sich. »Alles klar. Und was hast du ihm alles über mich erzählt?« Miriam schwieg mit unbeteiligtem Gesichtsausdruck.

Er hob das Papier vom Boden auf.

Riam, wann kommst du? Will dich zeichnen. 25.10.

Darunter das letzte.

Was ich meinen Kindern beibringen würde, fragst du. Nach kleinen Dingen würde ich mit ihnen suchen. 28.10.

»Das hast du selbst geschrieben, gerade eben mal schnell auf eine Seite«, hörte er sich sagen.

»Das traust du mir zu? Dann komm mal mit!« Sie zeigte ihm die betreffenden Nachrichten im Archiv ihres E-Mail-Accounts.

Orazio sah, dass sie und Frank sich fast täglich geschrieben hatten, und seine Wut wich einem Gefühl der Trostlosigkeit. Es dauerte, bis er ihr ins Gesicht schauen konnte. »Warum würde er mit seinen Kindern nach kleinen Dingen suchen?«

»Damit sie darin was Besonderes finden, nehme ich an.«

»Ach so – Riam hat er dich also genannt. Das hat er früher nicht getan … Zeigst du mir auch die anderen Mails vom Oktober?«

»Nein. Darum geht's auch nicht, sondern darum, ob derselbe Mensch zur gleichen Zeit sowas an euch geschrieben hätte.« Sie tippte mit dem Zeigefinger auf die Briefe.

Sie denke wohl, Frank hätte ihr vom Vermächtnis erzählt.

Sie überlegte. Im März, als Orazio mit der Neuigkeit nach Hause kam, habe sie zunächst an das Vermächtnis geglaubt, aber es sei ihr von Anfang an komisch vorgekommen. Heute sei sie überzeugt, Frank hätte seine Idee mit ihr diskutiert, warum auch nicht?

Wie souverän sie plötzlich war. Wahrscheinlich hatte sie Recht. Dennoch gab er nicht nach. »Und wenn er dich da raushalten wollte?«

»Wie denn? Überleg doch mal! Einerseits hält er mich raus und andererseits lädt er mich mit nach Nizza ein.« Hitzig blätterte sie die Briefe durch und zitierte: »... es war die Schnur, die uns verband: Unsere Zuversicht, dass Grenzen überwindbar seien.« Sie warf das Blatt zurück auf den Tisch. »Haben wir je mit Frank von irgendwelchen Grenzen geredet, die wir überwinden wollten? Jeder von uns hatte seine eigenen Grenzen, sonst war da nichts. Oder hab ich was vergessen?« Sie ließ ihm keine Zeit für eine Entgegnung. »Oder das hier«, sagte sie, »Orazio, auch über dich schwirrt mir eine Geschichte im Kopf herum. Es geht um dieselbe Frau wie bei Valentin ...« Sie hielt den Brief in der Rechten und schlug mit dem linken Handrücken darauf. »Das hieße, du wüsstest etwas über mich, das ich nicht weiß, und Frank hätte davon erfahren – falls er die Briefe geschrieben hätte.« Sie zog die Brauen hoch.

»Keine Ahnung, wirklich nicht, darüber grüble ich auch vergebens nach.«

»Vielleicht hattest du ja auch schon was mit anderen Frauen, als wir anfangs zusammen waren.«

Im gleichen Maß, wie ihre Selbstsicherheit wuchs, schrumpfte seine. »Bestimmt nicht, nein, ich glaube nicht.« Wer war denn damals? Astrid ... Tanja ... Plötzlich erschien es ihm möglich, dass Überlappungen stattgefunden hatten, manchmal war ein harter Schnitt eben zu hart. Allerdings hätte Frank nichts davon erfahren, denn zu der Zeit hatte er sich schon aus dem Freundeskreis zurückgezogen ... Es war zum Verrücktwerden.

Unterdessen wurde Miriam nicht müde, ihm stilistische Belege dafür zu liefern, dass die Briefe gefälscht seien, doch auf die Frage, welchen Sinn es machen könnte, sich für Frank auszugeben, musste auch sie passen. Endlich sah Orazio die Gelegenheit, sie nach ihrer Beziehung zu Frank zu fragen. Unwillkürlich nahm seine Stimme den gewohnten sanften Tonfall an. »Und seit wann hattest du wieder Kontakt zu Frank?« Den Zusatz »Liebes« konnte er noch hinunterschlucken.

»Eines Tages rief er im Lehrerzimmer an, das war kurz vor meiner Schwangerschaft mit Elena ... Er hatte lange im Ausland gelebt«, setzte sie hinzu.

Schwangerschaft, dachte er. Mit einem Mal sah er sich mit der Möglichkeit konfrontiert, nicht der leibliche Vater seiner Kinder zu sein.

Sie erkannte seine Gedanken. »Es war eine andere Art von Liebe.«

»Eine andere Art von Liebe. Und was bitte soll ich mir darunter vorstellen?« Er bemerkte seine Heftigkeit, doch sie lächelte gedankenverloren.

»Man ist überall davon umgeben. Sie hört nicht auf, nicht mal für einen Moment.«

»Während *wir* miteinander geschlafen haben, hast du *ihn* geliebt?«

»Ja. Aber ich hab mir nicht gewünscht, dass er an deiner Stelle wäre.«

Orazio fühlte sich allein gelassen. Jetzt in diesem Augenblick, weil er nicht verstand, und auch rückwirkend, weil er jahrelang nicht geahnt hatte, was in seiner Frau vorging. Er hatte genug gehört, aber anscheinend beabsichtigte Miriam nicht, ihn zu schonen.

»Ich hatte kein schlechtes Gewissen, ich musste mich nicht rechtfertigen«, sagte sie.

Wie praktisch, dachte er.

»Wir haben einander oft wochenlang nicht gesehen, aber das machte nichts. Ich hab innerlich mit ihm geredet. Dabei haben mich seine Augen immer angeschaut.«

»Es muss doch was Konkretes gegeben haben, das er für dich getan hat.«

»Oft hat er mir Dinge gezeigt oder erklärt, von denen ich manches im Kunstunterricht verwerten konnte. Man konnte viel von ihm lernen.«

»Aber das war nicht alles.«

»Wonach suchst du eigentlich, Orazio? Nach einer Erklärung für Liebe? Ich kann dir nur sagen, dass Frank und mir zugeflogen ist, was du und ich nicht haben konnten, egal, wie sehr wir uns angestrengt hätten.«

»Weil wir uns nicht ähnlich genug sind?«

»Möglich.«

»Weißt du, was ich mich frage? Warum du *mich* und nicht *Frank* geheiratet hast.«

»Wahrscheinlich war es so eine Art Instinkt. Du schienst der Lebenstüchtigere von euch beiden.«

»Das war alles?«

»Natürlich nicht.« Sie lachte auf. »Willst du, dass ich dir jetzt all deine Vorzüge aufliste? Ich war verliebt in dich, das musst du doch gemerkt haben. Und später war da auch was Tieferes.«

»Aber nicht die Liebe, die du für Frank empfunden hast.«

»Ich war beruhigt, wenn du im Haus warst, du hast mich entlastet, wenn du dich um die Kinder gekümmert hast. Du hast viel für mich getan … Aber wenn ich mich im Dunkeln verirrt hatte, konntest du mir kein Licht bringen.«

»Und Frank hat es gekonnt?«

»Es war nicht, was er gesagt hat oder getan. Es war das Gefühl, das uns immer begleitet hat, auch, wenn wir nicht zusammen waren. ... Es hat für uns beide das Leiden vermindert, das wir mit uns herumgetragen haben.«

Und dann war er krank geworden. Orazio begann zu verstehen.

Miriam drehte sich zur Seite, sprach zum Fenster. »Seine Zuversicht war unerschütterlich.«

»Er hat geglaubt, geheilt zu werden?«

»Nicht lange, nein, es war der Tod selbst, der ihm Zuversicht gab. Weißt du noch, er war doch immer auf der Suche nach ...«

»Nach Einfachheit?« Orazio beugte sich vor.

Sie überlegte. »Einfachheit ... Er mochte einfache Worte, einfache Formen, alles, was sich gegen Verschleierung zur Wehr setzte. Aber danach musste er nicht suchen.«

»Was war's denn nun, das er gesucht hat?«

Sie fasste sich ins Haar, drehte eine Strähne um ihren Zeigefinger, bis sie sagte: »Er hat einen Weg gesucht, sich nicht mehr fremd fühlen zu müssen.«

Jetzt fiel ihm wieder ein, wie ungelenk sich Frank zuweilen bewegt hatte, wie auf unbekanntem Terrain.

»Hat er an Gott geglaubt?«

»Er hat sich viel mit Religion und Mystik beschäftigt, aber im Endeffekt hat er sich keiner Lehre anvertraut. Ein paar Wochen vor seinem Tod hat er mich überrascht, als er meinte, dann sei nicht alles vorbei, und er freue sich schon auf die Stille. Ist aber auch möglich, dass er mich nur trösten wollte.«

Orazio ging in die Küche, um Tee zu machen und das,

was er soeben erfahren hatte, zu erfassen. Die Gläser klirrten leise auf ihren Untertellern, als er sie auf dem niedrigen Tisch abstellte. Er goss ein und wünschte, er hätte ein kaltes Bier.

»Nur eins noch«, sagte er. »Wie war es für dich, das alles vor mir und den Kindern zu verbergen?«

»Wir haben keine Alternative gesehen.«

»Habt ihr nie daran gedacht zusammenzuziehen?«

»Gedacht schon, aber was wir hatten, wollten wir nicht dem Alltag opfern.«

Orazio war perplex über die Kühnheit seiner Frau, die sich noch vor wenigen Wochen wie ein krankes verängstigtes Tier vor allem und jedem weggeduckt hatte. Er brachte die Rede auf ihre Studentenzeit und erkundigte sich, ob Frank oft mit ihr über damals gesprochen habe.

»Ich denke, er hat sich einfach nicht mehr für euch interessiert, und wie gesagt: Die Briefe da sind nicht von ihm.«

II

Bisher hatte Miriam mit keinem Wort Ada erwähnt, was Verschiedenes bedeuten konnte: Entweder hatte Valentin taktvoll geschwiegen und ihr Bild von der Frau, mit der er sie betrog, war immer noch so nebulös wie am Abend seiner Modenschau als Gigolo. Oder – was wahrscheinlicher war – Valentin hatte ihr sein Herz ausgeschüttet, aber sie wollte Orazio keine Gelegenheit geben, seine Beziehung mit Ada durch ihre eigene Liebesgeschichte zu rechtfertigen. Vielleicht aber – und auch das hielt er mittlerweile für möglich – war sie ihm gegenüber inzwischen so abgekühlt, dass ihr egal war, mit wem er ins Bett ging. Denkbar war schließlich auch, dass sie nun auf sein Geständnis wartete, nachdem sie ihre Gefühle für Frank so bereitwillig offengelegt hatte.

Etwas anderes, das ihn beschäftigte, war ihre Aussage, dass sie sich auf ihren Ausflug nach Nizza freue. Als hätte sie sich in Kiel neu entworfen.

Der Gedanke an eine Trennung ließ sich nicht länger verdrängen, selbst im Angesicht der Kinder. Er verbrachte jeden Tag viele Stunden mit ihnen, und allmählich rückten sie wieder näher an ihn heran. Außer den Mädchen gab es nichts und niemanden, der seine Existenzberechtigung bestätigte. Weil es euch beide gibt, darf ich auch sein. Von Ada kam ab und zu eine SMS aus Köln. Vorläufig hatte sie bei Rolf unterschlüpfen können, was Orazios brennendes Verlangen nach ihr eher noch anheizte. Nur Elena und Carla standen in unschuldiger Konkurrenz zu seiner Lust.

An einem dieser Tage, sie waren vormittags im Tierpark gewesen, spielten sie nach dem Mittagessen noch ein paar Runden Lotti Karotti. Natürlich war es *sein* Hase, der ins Loch auf dem grünen Hügel fiel. Nun musste er den gesamten Weg noch mal zurücklegen. »Der Weg ist das Ziel«, krähte Carla hämisch. Miriam kam aus der Küche und erklärte, den Spruch habe sie vom Opa, so wie allerhand andere paradoxe Wahrheiten, auf die er gefasst sein müsse.

Am späten Nachmittag war Orazio mit Valentin und Gregor im Café Feynsinn verabredet, um die Reise nach Nizza zu besprechen.

III

Sie hatten vor der Tür aufeinander gewartet und gingen gemeinsam hinein. In der Nische setzten sie sich in der gewohnten Konstellation an den Tisch und schauten einander ernst an. »Die unheilige Dreifaltigkeit«, sagte Valentin und verstummte gleich wieder.

»Und?«, fragte ihn Gregor, »kommt Ada nun mit nach Nizza?«

»Nee«, sagte Valentin.

Orazio fragte ihn, ob er Miriam von seinem Verhältnis mit Ada erzählt hatte.

»Hab ich getan. Was dagegen?«

»Nein, gar nicht.« Dann berichtete er von Miriams Heimkehr und ihrer Behauptung, sämtliche Briefe von Frank seien gefälscht.

»Meine Rede!«, rief Gregor. »Und wie kommt sie darauf?«

Orazio blieb nichts anderes übrig, als von ihrer Verbindung mit Frank zu erzählen.

»Und du hast die ganze Zeit nichts bemerkt?«, fragte Valentin ungläubig.

»Ich begreif's selbst nicht.«

»Nimmst du ihr ab, dass die beiden nicht …«, fragte Gregor und deutete eine Geste an, stockte, ließ die Arme sinken, »… du weißt schon.«

»Denke schon.«

»Ich auch«, mischte sich Valentin ein. »Miriam hatte schon immer sowas Vergeistigtes …«

»Also doch Veith. Der Typ hat uns nach Strich und Faden verarscht.« Gregors Hand knallte auf die Tischplatte. »Scheiße noch mal! Ihr wisst ja, was es bedeutet, wenn die

Briefe nicht von Frank sind, dann gibt es nämlich höchstwahrscheinlich kein Vermächtnis und kein Erbe.«

»Eine erstaunliche Frau.« Valentin setzte unbeirrt seinen Gedankengang fort. »Sie hätte aber mit dir darüber sprechen müssen.«

»Hallo? Hört mir jemand zu?« Gregor schaute vom einen zum anderen.

»Du siehst es also auch so, dass sie mich betrogen hat, Tintin«, sagte Orazio.

»Klar«, sagte Valentin, »der eigentliche Verrat war doch, dass sie's dir nicht erzählt hat. Wenn ich mir vorstelle, was sie in den sieben Jahren alles mit Frank erlebt hat – eine außergewöhnliche Liebe, ich meine, wer hat das schon? Dann die schiere Panik, als er krank wurde, …«

»Sie hatte ein Doppelleben«, sagte Orazio, »zu Hause ist sie doch ganz in den Kindern aufgegangen. Wahrscheinlich war das eine vom anderen total abgekoppelt.«

»Das kommt dir jetzt so vor«, sagte Gregor, »aber in Wirklichkeit kann man gar nichts voneinander trennen.« Er grinste verlegen. »Hab ich kürzlich kapiert.« Mit den Händen holte er weit aus und ließ sie dann hilflos auf den Tisch sinken, als lasse sich keine Bewegung finden, für das, was er zeigen wollte. »Alles und jedes, was dir passiert, vom ersten bis zum letzten Tag deines beschissenen Lebens, wird zum Teil der Suppe, die du dir selbst jeden Tag wieder vorsetzt.«

Valentin sagte: »Wenn das so ist, solltest du wenigstens dafür sorgen, dass Markos Suppe nicht so bitter wird wie deine.«

Nachdem etliche Varianten, Motive und Auswirkungen der anscheinend gefälschten Briefe diskutiert und alle praktischen Belange der bevorstehenden Reise besprochen waren, kam Orazio noch einmal auf seine Verwunderung über die Klarheit zurück, die Miriam plötzlich ausstrahlte. Dass sie sofort und ohne Einwände zugesagt hatte, mit nach Nizza zu kommen.

»Ist doch logisch, dass sie mitwill«, sagte Valentin. »Wenn sich rausstellt, dass die Briefe nicht echt sind, ist Frank Unrecht geschehen, und das will sie aufdecken.«

Neunzehn

I

Orazio versuchte an Carla und Elena vorbei einen Blick auf die Bergwelt unter ihnen zu werfen, doch aus seiner Position sah er nur ein Stück blauen Himmel. Elena, die auf dem Hinflug das Privileg des Fensterplatzes genoss, zeigte sich jedoch generös und tauschte den Sitzplatz mit ihrem Vater.

Orazio legte seine Stirn gegen die Scheibe. Sie hatten die gewaltigen Gipfel des Alpenhauptkamms hinter sich gelassen und überflogen gerade die Seealpen mit ihren grauen Felshängen und der kargen bräunlich grünen Pflanzendecke. Zwischendurch kleine Ansammlungen von Häusern, von denen etliche wahrscheinlich nur noch aus Mauerresten bestanden, was aus der Höhe nicht auszumachen war. In wenigen Minuten, wenn sie in Küstennähe kämen, würde sich das Bild schlagartig ändern.

Am Tag nach seinem Gespräch mit Gregor und Valentin im Café Feynsinn hatte er den Mut aufgebracht, Miriam von Ada zu erzählen – ehrlich, gelassen, furchtlos. Zugegeben, Miriam war zuerst die Mutige gewesen mit ihrem reuelosen Geständnis, er hatte es ihr nur nachgemacht. Mittlerweile wusste er, dass sie in Kiel fast täglich mit einer entfernten Verwandten gesprochen hatte, Psychologin im Ruhestand, die ihr, wie sie sich ausdrückte, den Weg zurück ins Leben gezeigt hatte.

Nun kamen Ansammlungen pastellfarbener Gebäude in Sicht, eingeflochten in die letzten beiden Hügelketten vor dem Meer.

Die vorletzte Nacht hatte er mit Ada verbracht, ausgelassen beim Abendessen, gierig bis in die Morgenstunden und bedrückt beim Frühstück.

Die Maschine setzte zu einem weiten Bogen über das Wasser an, sie näherte sich von Süden der schmalen Landzunge, auf der sich der Flughafen erstreckte. Elena wollte ihren Fensterplatz zurück und protestierte heftig, als Miriam sich aus der Reihe hinter ihnen einmischte und erklärte, im Landeanflug dürfe man nicht mehr aufstehen. Orazio, der seinen Gurt schon gelöst hatte, schnallte sich wieder an.

Als sie die Maschine verließen, wehte ihnen eine hochsommerliche Brise ins Gesicht. Orazio beobachtete, wie Gregor sich zu Marko hinunterbeugte, in den Lärm eines startenden Flugzeugs hineinsprach und ihm über den Kopf strich, woraufhin Marko sich zu den Mädchen gesellte, Elenas rechte und Carlas linke Hand ergriff und sie zum Shuttlebus führte.

Im Großraumtaxi saßen die Kinder nebeneinander gleich hinter dem Fahrer. Sie spielten »Tiere raten«. Ihre hellen Stimmen schallten durch den Wagen, während in den beiden hinteren Sitzreihen Stille herrschte, als sie über die Autobahn in Richtung Osten fuhren. Orazio erinnerte sich, dass sie eine Mautstelle passieren und drei Tunnel durchqueren würden, bevor sie die Ausfahrt Nummer vierundfünfzig nähmen, um die letzten Kilometer an einer Hochhaussiedlung vorbei in den Vorort zurückzulegen, der auf einem der Hügel oberhalb der Stadt lag. Die Straße schlängelte sich an Mauern und Hecken entlang, sie fuhren an Einfahrten mit schmiedeeisernen Toren vorbei und hielten schließlich vor einem reich verzierten Exemplar von gut drei Meter Höhe. Orazio stieg aus. Fünf, acht, eins, sieben,

C – richtig, die beiden Torflügel öffneten sich quietschend. Aus einem Nebengebäude, das ursprünglich Lager und Werkstatt gewesen sein mochte, kam eilig ein Mann von etwa sechzig Jahren auf sie zu, offenbar der Verwalter. Gregor sprang aus dem Wagen und die beiden begrüßten sich wie gute Bekannte. Orazio spürte einen stechenden Kopfschmerz, der wohl von seinem Durst herrührte. Er schwitzte stark, sehnte sich nach einem Glas Wasser, einer Dusche und der Möglichkeit, sich auszustrecken.

Der Rand des Springbrunnens war von Tauben bevölkert, die schnell noch ein paarmal ihre Schnäbel ins Wasser tauchten, bevor alle gleichzeitig aufflogen, als sich die Gruppe mit ihrem Gepäck näherte. Um den Brunnen gruppierten sich Broderiebeete mit Oleander, Iris und anderen Liliengewächsen neben Lavendel, Rosmarin, Salbei und Lorbeer. Dominiert war das Ganze von hohen in Kegelform geschnittenen Hecken. Wilder Wein rankte über eine Pergola und beschattete die Terrasse, in deren Mitte ein Tisch mit zehn Stühlen stand. Daneben führte eine Treppe hinunter in den Obstgarten mit Feigen- und Zitrusbäumen. Orazio erinnerte sich, dass das Schwimmbecken auf der anderen Seite des Hauses lag. Das einstöckige Gebäude wirkte kleiner, als es war, weil man von außen nicht die Tiefe erwartete, die es besaß. Die Front war dicht mit Jasmin zugewachsen, die Fensterläden geschlossen. Als der Verwalter sie öffnete, kam hinter den mittleren Läden die Tür zum Vorschein. Er übergab Gregor den dazugehörigen Schlüssel, verabschiedete sich von der Gruppe und stapfte davon. Gregor stocherte eine Weile im Schloss herum, bis es klickte, und drückte die Klinke nieder. Die Kinder, die hinter ihm gestanden hatten, schoben sich an ihm vorbei als Erste ins Haus.

Die Einrichtung war wahrscheinlich dieselbe wie damals, obwohl er sich nicht an die schwarz lackierten Möbel im Salon und das Frauenporträt neben dem Eingang entsann. Als endlich die Zimmer aufgeteilt und die Mädchen im Nebenraum erschöpft von der Aufregung der Reise eingeschlafen waren, ließ sich Orazio ebenfalls müde auf sein Bett fallen. Miriam, die aufrecht auf dem anderen Bett saß, schaute nach draußen. Trotz der Hitze hatte sie darauf bestanden, die Läden des hohen Sprossenfensters zu öffnen, das auf den hinteren Garten hinausging.

»Willst du dich nicht auch ein bisschen hinlegen?«

Sie reagierte nicht. Orazio trat ans Fenster und betrachtete das spiralförmige Blumenbeet in der Mitte des Gartens. Früher war hier der Pool gewesen. Er schloss die Läden, setzte sich neben Miriam aufs Bett und legte den Arm um ihre Schultern.

Er wachte auf, als die Türglocke ging. Er war allein im Zimmer. Von draußen hörte er Vicky, die sich mit einem Mann auf Französisch unterhielt. Zwischen Haustür und Küche entwickelte sich ein lautstarker Verkehr: Schritte und Kommandos, Klirren und Poltern, Rufen und Lachen, von draußen das Zuschlagen einer Autotür, kurz darauf Vickys Stimme aus der Küche, die offenbar gemeinsam mit dem Cateringteam nach allerlei Utensilien suchte.

Geduscht und für den Abend umgezogen, begegnete er in der Küche Jacques und Michelle vom Traiteur Duchamps, die, ohne ihre Arbeit zu unterbrechen, ihren Eindrücken von Haus, Garten und Ausblick lebhaft Ausdruck verliehen. Eine traumhafte Lage, und in dieser Gegend sei die Lage alles, … einmalig, ein Juwel, wer denn der glückliche Besitzer dieser Rarität sei?

Das wüsste er auch gern, gab Orazio zur Antwort und ging hinaus in den Garten, vorbei an der festlich gedeckten Tafel, die Treppe hinunter zum hinteren Ende, wo er Miriam mit den Mädchen fand, die beide ein weißes Sommerkleid trugen. Als sie ihn bemerkten, kamen sie auf ihn zugelaufen. Er liebte alles an ihnen. Ihre Füße in den weißen Sandalen, ihre gebräunte Haut. Die Bewegungen, ganz unterschiedlich in ihrer Art, Elenas Hüpfer beim Laufen, Carlas stampfende Beinchen und ihre Arme, die sie ihm schon von weitem entgegenreckte, sodass er seine auch ausstreckte. Ihre Rufe, mit denen sie sich gegenseitig zu übertönen versuchten, Carlas Stimme schon jetzt etwas tiefer als die von Elena.

»Die Elena hat 'nen Salander gefangen!«

»Sa-la-man-der! Aber der ist abgehaut – leider Gottes.«

Er hockte sich hin und sie schmiegten sich an ihn, als hätte er sie nie enttäuscht. Er fragte, was sie denn mit dem Tier vorgehabt hätten.

»Den brauchen wir für unseren Zoo.« Sie erzählten von ihrer Idee, für alle Tiere, die es im Garten gebe, einen Zoo zu bauen und sie dort mit Futter und Wasser zu versorgen. »Und wenn eins krank wird, bringen wir's zum Doktor«, sagte Carla.

Ob Marko auch mit von der Partie sei. Die Mienen der Mädchen verdüsterten sich. »Der glaubt, die finden ihr Futter lieber alleine«, sagte Elena. »Aber was machen die, wenn die krank werden?« Erwartungsvoll blickte sie ihren Vater an.

»In der Tierwelt gibt es keinen Doktor.«

»Aber dann sterben die doch!«

»Oft werden sie auch ohne Doktor wieder gesund. Genau wie wir Menschen.«

»Und wenn die *doch* sterben?«

»Kein Wesen auf der ganzen Welt kann immer weiter leben, nicht die Tiere und wir Menschen auch nicht. Das muss so sein.«

»Warum?«

Miriam hatte sich zu ihnen gesellt. Orazio war klar, dass auch sie eine Antwort erwartete. Er dachte nach. »Irgendwann hätten wir alle Spiele tausendmal gespielt und alle Witze tausendmal gehört. Dann würde uns ganz langweilig, weil nichts mehr da wäre, worüber wir lachen könnten.«

Wie auf Kommando begann Carla zu lachen. Meistens ging Orazio dieses gewollte »Hahaha« auf die Nerven, aber jetzt lachten alle vier, was das Zeug hielt. Auf den Metern zurück zum Haus fragte Miriam nach seiner Erwachsenenversion auf Elenas Warum. »Gregor würde es wahrscheinlich so ausdrücken, dass der Wert des Lebens von seiner begrenzten Verfügbarkeit abhängt.«

»Und was sagst du?«

»Außer meiner Kinderfassung hab ich nichts auf Lager.«

Dr. Veith traf ein, als man sich gerade zu fragen begann, ob er noch käme. Zu seiner Entschuldigung gab er an, den ganzen Tag über recht unpässlich gewesen zu sein. Anders als in seiner Kanzlei benutzte er heute einen Elektrorollstuhl. Orazio bemerkte die ruckartigen Bewegungen seiner Augen. Der Taxifahrer stehe auf Abruf bereit, jedoch sei ihm vorhin sein Handy entglitten und unglücklicherweise sei er beim Versuch, es aufzuheben, darüber gefahren. Totalschaden. Fahrig zog er die Visitenkarte des Taxiunternehmers aus seiner Westentasche, die Valentin entgegennahm. »Geht klar.«

Mittlerweile hatten sich Franks Gäste versammelt und bildeten einen Halbkreis um den Notar, der es Valentin überließ, alle miteinander bekannt zu machen. Es folgte der übliche Smalltalk, man tauschte Höflichkeiten aus, sagte, wie schön es sei, hier zu sein, und dass man sich auf den Abend freue. Endlich setzte man sich zum Essen. Leuchtend gelbes Abendlicht flutete den Garten, von der Terrasse aus schaute man über die Stadt aufs Meer, dessen Blau sich am Horizont kaum mehr vom Himmel unterschied.

»Und Ihre charmante Lebensgefährtin, Herr Fiedler? Frau Remer, wenn ich mich recht erinnere. Herr Klein sprach von einer beeindruckenden Erscheinung.«

Klein und Veith mussten in engerem Kontakt stehen als gedacht.

»Sie ist verhindert«, erklärte Valentin.

»Wie schade.« Veith wischte sich mit einem Taschentuch Schweißtropfen von der Stirn. »Dies ist nicht mein Wetter, obwohl ich mich seinerzeit oft hier aufhielt.« Er gab Michelle, die sich dezent an der Haustür postiert hatte, ein Zeichen. Sie verschwand im Inneren des Hauses, um sofort wieder zu erscheinen, mit Limonade für die Kinder und Pommery für die Erwachsenen. Außerdem brachte sie für jeden ein schmales Glas mit einer mehrschichtigen Crème.

»Nun denn«, Veith erhob sein Glas, »lassen Sie uns anstoßen auf Frank, der als letzter Angehöriger der Familie Althoff diese Welt verlassen hat – zu früh, auch er. Es wäre tragisch, wenn nichts übrig bliebe von diesen wunderbaren Menschen als ein paar vage Erinnerungen an gemeinsame Erlebnisse.« Veiths Stirn war schon wieder feucht. »Oft stelle ich mir die Frage, wie eine Verbindung über den Tod hinaus wirken kann.« Manieriert winkte er ab. »Ja, ja, das Klischee vom Weiterleben in unseren Herzen – denken an den verlorenen Freund, die Eltern, das verstorbene Kind.« Miriam gab einen leisen unbestimmten Laut von sich. Veith wandte sich ihr kurz zu, um danach abwechselnd die Männer zu fixieren. »Reicht bloßes Andenken, wenn ein Lebensweg unvollendet blieb? Oder sind wir dem aus dem Leben Gedrängten etwas schuldig? Ich denke schon, denn Verbundenheit äußert sich im Tun, im Willen zu erkennen und zu wissen ...« »Auf Frank!«, sagte Gregor und nahm einen Schluck. Veiths Kopf fuhr herum, für eine Sekunde blieb sein angewiderter Blick an Gregor haften, dann stellte er sein Glas ab, ohne getrunken zu haben, und schwieg. Man konzentrierte sich auf das Amuse-Bouche.

Als Entenleberpastete serviert wurde, erkundigte sich Miriam, ob der Verstorbene persönlich Anweisungen zur Art des Menüs gegeben habe. Sie schob ihren Teller zur Seite. Veith sagte, es handle sich um Foie gras von freilaufenden Tieren, winkte dennoch sogleich Michelle heran, die die zurückgewiesenen Portionen in die Küche brachte und mit Tomatensalat zurückkam.

Man sprach über die Côte d'Azur und ihre Anziehungskraft auf Künstler und Mäzene, Sammler und Händler in den vergangenen beiden Jahrhunderten, die, je nach Bedürfnis, auf symbolisches Kapital der Prestigesteigerung oder bare Münze aus gewesen waren. Mittlerweile war der Hauptgang aufgetragen worden. »Alfred und Marga haben sich nicht sonderlich dafür interessiert«, sagte Veith. »Alfred war wegen des Klimas hier, er verabscheute den deutschen Winter. Das Haus hat er allerdings wegen Marga gekauft, die fasziniert von dessen Geschichte war. Schauen Sie«, er zeigte auf die sechs steinernen Büsten von Männern, die selbstbewusst aus ihren Nischen in der Mauer hervorschauten, die das Wohnhaus mit einem quadratischen

Gebäude verband. »Herrscher der Antike. So pflegte der Adel im achtzehnten Jahrhundert sein Prestige zu demonstrieren. Ursprünglich übrigens die Sommerresidenz eines Grafen.« Orazio machte die Köpfe Cäsars und Alexander des Großen aus. »Kennen Sie den Anbau?«, fragte Veith.

Allgemeines Kopfschütteln.

»Er ist verschlossen«, sagte Orazio. »Ich erinnere mich, dass damals Franks Vater sein Büro dort hatte. Kein Ort für Gäste.«

»Es wird sie interessieren, den Raum zu sehen. Sein Inneres ist durchaus erläuterungswürdig. So wird die Schlüsselübergabe ein wenig unterhaltsamer. Ich schlage vor, sie findet statt, nachdem die Jugend sich zur Ruhe begeben hat.« Carla, die auf Orazios Schoß geklettert war, lehnte ihren Kopf an seine Brust. Sie wollte nicht mehr essen und schlief in seinen Armen ein, während er sie zum Haus hinübertrug.

Auf dem Weg zurück zur Terrasse begegnete ihm Miriam. »Stopfleber!«, raunte sie ihm zu.

»Dein Frank wird das Menü nicht zusammengestellt haben«, sagte er im Vorbeigehen.

Veith saß allein am Tisch, Marko und Elena suchten die Wiese nach herabgefallenen Zitronen ab, Valentin, Vicky und Gregor schlenderten im letzten Abendlicht durch den Garten. Nur noch wenige Geräusche drangen aus der Stadt herauf. Lichter gingen an. Über dem Meer blinkte eine Maschine im Landeanflug. Ein paar Wolken, von den letzten Sonnenstrahlen rosa gepudert. Orazio setzte sich neben den Notar. Sie beobachteten das flimmernde Aufblinken der Großstadtnacht, während sich im Hintergrund Meer und Himmel im Ergrauen vermischten.

»Sie sind sehr engagiert in diesem Erbschaftsfall«, sagte

Orazio, ohne den Blick von der Szenerie abzuwenden.

»Wie könnte es anders sein nach allem, was wir zusammen erlebt haben.«

»Sie sprechen von Franks Eltern.«

»Und seiner Schwester Luisa.«

Orazio spürte Veiths Augen auf seinem Profil. Ihn schauderte.

Zum Dessert gab es Eis mit reichlich frischen Beeren. Marko und Elena hatten sich in den Kopf gesetzt, etwas Eigenes zum Gelingen des Abends beizutragen. Zuerst jonglierte Marko eine ganze Weile geschickt mit drei Zitronen und ließ am Ende eine auf den Boden fallen. Elena trat mehrmals fest mit dem Fuß darauf, bis die Schale aufplatzte. Triumphierend präsentierte sie die Frucht dem Publikum, übergab sie sodann dem Jongleur, der sie auseinanderriss und hineinbiss, kaute und schluckte, ohne eine Miene zu verziehen. »Jetzt du«, sagte er zu ihr. »Elena erzählt euch einen Witz.« Er nickte ihr auffordernd zu.

»Also der Vater knallt seinem Sohn eine ...«

»Und dann fragt er«, soufflierte Marko.

»Ja, und dann fragt er wütend: ›Weißt du, warum ich das getan hab?‹ Der Junge weint bitterlich und sagt: ›Erst verhaust du mich und dann weißt du nicht mal warum.‹«

Lachen und Bravorufe. Applaus, der abbrach, als Gregor aufstand und sich zu Marko hinunterbeugte. Orazio hätte etwas darum gegeben, zu hören, was er ihm ins Ohr flüsterte. »Was guckt ihr denn alle so?«, fragte Gregor im Hochkommen. »Erwartet von mir jetzt kein Kunststück. Das können unsere beiden hier besser.« Marko nickte. Dann sagte er gute Nacht und schickte sich an, ins Haus zu gehen. Flugs schloss sich Elena ihm an.

»Nette Kinder«, sagte Veith. »Wie alt ist Marko?«
»Er ist neun geworden«, sagte Vicky.
»Dann habe ich richtig geschätzt.«

Während die Frauen sichergehen wollten, dass Elena und Marko in ihre Betten fanden, ließen die Männer sich Kaffee und Cognac servieren. Die juristische Seite der Erbschaft war schnell besprochen, zumal auf Gregors Sachkenntnis Verlass war.

Der Notar schien sich besser zu fühlen, sein Blick war wieder stabil und die Stirn trocken. »Planen Sie, die Immobilie zu behalten, wenn ich fragen darf?«

»Wir sind uns nicht sicher, ob wir uns die Frage je stellen werden«, sagte Orazio.

»Ich verstehe nicht.«

»Wir auch nicht, aber wir rechnen damit, die Lage bald zu klären, wahrscheinlich noch heute.«

»Das klingt, als könne ich dazu beitragen.« Veith war die Ruhe selbst.

»Davon gehen wir aus.«

»Ach, lassen Sie uns doch vorher noch den Anbau besichtigen.« Der Mann hatte Nerven.

»Ich hol nur schnell die Damen«, sagte Gregor, »sonst sind wir es am Ende schuld, wenn sie die Besichtigung verpassen.«

Veith bedachte Michelle und Jacques mit je fünfzig Euro Trinkgeld.

»Donnerwetter«, murmelte Valentin, »ob das Franks Geld ist oder sein eigenes?«

Der Raum hatte die außergewöhnliche Form eines Würfels.

»Beinahe exakt vier Meter in Länge, Breite und Höhe«, sagte Veith.

Die Art der Bodenfliesen und ihre Unebenheit ließen darauf schließen, dass der Fußboden sich noch in seinem Originalzustand befand. Die Wände wirkten, als seien sie aus Marmor, doch es handelte sich um Stucco lustro, bei der die Marmorierung aufgemalt wird. An manchen Stellen war der Mörtel abgeblättert und ein Stück nackter Wand bewies die Täuschung. Tagsüber würde bei geöffneten Läden aus jeder Himmelsrichtung Licht durch hohe Fenster eindringen. Offenbar funktionierte die elektrische Beleuchtung nicht. Veith hatte jedem eine Taschenlampe in die Hand gedrückt, bevor er Valentin den Schlüssel gab und die Bitte aussprach, ihm über die Hürde der beiden Stufen zu helfen. Nun huschten neugierige Lichtkegel über die Wände, auf denen acht Figuren abgebildet waren. Sie hatten die Größe ausgewachsener Menschen und nur ein Mann war darunter, der Graf und Bauherr des Anwesens. Ihn und seine Gattin trennte das Fenster nach Süden. Die Musen der Künste und der Wissenschaften waren gegenüber zu beiden Seiten der Tür dargestellt, dazwischen Amerika, Europa, Asien und schließlich Afrika, die Orazio am besten gefiel mit ihren Elefantenohren und der Schlangenfrisur. Zu Afrikas Füßen lag ein besorgt dreinschauender Löwe, mit dem sich Orazio auf Anhieb verstand, er war der Einzige, der menschlich wirkte. Die anderen sahen entweder von oben auf ihn herab oder entrückt in eine imaginative Ferne. Möbel gab es keine, nur einen etwa eineinhalb Meter hohen Gegenstand in der Mitte des Raums, der mit einem schwarzen Tuch bedeckt war. Gregor äußerte die Vermutung, dass sich dort der Heilige Gral verberge.

»Eine Bronzeskulptur von Blum. Er arbeitet genauer als

jeder andere.« Veith postierte sich neben der Statue. »Gehen Sie zur Tür. Von dort aus sieht man am besten.«

Alle richteten ihre Taschenlampen auf das Tuch. Mit einem Ruck zog Veith es herab.

Ein Schrei – kurz und gellend. Miriams Taschenlampe fiel zu Boden, während ihr Körper nach hinten gegen die Wand prallte und daran zu Boden glitt. Orazio setzte sich neben sie. Er sah hoch zu dem nun von nur mehr drei Taschenlampen beleuchteten Mädchen, das der echten Luisa aufs Haar glich und seinen Blick ruhig und freundlich erwiderte. Veiths Augen durchbohrten Gregor wie die eines Raubtiers bei der Auswahl seiner Beute.

»Kann mir mal jemand sagen, was hier los ist?« Niemand beachtete Vickys Frage.

»Wer von Ihnen ist es gewesen?«, zischte Veith.

Miriam begann heftig zu zittern. Sie schluchzte leise mit bebenden Lippen.

Veith sagte: »Die Frauen können den Raum verlassen, die Männer bleiben hier.«

Keiner rührte sich.

»Frau Jäger«, Veith wurde ungeduldig. »Bitte helfen Sie Frau Fabbro auf die Beine. Sie beide werden hier nicht gebraucht.«

»Ich weiß zwar nicht, was hier gespielt wird«, sagte Vicky bestimmt, »aber wir bewegen uns keinen Zentimeter von hier weg.«

»Ich war's.« Miriams Stimme war beinahe tonlos, doch Veith hatte sie offenbar gehört. »Das kann nicht sein, Sie waren ja gar nicht hier.« Ungehalten schüttelte er den Kopf.

»Doch, war ich.« Sie sprach leise zu sich selbst. »Das hat er nicht gewusst.«

»Du musst jetzt nichts sagen, Liebes.« Orazio hielt sie fest im Arm. »Außerdem geht den die Geschichte gar nichts an.«

Der Mann im Rollstuhl wuchs um mehrere Zentimeter. »Und ob mich die Geschichte was angeht. Luisa war meine Tochter.«

»Leck …«, Gregor unterbrach sich.

Miriam befreite sich von Orazios Arm, stand auf, taumelte ein wenig, suchte Halt an der Wand, trat aber dann entschlossen zwei Schritte vor auf Veith und die Plastik zu. »Herr und Frau Althoff waren für ein paar Tage zum Wandern in die Berge gegangen. Ich hatte Frank versprochen, auf Luisa aufzupassen … es ging ihr gut … nur ein, zwei Anfälle am Tag. Irgendwann wollte Frank was in der Stadt besorgen … Ich weiß nicht, was …«

Orazio hatte mit einem Mal wieder Franks Stimme im Ohr: »Ich fahr mal runter, der Wein ist schon wieder alle. Ihr sauft echt wie die Löcher. Miriam achtet solange auf Luisa, dass sie nicht allein bleibt.«

»Wir haben zusammen Karten gespielt«, sagte er.

»Mau-Mau«, ergänzte Valentin. »Das hatte sie am liebsten.«

»Irgendwann bin ich in mein Zimmer gegangen … wollte mit niemandem reden, außer vielleicht mit Frank, aber der war ja nicht da. Fenster und Türen standen zum Lüften offen, solange das Haus im Schatten lag. Ich hörte, wie sie auf der Terrasse lärmten, extra laut die Karten auf den Tisch klatschten. Später kam Luisa zu mir rein, und dann wollte sie baden. Wir haben uns umgezogen und sind ein paar Bahnen geschwommen. Danach hat sie sich in den großen

Schwimmreifen gesetzt … ist rumgepaddelt … ich hab sie im Kreis gedreht … war die ganze Zeit neben ihr.«

»Und was haben die Männer währenddessen getan?« Veiths Stimme schnitt die Luft. »Sich volllaufen lassen am Vormittag.«

»Wer sagt das?«, fragte Gregor. »Wir haben uns ein Bier aus dem Kühlschrank geholt. *Jeder eins.*«

»Und Luisa vergessen!«

»Wir dachten, sie wäre in ihrem Zimmer«, sagte Gregor, dessen Stimme plötzlich flach klang.

»War sie aber nicht! Sie lag tot im Wasser mit dem Gesicht nach unten, und ich will verdammt noch mal wissen, wie es dazu kommen konnte!«

Ein Schreckenslaut entfuhr Vicky, und Miriam stürzte aus dem Raum. Vicky folgte ihr.

Orazios Augen hatten sich an das fahle Licht gewöhnt. Er merkte, wie die Starre aus Valentins und Gregors Gesicht verschwand.

»Wir hätten nachschauen müssen, ob sie wirklich in ihr Zimmer gegangen war«, sagte Valentin.

»Ich versteh das nicht«, sagte Gregor, »Miriam hat Luisa garantiert nicht allein im Wasser zurückgelassen. Wir wussten doch alle von ihrer Epilepsie.«

Orazio konnte nicht sprechen, sonst hätte er sich womöglich nicht mehr unter Kontrolle gehabt. Anscheinend hatte Gregor vergessen, dass das Kind nicht beim Baden ertrunken war. Hinter sich hörte er die Schritte der Frauen auf dem Kies.

Miriam hielt ihren Kopf hoch erhoben.

»Als uns kalt wurde, sind wir aus dem Wasser«, berichtete sie weiter. »Wir wollten duschen und uns umziehen. Sie ging ins Bad ihrer Eltern und mein Zimmer hatte eine eigene Dusche. Ich hab lange gebraucht … viel zu lange …, überhaupt nicht mehr an Luisa gedacht …, sondern an dasselbe wie immer, wenn ich allein war: meinen Egoismus, das eigene Kind nicht zu wollen. … Haare gewaschen, … wie lange das alles gedauert hat, weiß ich nicht. Ich hatte ihr eine Partie Federball versprochen …«

Unvermittelt drängte sich das Bild in Orazios Kopf, die langen rotblonden Haare wie ein Teppich auf dem Wasser, der Rock verschoben und die Beine nach unten abgesackt. Dicht neben ihr trieb der Federballschläger und ein Stück entfernt der Federball.

»Und dann?«, verlangte Veith den Rest der Geschichte.

»Ich wollte gerade den Föhn anschalten, als Ratio losschrie …«

Er hatte Nachschub aus dem Kühlschrank holen wollen und den kleinen Umweg am Haus vorbei zur Hintertür genommen. Sie versuchten es mit Reanimation, dilettantisch, hielten das Kind schließlich an den Füßen hoch und hofften, dass so das Wasser aus der Lunge herauslaufen würde. Die Rettungssanitäter sprachen es dann aus: »Il est trop tard. La jeune fille est morte.«

»Sie hatte auf mich gewartet«, sagte Miriam, »und sich die Zeit vertrieben, den Federball in die Luft geschlagen … er ist im Pool gelandet und sie hat versucht, ihn mit dem Schläger herauszufischen. Dann muss der Anfall gekommen sein.«

»Oder sie hat das Gleichgewicht verloren, ist ins Wasser gestürzt und der Anfall kam erst dann. Das ist mir alles bekannt«, sagte Veith. »Sie wird sich beim Schwimmen überanstrengt haben oder zu lange in der Sonne gewesen sein. Daher der Anfall. Wieso hat Marga mir nicht gesagt, dass sie vorher schwimmen war?« Veith fasste sich an die Stirn.

»Ich habe keinem davon erzählt«, sagte Miriam.

Orazio hörte Gregor neben sich flüstern: »Auch dir nicht?«

Ungläubig sagte Orazio: »Ich hör's auch zum ersten Mal.«

»Aber deswegen trifft dich doch keine größere Schuld als uns«, sagte Valentin zu Miriam.

»Doch«, sagte sie leise, »wir hätten zusammen duschen können, es wäre kein Problem gewesen, sie die ganze Zeit über im Blick zu haben, aber ich wollte allein sein.«

Jede Nuance des Vorgangs, der dazu geführt hatte, ihr Versprechen zu brechen, existierte weiter und quälte sie offensichtlich bis heute. Orazio fühlte sich hilflos. Er begriff nicht, warum er erst jetzt empfand, was damals in Miriam vorgegangen sein musste. Diese langsame Versteinerung, die vom Brustkorb aus in alle Richtungen wanderte, zum Bauch, der weder Hunger noch Durst verspürte, zu den Beinen, die schwer wurden, als hätten sie einen langen Marsch mit großer Last hinter sich, zu den Armen, die tatenlos herabhängen wollten und an deren Enden die Hände wie durch Arthrose versteiften. Zuletzt der Kopf, in dessen Zentrum nichts Platz hatte außer dem Einen. Und schon im nächsten Moment wurde ihm klar, dass es nur seine Vorstellung war, die sich ihm heute nach vierzehn Jahren aufdrängte. Selbst wenn er Miriam beachtet hätte, wäre es ihm nicht möglich gewesen zu wissen, was mit ihr passierte. Aber er hatte nicht den Hauch einer Erinnerung an sie in jenem Moment, nur an seine Bestürzung über Luisas Tod und seine Angst vor Franks Ankunft und die Rückkehr ihrer Eltern.

Vicky schlug vor, im Sitzen weiterzureden. Sie hob das schwarze Tuch vom Boden auf und blickte fragend zum Notar.

»Machen Sie damit, was Sie wollen.«

Valentin und Gregor hoben den Rollstuhl über die Stufen und schoben den Notar zur Terrasse zurück. Am liebsten hätte Orazio sich umgedreht, um so weit wie möglich wegzulaufen. Stattdessen räumte er die leeren Kaffeetassen zusammen, den Cognac ließ er auf dem Tisch stehen, und ging zum Haus. Als er mit Gläsern und Getränken zurückkam, sagte Gregor gerade: »Aber hätten Sie das alles nicht einfacher und billiger haben können?«

Verächtlich zog Veith die Mundwinkel nach unten. »Darauf kam es nicht an. Wissen Sie, ich habe mich mit vielem abgefunden, meiner Behinderung, sogar mit Margas Tod, nur nicht mit dem Gedanken, dass Luisa sterben musste, weil es ein paar jungen Männern wichtiger war, ihr Bier zu trinken, als *einmal für ein paar Stunden* auf sie zu achten.« Er goss seinen Cognac hinunter und schenkte sich nach. »Natürlich war mir klar, dass man Sie rechtlich nicht zur Verantwortung ziehen konnte. Verständlich auch, dass Frank den Kontakt zu Ihnen abgebrochen hat, er trug schwer genug daran, sich auf Sie verlassen zu haben. Und so ist es Ihnen erspart geblieben, mitzuerleben, welche Verwüstung Sie hinterlassen haben. Damals erwog ich, Ihnen zu schreiben, aber was hätten Worte auf Papier bewirkt? Eine Zeitlang dachte ich auch daran, jeden von Ihnen aufzusuchen, doch was hätte ich sagen sollen, das mehr gewesen wäre als der Vorwurf der unverzeihlichen Pflichtverletzung? Und hätte ich wirklich mit Ihrer Einsicht rechnen können? Ich habe mir vorgestellt, dass Sie den Tod meiner

Tochter so schnell wie möglich in die hinterste Schublade Ihres Gedächtnisses schieben würden. Wer will schon mit so einer Schuld im Gepäck ins Leben starten?«

Beklommen gestand sich Orazio ein, dass Veith ihn durchschaut hatte, und die Gesichter von Valentin und Gregor verrieten Ähnliches. Nur Miriam hatte sich die Last aufgeladen.

Veith nippte an seinem Glas. »Franks Krankheit, ähm ... sein nahender Tod brachte mich auf die Idee, dass es vielleicht doch noch möglich sei, herauszufinden, was sich im Einzelnen abgespielt hatte und ob einer von Ihnen die Hauptschuld trug.«

»Hat er jemals mit Ihnen über uns gesprochen?«

»Nein, und auch ich habe mich gehütet, Sie zu erwähnen, schließlich waren wir uns nie persönlich begegnet. Er hätte sich über mein Interesse an seinen ehemaligen Freunden gewundert.«

Miriam, die scheinbar unbeteiligt dagesessen hatte, fragte Veith, ob Frank gewusst hatte, dass Luisa seine Halbschwester war.

»Glauben Sie, dass es einen Unterschied für ihn gemacht hätte?«

Sie zuckte die Schultern und der Notar erklärte, nicht einmal Alfred sei im Bilde gewesen, Marga habe nichts von unerbetenen Eingeständnissen gehalten. Alfred wäre im Traum nicht auf die Idee gekommen, Luisa könnte das Kind seines besten Freundes sein. Nach dem Unfall, als nur noch seine Frau und er selbst übrig waren, habe Veith es ihr gesagt. Als er aus der Reha nach Hause kam, hatte sie die gemeinsame Wohnung verlassen. Angeblich sei sie wegen seiner Untreue gegangen.

Gregor fühlte sich frei, seine Verwunderung darüber auszudrücken, dass Luisa offenbar nicht in der Familiengruft beigesetzt sei. Veith entwich ein Schnauben. Sein Blick war wild, wie damals, als er und Gregor in der Kanzlei aneinandergeraten waren. »Es geht Sie gar nichts an, wo meine Tochter begraben liegt. So!«

»Was machen Sie nun mit dem ganzen Hass?«, fragte Miriam leise.

Der Notar war Orazio nie feindselig vorgekommen – konnte man sich in so etwas täuschen?

»Ich hasse Sie nicht, Frau Fabbro, wenn Sie darauf hinauswollen. Ich glaube, ich darf mich als kultivierten Menschen bezeichnen, von mir haben Sie nichts zu befürchten. Wahrscheinlich werde ich nie erfahren, warum man mir nichts von Ihrem Besuch im Haus gesagt hat – im Endeffekt ist es wohl auch egal. Nur eins wüsste ich gern von Ihnen: Wie haben Sie es ertragen?«

»Es war nicht zu ertragen. Es hat mich kaputtgemacht.«

In Veiths gerötetem Gesicht zeichnete sich Zufriedenheit ab.

II

Er habe den Plan als sein letztes relevantes Unterfangen im Leben aufgefasst. Eine durchaus komplexe Herausforderung – intensive Recherche und Kombinationsgabe mit Mut zur Lücke. Zunächst einmal habe die Notwendigkeit bestanden, die ehemaligen Freunde wieder zusammenzuführen, wobei die erste Hürde darin bestanden habe, herauszufinden, ob sie noch Kontakt miteinander pflegten, doch das von ihm beauftragte Detektivbüro habe die Unwahrscheinlichkeit dieser Eventualität festgestellt. Auf

Gregors Frage, wie lange sie beobachtet wurden, sagte Veith, ohne zu zögern, die Nachforschungen hätten sich logischerweise auf einige Monate erstreckt.

»Sie haben uns ausspioniert, während Frank noch lebte.« Miriam stierte vor sich auf die Tischplatte.

»Anders hätte mein Plan nicht funktioniert.« Der erste Brief sei um Neujahr herum entstanden, die weiteren drei habe er zwischen den Terminen im April, Mai und Juni verfasst. So sei er wesentlich flexibler gewesen, was den Inhalt der Schreiben betreffe. Im Übrigen besitze er zwei identische Schmuckkassetten, die jeweils einen alternativen Brief enthalten hätten. Auf diese Weise habe er sich besser der jeweiligen Situation anpassen können, nachdem die Herren über die Entwicklung des Projekts berichtet hatten.

Valentin wollte wissen, warum er sie in Organisator, Wächter und Entscheidungsträger eingeteilt habe.

»Es schien mir angebracht, Einfluss auf Ihr Arbeitstempo zu nehmen. Eine in Grenzen kontroverse Arbeitsteilung kann Wunder wirken. Hätten Sie mir Ende April von einer brauchbaren Idee berichtet, wäre Ihnen diese Albernheit erspart geblieben.«

Gregor spuckte neben sich auf den Boden. Dann fragte er Veith, wie um alles in der Welt er ihre wunden Punkte ausgegraben habe.

Der Notar zögerte, dann erklärte er, Marga und er seien sehr vertraut miteinander gewesen. Damals habe Frank zornentbrannt seiner Mutter von Herrn Jägers Verbindlichkeit erzählt und sie habe ihrer Verärgerung über die Sache bei ihm Luft gemacht. Nach einer kurzen Pause sagte er, den Schwangerschaftsabbruch ins Spiel zu bringen, sei ihm schwerer gefallen, zumal er Margas eigentlich unverzeihliche Indiskretion bewies, doch habe er keine Alternative gesehen, um die Echtheit der Briefe zu belegen. »Sie waren mir auf der Spur, was sollte ich tun? ... In Ihrem Fall musste ich pokern, Herr Fabbro, ich wusste lediglich, dass Frank damals von Ihrer Frau restlos bezaubert war. Ich hoffte, dass sich in Ihrem Gewissen etwas Entsprechendes finden würde. Und es hat funktioniert, nicht wahr?«

Orazio sagte, er sei auf nichts Eindeutiges gestoßen, obwohl er lange gegrübelt habe. Am längsten habe er sich aber den Kopf über einen Satz im ersten Brief zerbrochen, wo es um den gemeinsamen Glauben der Freunde an die Einfachheit der Dinge gegangen sei.

»Der Glaube an die Einfachheit der Dinge und die Zuversicht, dass Grenzen überwindbar seien. Meine beiden Lückenfüller im ersten Brief. Natürlich hatte ich keine Ahnung, was Ihnen damals durch den Kopf ging. Deshalb mussten diese beiden romantischen Motive herhalten. Wer sehnt sich nicht nach einfachen wahren Gefühlen, wenn er jung ist und noch nicht begriffen hat, dass die Wirklichkeit das Gegenteil ist? Und welcher junge Mann würde nicht gern Schranken einreißen? Anscheinend muss es so sein. Traurig, wie oft das Leben uns eines Besseren belehrt.«

Orazio wünschte sich, möglichst langsam zu altern.

»Selbstverständlich war mir klar, dass der Schwindel irgendwann herauskäme«, erklärte Veith. »Ich hoffte nur, dass dies nicht vor heute Abend geschehen würde. Doch im Laufe dieses Nachmittags beschlich mich das Gefühl, zu weit gegangen zu sein. Auf dem Weg hierher kam es mir vor, als führe ich mich selbst zum Schafott. Nicht aus Angst vor den juristischen Konsequenzen, sondern wegen der Sorge, am Ende doch nicht zu Ihnen durchzudringen.«

»Uns war klar, dass nur Sie die Briefe geschrieben haben

konnten«, sagte Valentin. Sein fragender Blick ging zu Miriam, und als sie zustimmte, erzählte er dem Notar, was er wissen musste, um zu verstehen.

»Frank hat mir verziehen, dass ich Luisa allein gelassen hab«, sagte Miriam abschließend.

»Sie müssen ihm viel bedeutet haben.«

Wie viel Einfluss das Ungesagte doch auf unser Leben hat, dachte Orazio. Miriams Schweigen an jenem verhängnisvollen Tag als Luisa starb – die Tatsache, dass Miriams Anwesenheit am Unglücksort gegenüber dem Notar unerwähnt geblieben war – die verschwiegene Liebe zwischen Frank und Miriam. Drei Voraussetzungen für die Inszenierung des Stücks, das sie hier aufführten.

»Dann war Franks Vermächtnis also nichts weiter als Theater«, sagte Valentin.

»Glückwunsch, Tintin, du hast es erfasst«, sagte Gregor. »Präg dir die Aussicht gut ein. Deinen nächsten Urlaub wirst du hier nicht verbringen.« Er wandte sich an Veith: »Haben wir eigentlich noch eine Schlusspointe zu erwarten?«

»Leider entwickelten sich die Dinge anders als geplant. Offen gestanden hoffte ich auf eine zufriedenstellendere Lösung, was die Erbschaft betrifft.«

»Moment mal, wir sprechen hier von Urkundenfälschung und sehr wahrscheinlich auch Unterschlagung«, sagte Gregor.

»Ein riskantes Unterfangen, wie gesagt. Frau Fabbro, Sie haben mich entlarvt, das hatte ich nicht erwartet. Vielmehr dachte ich, Sie alle würden Ihre restlichen Zweifel begraben, wenn Sie das Anwesen erst einmal in Besitz genommen hätten, ... *falls* Sie es in Besitz genommen hätten.«

Im Stillen gab Orazio ihm Recht. Valentin hätte seinen Bienengarten gehabt, die Villa wäre genutzt oder verkauft worden, und alle wären zufrieden gewesen. Was er aber nach wie vor nicht begriff war, was Veith selbst zu gewinnen hoffte. Ihre Mitschuld an Luisas Tod war eindeutig, der Notar hatte sie aus der Versenkung ans Tageslicht geholt. Sollte das nun seine Rache gewesen sein? Wenn Orazio sich vorstellte, Elena oder Carla wäre an Luisas Stelle gewesen, er hätte jeden erschlagen, der irgendetwas mit der Sache zu tun gehabt hätte. Er stockte. Mit einem Mal wurde ihm der Nachsatz bewusst. »Was meinen Sie mit ›*falls* wir es in Besitz genommen hätten‹?«

In Veiths Miene spiegelte sich Enttäuschung. »Fragen Sie Ihre Frau, wenn Sie es nicht wissen.« Orazio fiel Miriams Ausruf ein, sie dürften das Erbe nicht antreten, als er ihr am Abend nach dem ersten Notartermin von dem Vermächtnis erzählt hatte. Nun verstand er, dass Veith im besten Fall erwartet hatte, sie würden es nicht fertigbringen, sich die Villa anzueignen, die eigentlich Luisa zugestanden hätte. Das also hatte er mit *zufriedenstellenderer Lösung* gemeint.

Von der Pergola hing eine gläserne Laterne herab, die gelbliches Licht auf die Anwesenden warf. Orazio suchte in Miriams Mimik nach Spuren des heutigen Abends, doch stattdessen nahm er ihr Schneewittchengesicht wahr. Sie saß ruhig, ihr Mund war geschlossen. Ihr Gesicht leuchtete hell im Rahmen des Haars und ihr Blick war offen wie lange nicht.

Jeder am Tisch hing den eigenen Gedanken nach, niemand sagte etwas.

Als die Ruhe einer Stille wich, die mit jeder Sekunde an Gewicht zulegte, empfand Orazio den gleichen Druck wie so oft, wenn er nach den richtigen Worten suchte.

»Es gibt keine«, sagte er schließlich. »Keine Rechtfertigung. Wir hätten verhindern können, dass ein Kind stirbt.

Seiner Familie unendliches Leid erspart.« Er wusste nicht weiter.

Gregor räusperte sich. »Ich hab versucht, nicht mehr dran zu denken. Und irgendwann war's weg.« Er schaute den Notar an. »Ich will ehrlich sein, ich reiße mich nicht um Schuldgefühle, aber was Sie auf die Beine gestellt haben, damit wir kapieren, dass man sich nicht einfach aus der Affäre ziehen kann – Respekt.«

Valentin war aufgestanden. »Tauschst du den Platz mit mir, Ratio?« Er setzte sich neben den Notar und legte seine linke Hand auf dessen rechte.

»Belästigen Sie mich nicht«, sagte Veith und ließ seine Hand unter dem Tisch verschwinden. »Was Sie getan oder vielmehr unterlassen haben, ist unverzeihlich für mich, auch wenn es ohne Absicht geschah.«

Zwanzig

I

Der Flieger landete pünktlich in Köln-Bonn, wo Ferienbetrieb herrschte. Um jedes Gepäckband drängten sich sonnengebräunte Heimkehrer, die Strohhüte in den Nacken geschoben, bereit, die letzte Etappe ihrer Reise anzutreten, wenn der Koffer aus dem Dunkel des unterirdischen Labyrinths auftauchen würde. Dort die Samsonites der Jägers, gleich bei den ersten. Gregor verabschiedete sich kurz angebunden und Vicky schickte eine Entschuldigung hinterher, es ziehe sie nun doch so schnell wie möglich nach Hause. Kein Problem, man würde in den nächsten Tagen telefonieren. Valentins Tasche kam als Nächstes, aber offenbar hatte er es nicht eilig. Nachdem endlich alles eingesammelt und auf einem Rollwagen verstaut war, gingen sie gemeinsam zum Ausgang.

Orazios Herzschlag setzte aus, als er sie sah, gegen die Säule gelehnt, haargenau an der Stelle, wo er letzten Monat ihre Ankunft aus Yangon erwartet hatte. Er blieb stehen, kopflos, wortlos. Dann regte sich Carlas Hand in seiner. Miriam, die mit Elena gleich hinter ihm war, atmete in seinen Nacken. »Warum gehst du nicht weiter?« Valentin schob jetzt den Rollwagen an ihm vorbei. Ada ging Valentin ein paar Schritte entgegen. Sie hielten Abstand, sie sagte etwas, er antwortete. Nun sah Miriam sie auch. »Seid ihr verabredet?«

»Nein.«

Miriam lenkte Elena weiter Richtung Aufzug. Orazio schaute ihnen nach. Schließlich beugte er sich zu Carla hinunter. »Willst du auf meinen Schultern reiten?«

»Au ja!«

»Halt dich gut fest.« So traten sie Ada entgegen.

»Schlechter Zeitpunkt, ich weiß.«

»Warum bist du hier?«

»Meine Mutter!« Sie presste die Lippen aufeinander. Valentin überredete Carla zum Pferdewechsel, und Orazio erfuhr von Frau Remers zweitem, diesmal schwerem Hirnschlag. Ada wollte, dass er mit ihr ins Krankenhaus käme, und während sie von Koma und Prognose sprach, dachte er daran, dass sich Miriam auf dem Bahnsteig fragen würde, ob sie in den nächsten Zug nach Bonn einsteigen oder warten solle. Aus den Augenwinkeln sah Orazio Valentin, wie er einige Runden mit Carla durch die Ankunftshalle trabte. Unmöglich, dachte er, Miriam mit den beiden Kindern allein nach Hause fahren zu lassen.

Als Valentin mit Carla zurückkam und sie schwungvoll neben Orazio absetzte, griff sie sofort nach Papas Hand. »Ich kann nicht«, sagte er leise zu Ada.

»Dann komme *ich* mit zu deiner Mutter«, sagte Valentin an Ada gerichtet. Und zu Orazio: »Oder ich fahre mit Miriam und den Mädchen nach Bonn.«

Carla hatte zugehört. »Ich will aber, dass *du* mit nach Hause kommst, Papa!«, sagte sie kampfbereit.

»Tut mir leid«, sagte Ada. »Geht! Geht alle, ich fahr allein zur Klinik.« Sie drehte sich um und lief zur Drehtür, die zu den Parkplätzen führte.

Im Bruchteil einer Sekunde wusste Orazio nun doch, was zu tun war, und als er sie eingeholt hatte, sagte sie ernst: »Okay.«

Adas Mutter atmete ruhig, ihre geschlossenen Augen lagen tief. Ihr Mann saß schlafend in einer Ecke des Zimmers. Auf Zehenspitzen ging Ada zum Bett, fuhr mit dem

Zeigefinger über Gesicht und Hände der Mutter, beschrieb Kreise und Ovale, machte weiter und immer weiter, während Orazio nahe der Tür stand. Er war darauf gefasst, Ada vor ihrem Vater in Schutz zu nehmen, falls nötig auch mit Körperkraft. Doch so weit kam es nicht. Durch das Eintreten der Schwester geweckt, erhob sich der alte Mann ein wenig benommen, verließ dann aber schnell und ohne ein Wort das Krankenzimmer. Die Ordensfrau begrüßte sie umso wortreicher, war voller Lob für das Verhalten des Vaters. Der Herr habe sich vierundzwanzig Stunden nicht vom Bett seiner Frau wegbewegt, sie sei froh, dass seine Tochter ihn heute Nacht ablösen werde. Ob sie einen zweiten Sessel für ihren Begleiter holen solle. Orazio ging mit ihr hinaus. »Ihre Werte sind stabil, aber wenn sie mich fragen, fehlt der Lebenswille.«

Kurz vor Mitternacht verschlechterte sich Frau Remers Zustand. Ada schob ihre Hand unter den Kopf der Mutter, sie rief nicht nach der Nachtschwester. Frau Remer starb in den ersten Morgenstunden.

Frühe Sonnenstrahlen brachen sich Bahn zwischen den Häuserblocks auf dem Weg zum erstbesten Hotel. Ada zahlte für zwei Nächte, obwohl sie vielleicht nur ein paar Stunden hier verbringen würden, doch das war jetzt nicht von Belang. Nur ausruhen. Als sie das Zimmer betraten, hatte das monotone Dröhnen des Berufsverkehrs auf der vierspurigen Ausfallstraße eingesetzt. Orazio spürte das Vibrieren der Motoren in der Magengegend. Er streifte seine Schuhe ab, legte sich auf die grellbunte Tagesdecke des Betts und schloss die Augen, hörte die Toilettenspülung, ein wenig später, wie Wasser in die Duschtasse plätscherte, kurz danach das Geräusch eines kräftigen Wasserstrahls auf dem Porzellan des Waschbeckens, schließlich das Klacken einer Türklinke und roch den feuchtwarmen Seifengeruch aus dem fensterlosen Bad. Er blinzelte. Da stand Ada nackt vor ihm. Ihr Blick durchdrang seine Erschöpfung. Er ließ zu, dass sie die Schnalle seines Gürtels und die Knöpfe seiner Jeans öffnete, sträubte sich nicht, als sie ihm mit schnellen festen Griffen Hose und T-Shirt auszog, unterwarf sich ihrem Willen, als sie sich auf ihn setzte, und ergab sich ihren harten Stößen, mit denen sie sich seinen Trost verschaffte.

Später sagte sie, dass sie demnächst monatelang in der EU unterwegs sein werde. »Endlich mal was Politisches.«

»Worum geht es denn?« Orazio versuchte, sich seine Fassungslosigkeit nicht anmerken zu lassen.

»Um die Verteilung von Flüchtlingen – Bedingungen, Möglichkeiten, Vorbehalte innerhalb der Bevölkerung et cetera.«

»Ich werde dich vermissen.«

»Ich dich auch.«

»Vielleicht bin ich schon in Florenz, wenn du zurückkommst.«

»Dann besuch ich dich dort.«

»Ob uns das reicht?«

»Mal sehen.«

Nach einer Weile fragte er: »Kannst du dir eigentlich vorstellen, irgendwann sesshaft zu werden?«

»Man sagt, dass wir uns mit dem Alter verändern.«

»Und wie soll ich's bis dahin aushalten?«

»Indem du dein Ding machst.« Sie umschloss ihn mit beiden Armen. »Denk nicht in die Ferne. Komm!«

II

Niemand wollte Veith hängen sehen, nur meinte Valentin, den Bienengarten unbedingt retten zu müssen. Schließlich sei die Genehmigung erteilt, der Hof gekauft, mit den Umbauarbeiten habe man auch schon begonnen, so ein Projekt könne doch nicht einfach gecancelt werden! Die Art, wie sich der Notar am bewussten Abend in Nizza von ihnen verabschiedet hatte, ließ wenig Zweifel daran, dass der letzte Akt und somit das ganze Stück vorbei war. Wenn sie sich ruhig verhielten, würden sie wahrscheinlich nie wieder von ihm hören. Sie wussten jetzt, dass Franks Vermächtnis Veiths Erfindung war. Franks Privatvermögen und die Ferienvilla gehörten der Stiftung und der Notar dürfte alle bisherigen Kosten des Projekts vom Stiftungskapital abgezweigt haben.

»Unterschlagen«, sagte Gregor, als sie wieder einmal in ihrer Nische im Café Feynsinn saßen. Man käme nicht drum herum, Herrn Klein zu informieren, *der* müsse entscheiden, ob der Umbau des Hofs fortgesetzt oder das Projekt eingestampft werde. Das sei die einzige, wenn auch vage Hoffnung für den Garten. »*Ich* an Kleins Stelle wär stinksauer auf Veith.« Gregor schnaubte und erklärte: »*Ich* an seiner Stelle würde uns zum Teufel jagen und dafür sorgen, dass Veith seine Kanzlei verliert.«

»Wieso soll er uns zum Teufel jagen? Wir können doch nichts dafür, dass Veith uns was vorgemacht hat«, wandte Valentin ein.

»Außerdem stünde Klein vor den Bauamtshonoratioren ganz schön blöd da«, ergänzte Orazio.

»Vielleicht schaffst *du* es ja, sein Herz zu erweichen, Tintin.« Gregor faltete die Hände vor der Brust. »Bitte, bitte,

Herr Klein, nehmen Sie mir nicht den Bienengarten, er würde so viele Kinder glücklich machen!«

Valentin druckste herum. Ob man nicht einfach darauf hoffen könne, dass Klein den Schwindel nicht entdecken würde.

»Und was passiert, wenn er ihn doch entdeckt? Dann ist das Projekt am Arsch, und wir hängen auch mit drin.«

Es half alles nichts, sie mussten mit Klein reden.

Mit einem Seufzer zog Orazio sein Handy aus der Tasche und wählte Kleins Nummer.

Der wirkte nicht sonderlich überrascht über Orazios Anruf. Wahrscheinlich glaubte er, sie hätten neue Ideen zum Projekt, die sie mit ihm diskutieren wollten. Man vereinbarte einen Termin für die kommende Woche in der Firma.

Sie besprachen, welche Gesprächstaktik den Stiftungsvorsitzenden hoffentlich milde stimmen würde.

»Da gibt's noch was, das ich euch schon längst erzählen wollte«, sagte Orazio.

»Das klingt ja schon wieder nach verschlepptem Geständnis. Lass hören, wenn's keine Liebesschnulze ist.« Gregor bestellte noch eine Runde.

»Keine Liebesschnulze, obwohl es um Frank und zwei Frauen geht.« Orazio war dankbar für die entspannte Atmosphäre, in die er seine Begegnung mit Frau Lorenz und Elfi vor Franks Grab einbettete, wobei er die Zufälligkeit ihres Zusammentreffens betonte und das Kalkül seiner späteren Besuche in Ehrenfeld und Lindenthal so gut wie möglich kaschierte. Anscheinend seien die beiden die einzigen Personen, die Frank testamentarisch bedacht habe.

»Wieso hat er Miriam eigentlich nichts vererbt?«, fragte Gregor.

Erfreut über den Themenwechsel schilderte Orazio, was Miriam ihm über Franks Ansichten in puncto Genügsamkeit dargelegt hatte. »Frau Lorenz' Sorge um Elfis Zukunft wird ihn gekümmert haben«, fügte er hinzu, »aber Miriam war in seinen Augen gut versorgt. Außerdem war nicht eingeplant, dass ich jemals von der Beziehung der beiden erführe.«

»Vielleicht gibt's ja ein Konto in Miriams Namen. Könnte dir doch nur recht sein, wenn du dich demnächst mit Ada nach Florenz absetzt«, sagte Gregor.

»Ach, halt doch dein Maul! Musst du immer alles in den Dreck ziehen?« Wütend beugte sich Orazio vor und stieß dabei sein Glas um. »Verdammt!«

Valentin stand abrupt auf und verließ das Lokal. Nach ein paar Minuten kam er zurück, stellte sich hinter seinen Stuhl, griff mit beiden Händen um die Lehne. Seine Fingerknochen traten weiß hervor. »Und du, Ratio?«, seine Stimme klang scharf. »Du erzählst uns mal eben so zwischendurch, dass du zweimal in Franks Haus warst, dass du seine Zeichnungen gesehen hast, und am Schlimmsten ist, dass du dabei so tust, als würde uns die Sache eigentlich gar nichts angehen!«

Der Betrieb lag am Ende einer Sackgasse. Schon von weitem sah man das Firmenschild über dem Eingangstor mit weißen Lettern auf blauem Grund: ALTHOFF MASCHINENBAU. Franks Hinterlassenschaft, vom Großvater aufgebaut, erweitert durch den Vater und dem Sohn eine Bürde.

Gregors Wagen stand schon auf dem Besucherparkplatz. Die Freunde hatten sich einen schattigen Ort unter einem der Bäume gesucht, die das Betriebsgelände zur Straße hin säumten. Sie unterbrachen ihr Gespräch, als Orazio hinzutrat. Jeder für sich betrachtete das zweistöckige Gebäude aus rotem Backstein unter grauer Patina, bevor sie sich in Bewegung setzten. Links neben dem Eingang war die Pförtnerloge, in der ein weißhaariger Mann sie über seine Lesebrille hinweg musterte. »Sie wünschen?« Nachdem sie sich mit Namen und Anliegen legitimiert hatten, griff er zum Telefon, dann machte er eine Kopfbewegung zur Treppe hin. »Erster Stock erste Tür rechts.«

Herr Kleins Stimme war schon im Flur zu hören, vermutlich telefonierte er gerade. »... da bin ich neujierich.« Sie klopften und traten ein. Der Stiftungsvorsitzende blickte ihnen von der Fensterseite des Konferenztischs entgegen und sogleich fiel ihr Blick auf den Rücken eines Mannes, der im Rollstuhl saß.

»Ich hab mir erlaubt, unseren Jesprächskreis zu erweitern«, sagte Herr Klein und nach einer genussvollen Pause: »Sie dürfen sich jerne setzen.«

Wieso bloß hatte er den Notar eingeladen? Und vor allem, warum hatte Veith zugesagt? Anscheinend hatte der keine Angst vor dem, was nun passieren würde; anders als bei ihrer letzten Begegnung wirkte er heute gelöst. Natürlich musste ihm von Anfang an bewusst gewesen sein, dass sie ihn an Klein verraten könnten, und natürlich musste er jetzt annehmen, dass sie genau dies vorhatten, was ja auch stimmte.

»Dann schießen Se mal los«, sagte Klein, »ich nehme an, Sie kommen mit einer Bitte.«

»Genau«, sagte Valentin hastig. »Ich hab mir überlegt, dass ich dauerhaft für unser Projekt arbeiten möchte.« Er brachte den Bienengarten zur Sprache, die Tatsache, dass ihm das Konzept persönlich am Herzen liege und er seine berufliche Zukunft dort sehe, obgleich ihm leider die entsprechende Ausbildung fehle. Vielleicht könne Herr Klein ihm eine Stelle vermitteln, wenn nötig, sei er bereit, Lehrgänge oder sogar ein pädagogisches Studium zu absolvieren. Kein Wort über Veith und Nizza.

»Und um Ihre Bitte vorzutragen, haben Se Verstärkung mitjebracht. Dat is aber schön.«

Orazio beeilte sich, Valentins Erfahrung im Bereich Obst- und Gemüseanbau zu schildern und Gregor lobte in den höchsten Tönen, wie einfühlsam er mit Kindern umgehe. »Mein Sohn vertraut ihm mehr als äh …«

»Na jut, dann will ich mal sehen, wat ich tun kann«, sagte Klein. Anscheinend habe Herr Althoff ein gutes Gespür bei der Wahl der drei Männer für sein Vermächtnis bewiesen, »oder wat meinst du, Wilbert?«

»Durchaus.«

Wilbert? Orazio war sich sicher, dass die Männer sich bei ihrem ersten Termin in Veiths Kanzlei gesiezt hatten.

Dann fragte Klein sie über ihr neues Eigentum aus, wobei das Wort »Rokoko« aus seinem Mund hüpfte wie ein Vollgummiball.

»Übrigens haben wir uns entschieden, auf das Erbe zu verzichten«, erklärte Orazio, schickte eine spontan erdachte wenig überzeugende Erklärung hinterher, verhaspelte sich, brach ab und sagte schließlich: »Es ist nämlich so, dass wir das Erbe nicht verdient haben.«

Orazio, der während seiner hilflosen Suche nach den richtigen Worten verlegen die Tischplatte vor sich fixiert hatte, schaute nun hoch und direkt in Veiths Gesicht. Dieser sah ihm in die Augen mit einem Blick, der mehr sagte, als Orazio zu erfassen vermochte.

In die entstandene Pause hinein sagte Gregor hastig: »Wir erheben auch keinen Anspruch auf eine Aufwandsentschädigung für entstandene Kosten und so.«

Veiths Augen ruhten nun auf Valentin, der außer ein paar gedehnter Vokale und einem Räuspern nichts zustande brachte. Klein hob seine Brauen zum Zeichen, dass er nicht gewillt war, auf eine artikulierte Erklärung zu verzichten.

Endlich tat Valentin den Mund auf: »Also wir …, ich meine *ich* … war Frank kein guter Freund. Leider. Und deshalb finde ich, dass Sie als Stiftungsvorsitzender …, dass also die Stiftung einen besseren Zweck für die Villa finden könnte.«

Wieder nickte Herr Klein: »Dat denk ich auch. Der Verkauf des Anwesens is auch schon einjeleitet.«

Gregor begriff als Erster: »Die ganze perfide Vermächtnislüge war zwischen Ihnen beiden abgesprochen!«

»Ja, wat denn sons?«

Wie hatten sie die ganze Zeit über nur so blind sein können? Auf die nächstliegende Erklärung war niemand gekommen. Veith und Klein arbeiteten seit Jahrzehnten für die Althoff GmbH – wieso sollte der Notar den damaligen Geschäftsführer und heutigen Stiftungsvorsitzenden nicht in seinen Plan eingeweiht haben? Oder sie hatten ihn sogar gemeinsam ausgetüftelt. Zwei ältere Männer, die sich durch Franks vorhersehbaren Tod noch einmal mit der Möglichkeit konfrontiert sahen, dort einzugreifen, wo Recht und Gerechtigkeit nicht hinreichten. Aus Liebe und Kummer, aus Solidarität und Treue. Womöglich nicht zuletzt aus Lust am ungewissen Ausgang einer Geschichte. Im Geiste sah Orazio die beiden, wie sie am ovalen Tisch in Veiths Büro saßen und sich gegenseitig darin überboten, die Eventualitäten ihres Plans vorherzusehen. Bestimmt hatte Klein von Anfang an gewusst, dass Ada mit den Freunden unter einer Decke steckte, und das Spiel mit ihrer vorgeschobenen Reportage über die Althoff GmbH amüsiert mitgespielt.

»Wer von Ihnen hat denn nun Franks angebliche Briefe geschrieben?«, fragte Gregor.

»Für so wat fehlt mir dat Talent«, sagte Klein mit der Bescheidenheit des Siegers. Er sei praktisch nur der Eingeweihte gewesen, der den Stiftungsbeirat von der Sinnhaftigkeit des Bienengartens überzeugen musste. Herr Althoffs Privatvermögen sei in die Stiftung eingebracht worden, deren Erträge gemeinnützig verwendet werden müssten. Darunter falle alles, was dem Gemeinwohl dient, zum Beispiel Sport oder Denkmalschutz, Volksbildung, Forschung, Jugendhilfe und Kleingärtnerei, Schachspiel und Amateurfunken, Pflanzenzucht und Karneval. Eben dieser Mangel an Spezifikation sei die Grundlage für Wilberts Idee gewesen. So konnte er Franks alten Freunden freie Hand geben, sich zu verständigen und etwas auf die Beine zu stellen.

»Dann wird das Projekt also weitergeführt?«, fragte Valentin hoffnungsvoll.

Klein fand, die Genehmigung vom Bauamt könne man unmöglich verpuffen lassen.

Valentin, der neben ihm saß, hob beide Arme in die Luft. Es hatte den Anschein, dass er kurz davor war, seinen Nachbarn zu herzen, doch im letzten Moment besann er sich und sagte nur: »Genial!«

Veiths Mimik spiegelte Wärme. Er sagte: »Ich freue mich für uns alle, dass sich die Bienen in Köln bald wieder vermehren. So haben unsere Bemühungen im Endeffekt auch einen praktischen Nutzen. Was den immateriellen Wert betrifft, fragen Sie sich vielleicht, ob ich nun so etwas wie Genugtuung empfinde. Was soll ich sagen? Dass Sie nach dem Unfall als sogenannte ›Gefälligkeitsaufsicht‹ nicht haftbar waren, hat mich anfangs fast wahnsinnig gemacht und wilde Fantasien ausgelöst, wie ich Luisas Leben rächen könnte.

Irgendwann habe ich einsehen müssen, dass ich zur Gruppe der zivilisierten Feiglinge gehöre. Also blieb mir nur der Versuch, ein Gefühl bei Ihnen wachzurufen – ähnlich dem, das mich seit dem Tag gefangen hält, an dem Marga und Alfred ums Leben kamen. Ungezählte Male habe ich mir den Augenblick der Enthüllung von Luisas Skulptur vorgestellt. Aber dann, Herr Fabbro, das Eingeständnis Ihrer Frau ... Noch in derselben Nacht, als ich im Hotelzimmer allmählich zur Ruhe kam, wurde mir klar, dass es so etwas wie eine Entschuldung gibt. Selbst im Fall meiner Tochter ... Gerechtigkeit kann es nicht geben, aber zu wissen, dass Ihnen die Schwere Ihres Fehlers bewusst ist und dass Sie sich nun immer wieder daran erinnern werden – ja, das ist Genugtuung.«

»Wir haben verstanden«, sagte Orazio und hoffte inständig, einem der anderen würde etwas Passenderes einfallen.

Stattdessen besaß Gregor die Dreistigkeit zu fragen, was mit dem Erlös aus dem Verkauf der französischen Immobilie geschehen würde.

»Wat Jutes«, sagte Klein prompt und gar nicht pikiert. »Un diesmal weiß ich, dat der Chef datselbe jetan hätte.« Dann erzählte er von Franks Freundschaft mit Elisabeth und Elfriede Lorenz, von ihrer Erbschaft seines Hauses, vom Wunsch der Tochter, dort zu leben, vom Wunsch der Mutter, Elfi in guten Händen zu wissen. »Köln kriegt 'ne Arche – oder wat Archeähnliches.« Klein schilderte die Idee der Gemeinschaft so einleuchtend als um Jahrzehnte vorausgedachte Inklusion, dass Orazios letzte Zweifel verflogen. Das Anwesen habe zwölf Räume, die man als Wohnschlafzimmer mit Bad herrichten könne, zusätzlich zwei große Gemeinschaftsräume und diesen großzügigen

Garten, nicht zu reden vom Stadtpark gegenüber. »Elfi hat Recht, der Chef muss jewollt haben, dat sie und ihre Mutter in dem Haus wohnen, auch wenn er nicht direkt drüber jeredet hat.« Einfach werde es nicht, so was aufzubauen, ganz im Gegenteil, eine Herausforderung auf allen Ebenen. Das größte Problem sei wahrscheinlich, auf Dauer eine faire Bezahlung der Mitarbeiter sicherzustellen. Aber er sei bereit und könne noch ehrenamtliche Helfer gebrauchen.

Valentin und Gregor hatten denselben Gedanken wie er, dessen war sich Orazio sicher. »Ich mache mit, solange ich noch hier bin«, sagte er.

»Klar bin ich dabei«, sagte Valentin.

Gregor seufzte. »Na gut, bevor ich Prügel kassiere …«

Veith und Klein verständigten sich mit einem Lidschlag.

III

Kürzere Tage und kühle Abende – erste gelbe Blätter meldeten vom Sparmodus der Natur. Doch einstweilen schien die Nachmittagssonne. Von seinem Platz auf der Wiese am Fluss nördlich des Messegeländes schaute Orazio hinüber zur Hohenzollernbrücke, über die beinahe minütlich Züge zwischen den Bahnhöfen zu beiden Seiten des Rheins rollten. Er setzte sich auf eine Bank, von der aus er den rasch fließenden Strom überblicken konnte, und entnahm seiner Tasche ein Buch, das er fast zu Ende gelesen hatte. »Il Gattopardo« spielte auf Sizilien. Es handelte vom Niedergang des Fürstengeschlechts Salina in Zeiten der Ablösung des Feudalsystems durch das Bürgertum. Orazio vertiefte sich in die Gedankenwelt des Patriarchen Don Fabrizio, der am Ende seiner Tage errechnete, von seinen dreiundsiebzig Jahren zwei, höchstens drei wirklich gelebt zu haben …

War das die Wirklichkeit? Mussten all unsere Hoffnungen auf ein erfülltes Dasein letztendlich scheitern? Er legte den Roman zur Seite. Bald würde sein letztes Semester in Bonn beginnen. Bis zu seinem Umzug nach Florenz bliebe er zu Hause bei Miriam und den Kindern. Der Gedanke an einen Alltag ohne die beiden war ihm so unerträglich, dass er nichts empfand außer der Notwendigkeit, praktische Überlegungen anzustellen, etwa wann der geeignete Zeitpunkt wäre, sie darauf vorzubereiten, dass sie ihren Papa bald nur noch einmal im Monat sehen würden. Manchmal wurde er Elenas unvermittelt erstaunten Blicks gewahr, der ihn ahnen ließ, dass sie den Bruch spürte. Andererseits hatte sich ihr Familienleben eher zum Guten gewandt. Seit ihrer Rückkehr aus Kiel war Miriam mit den Kindern nicht mehr beim Arzt gewesen, sie wirkte sicherer in allem, was sie tat, ließ den Kindern mehr Freiheiten, gleichzeitig wahrte sie ihm gegenüber eine nicht unfreundliche Distanz, sie kochte weiterhin für ihn mit, hatte aber aufgehört, seine Wäsche zu waschen. Bei ihren gelegentlichen Gesprächen am Abend erfuhr Orazio, dass Gudrun früher öfter auch tagsüber auf die Mädchen aufgepasst hatte, während Miriam mit Frank zwischen Studenten und Rentnern in einer Matinee saß oder durch den Stadtwald spazierte. Frank sei nichts um sich herum verborgen geblieben, doch irgendwo mitzumischen, das sei ihm suspekt gewesen. Bei der Betriebsleitung zum Beispiel habe er sich so weit wie möglich auf seine leitenden Angestellten verlassen. Am liebsten habe er nachgedacht, nicht mehr. Miriam glaubte nicht, dass es ihm je darum gegangen war, seine Erkenntnisse umzusetzen. Außer vielleicht in seinen Zeichnungen.

Am Ende fand Orazio sich damit ab, Frank nicht mehr näher zu kommen. Über sich selbst wusste er jedenfalls, dass er anders war als sein Freund. Er wollte Einfluss nehmen, Aufgaben bewältigen, an etwas Großem teilhaben …

Gleich fünf. Ob sie getrennt oder gemeinsam kämen? Gregor und Valentin, Hauptstrom und Kehrwasser.

»Er kann es nicht lassen, muss schon wieder der Erste sein! Ist doch ekelhaft.« Gregors Stimme kam von links. Tatsächlich zu zweit. Orazio rutschte nach rechts, um ihnen Platz zu machen, doch Valentin lief um die Bank herum und drängte ihn zurück in die Mitte. Hier hockten sie nun, ein halbes Jahr älter als bei ihrem ersten Wiedersehen im Notariat. Klüger? Keine Ahnung.

»Allerhand los gewesen in den letzten Monaten«, begann Valentin.

»Im Mai ist mir ein guter Kunde durch die Lappen gegangen, weil ich dauernd mit euch unterwegs war«, sagte Gregor.

»Wär nicht passiert, wenn wir das Vermächtnis ausgeschlagen hätten«, sagte Orazio.

»Welches Vermächtnis?«, fragte Gregor.

»Ich war übrigens auf Kurts Hof«, sagte Valentin, »der Fluchtweg ist fertig, aber der Garten verwildert immer mehr.«

»Frag doch mal Marko, ob er mit anpackt.«

Valentin nickte und wandte sich an Orazio. »Wie geht's Elena und Carla?«

»Ganz gut. Carla langweilt sich ein bisschen im Kindergarten, wir sind froh, wenn sie nächstes Jahr endlich in die Schule kommt.«

»Da bist du ja schon weg … Ich denke, ich werd mich dann ein bisschen um Miriam und die Mädchen kümmern – wenn sie es auch will.«

»Du bist aber nicht Frank.« Orazio nahm den Unterton in

seiner eigenen Stimme wahr.

»Nein, nur Tintin, der Kümmerer.«

»Hör ich da etwa Selbstmitleid?«, fragte Gregor. »Die Frau steht auf dich, glaub mir. Frühestens, wenn du deinen Führerschein hast, und spätestens, wenn du die Einrichtung leitest, wird sie es auch wissen.«

»Blödsinn«, sagte Orazio, »Status hat Miriam nie was bedeutet. Sie ist verrückt nach Minimalisten.«

»Status ist was anderes, Professor«, sagte Gregor.

Valentin legte seinen Stoffbeutel, den er über die Lehne gehängt hatte, zwischen sich und Orazio. »Ich dachte, wir wären gekommen, um noch mal auf Frank anzustoßen, bevor wir ihn in Frieden ruhen lassen.« Er holte zwei Kölsch und ein Radler hervor. »Die Kühlakkus haben gut gehalten«, sagte er zufrieden. »Gläser gibt's keine.«

»Eigentlich hätten wir gleich zu Anfang drauf kommen können, dass Frank keinen Bock gehabt hätte, uns drei wieder in Erscheinung zu rufen«, sagte Gregor und setzte die Dose an.

»Bist du ja auch«, sagte Orazio.

»Nicht direkt, ich hab *Veith* misstraut, das war alles.«

»Wenn nicht jeder von uns die Sache mit Luisa auf irgend 'ne Art weggeschoben hätte«, sagte Valentin, »hätten wir Veith sein Märchen nicht abgenommen.«

»Er hat uns richtig eingeschätzt«, sagte Orazio.

»Und uns 'ne zweite Chance gegeben«, ergänzte Valentin. »Dazu brauchte er Frank.«

»Danke, Frank!«, rief Gregor, trank den letzten Schluck und warf die Dose in hohem Bogen in den Fluss.

»Asi«, sagte Valentin.

»Ciao, Frank«, sagte Orazio, »hast mehr Spuren hinterlassen, als du ahnen konntest.«

Nachdem die Freunde sich verabschiedet hatten, blieb er noch, schaute Tank- und Frachtschiffen nach, deren klopfende Dieselmotoren die Geräusche im Park übertönten, beobachtete, wie ein Ausflugsschiff am Steg anlegte, und dazwischen die winzige Personenfähre, wie sie unablässig mit diagonal stromaufwärts gerichtetem Bug zwischen den Ufern pendelte. Der Himmel über der Altstadt begann sein abendliches Farbenspiel, ein zartes Orange säumte schon die Dächer der Häuser, darüber erstreckte sich Gelb, zog sich ein wenig an Groß Sankt Martin und dem Dom hoch, doch der größte Teil wölbte sich noch in seiner Tagesfarbe, einem matten hellen Blau.

Er dachte an den heißen Sommer vor fünfzehn Jahren zurück, als sie auf den Rheinwiesen vor sich hin dösten. Auch am Abend kühlte es sich einfach nicht ab. Frank war es, der sich zuerst auszog, komplett, danach Gregor, dann Valentin. Es kostete die anderen einiges an Überredungskunst, bis er selbst auch mit ins Wasser kam. Der Fluss war warm wie nie. Vorsichtig stakste er in seiner Unterhose im seichten Uferwasser herum. Die Kiesel unter seinen Füßen nahmen ihm jedes Gefühl von Halt. Es war schon düster, man konnte nicht mal erkennen, wohin man trat. Während er bis zu den Oberschenkeln im Wasser stand, drängte die Strömung flussabwärts und er stellte sich vor, wie stark sie in der Fahrrinne sein musste. Die anderen schwammen schon, winkten, riefen ihm ausgelassene Sprüche zu. Von Süden näherte sich ein Lastkahn. Derweil kreuzte Frank ungerührt den Strom. Er gewann seine Wette gegen das Schiff. Knapp, wie er später zugab.

www.bergischerverlag.de